사랑을 잘하는 사람들의

7가지 습관

Love as a Way of Life

사랑을 잘하는 사람들의

7가지 습관

게리 채프먼 김율희 옮김

차례

Love as a Way of Life

| 2부 | 사랑을 잘하며 사는 법

프롤로그

조금 더 잘 사랑하는 법

딸과 함께 피닉스에서 비행기를 탔는데 운 좋게 일등석을 배정받았다. 하지만 내 자리는 4A, 딸의 자리는 7A로 둘 다 창가 좌석이었다. 일등석 28개 좌석은 꽉 찼고, 우리는 누군가 자리를 바꿔주어 4시간의 비행 동안 함께 앉을 수 있었으면 좋겠다고 생각했다. 딸이 통로 쪽에 앉은 옆 좌석 남자에게 물었다.

"아빠랑 같이 앉도록 자리 좀 바꿔주실래요?"

"통로 쪽 좌석인가요?"

"아니에요, 창가 쪽이에요."

"그럼 안 되겠군요. 사람들을 비집고 왔다 갔다 하기는 싫거든요."

"네, 무슨 말씀인지 알겠어요."

얼마 후 내 옆 자리의 주인이 도착했다. 이번에는 내가 물었다.

“딸과 함께 앉고 싶어서 그러는데, 혹시 7A 좌석으로 옮기실 마음이 있습니까?”

남자는 7A 쪽을 흘끗 보더니 대답했다.

“그럼요.”

“정말로 감사합니다.”

“별 말씀을요.”

남자는 신문을 들고는 7A로 흔쾌히 자리를 옮겼다.

나중에 나는 이 일을 곰곰이 생각해 보았다. 두 사람은 왜 다른 반응을 보였을까? 두 남자는 오십대 후반에서 육십대 초반으로 나이가 비슷해 보였고, 둘 다 정장 차림이었다. 하지만 한 사람은 자신의 통로 쪽 좌석을 고수했고, 다른 사람은 우리에게 친절을 베풀며 선뜻 자리를 내주었다.

한 사람은 딸이 있었고 다른 사람은 딸이 없었던 것일까? 선뜻 자리를 내준 사람은 사실 창가 좌석을 더 좋아했던 것일까? 아니면 그저 어렸을 때 다른 유치원에 다니고 다른 엄마 밑에서 자란 차이일까? 한 사람은 사람들과 나누고 도움을 베풀며 살라고 배웠고 다른 사람은 최고를 지향하라는 교육을 받았던 것일까? 한 사람은 사랑의 유전자를 지녔고 다른 사람은 그것이 없었던 것일까?

지금까지 수십 년간, 크든 작든 이와 비슷한 상황을 볼 때마다 나는 스스로 묻곤 했다. 타인에게 관심과 배려를 보이는 '사랑을 잘하는 사람'과 그렇지 않은 사람을 다르게 만든 요인은 무엇일까? 사랑을 잘하는 사람들은 어떤 특징이 있을까? 왜 그런 특징이 나타날까?

그 해답을 찾기 위해 나는 지난 몇 년간 전국을 돌아다니며 사람들을 만나 이야기하고, 그들의 행동을 관찰하고, 구할 수 있는 모든 참고 서적을 연구하고, 종교적인 가르침과 실천 방법까지 면밀히 조사했다. 이렇게 사랑을 연구하면서 사랑을 잘하는 사람들에게 나타나는 7가지 특성을 다음과 같이 정리했다.

- 친절
- 인내
- 용서
- 호의
- 겸손
- 관대함
- 정직

이 7가지 특성들은 막연한 감정이나 선의가 아니다. 사랑을 잘하는 사람이 되겠다고 진심으로 결심해야 익힐 수 있는 습관이다. 이런 특성이 습관이 되면 놀라운 결과가 나타난다. 만족스러운 관계를 누리게 되는 것이다.

사랑은 다면체다. 수많은 면이 어우러져 아름다운 하나의 물체를 이루는 다이아몬드와 같다. 마찬가지로 사랑의 특성 7가지가 모두 합쳐져야 사랑을 잘하는 사람이 탄생한다. 각 특성은 저마다 중요하기 때문에 사람들과의 관계에서 하나라도 놓치면 중대한 것을 놓치는 셈이다.

이 7가지 특성은 풍요로운 인간관계는 물론 삶의 모든 부분에서 성공을 거두는 비결이다.

《사랑을 잘하는 사람들의 7가지 습관》은 관계를 개선하고 삶에서 성공하고 싶은 사람이라면 누구나 읽어도 좋은 책이다. 관계를 소중히 여기는 사람들에게서 샘솟은 사랑의 행동이야말로 세상을 더 살기 좋은 곳으로 바꿀 수 있다. 또 진심으로 다른 사람을 사랑하는 것보다 더 큰 기쁨은 없다.

나는 심리학이나 사회학에서 쓰는 전문 용어를 사용하지 않고 거리를 돌아다니는 남녀의 언어로 이 책을 썼다. 당신이나 나처럼 평범한 사람이야말로 무엇보다도 관계가 가치 있게 여겨지는 세상, 다른 사람을 섬기는 것이 당연하고 자연스러운 세상, 아이들이 자라서 서로를 존중하며 결국 사랑하게 되는 세상을 만드는 열쇠를 쥐고 있다. 이것은 불가능한 꿈이 아니다. 우리 모두가 도달할 수 있는 꿈이다.

이 책의 사용법

《사랑을 잘하는 사람들의 7가지 습관》에서는 미국 전역에 사는 사람들의 이야기를 들려줄 것이다. 그들은 사랑의 7가지 특성을 실천하며 사는 기쁨을 이미 찾았거나 찾으려는 사람들이다. 또 이 책은 당신이 실생활에서 그 특성들을 계발하는 방법을 알려줄 것이다. 성급하게 책장을 넘기지 말고 시간을 들여 사랑의 각 측면을 당신이 맺은 모든 관계에 적용하며 구체적으로 살펴보기 바란다. 이 점을 염두에 두고 1부 각 장에 들어 있는 다음 요소들에 유념하라.

• **자기 점검**

이 단순한 자기 점검을 통해 당신의 삶에 사랑의 7가지 특성 가운데 해당 특성이 나타나는지 돌아보게 될 것이다. 각 장을 읽기 전에 이 질문에 미리 답해보면 좋다. 당신의 약점과 강점을 인지하며 해당 특성에 관한 내용을 읽을 수 있기 때문이다.

• **습관으로 만들기**

사랑의 7가지 특성은 모두 습관이므로 일상생활에서 몸에 배게 하려면 작은 습관부터 차곡차곡 쌓아야 한다. 각 장에 있는 '습관으로 만들기'는 진정한 사랑이라는 개념을 현실로 만드는 방법을 알려줄 것이다.

• **훼방꾼**

우리에게 인간관계에서 극복해야 하는 상황이 없다면 사랑에 대한 책은 필요하지 않을 것이다. 사랑의 7가지 특성에는 훼방꾼, 즉 적이 많다. 하지만 가장 큰 적은 대개 1가지다. 각 장의 '훼방꾼' 난에서는 일상생활에서 해당 특성을 계발하는 데 방해가 되는 요소 1가지씩을 간단히 설명할 것이다. 미리 조심하면 사랑의 훼방꾼을 극복하기가 더 쉬워진다.

• **이렇게 하면 당신의 관계는 어떻게 달라질까?**

나는 미래를 꿈꾸고 그 꿈을 실현하려고 노력하면 효과가 나타난다는 사실을 직접 체험했다. 각 장 마지막에 있는 '이렇게 하면 당신의 관계는 어떻게 달라질까' 난에서는 다른 사람을 대하는 태도를 조금만 바꿔도 관계가 무척 달라진다는 사실을 깨닫도록 도와줄 것이다.

• **삶에 적용하기**

각 장 마지막에 실린 질문들은 당신이 각 장의 주제를 삶에 구체적으로 적용하도록 도와줄 것이다. 이 책의 목적은 당신이 사랑을 배울 뿐 아니라 더욱 제대로 사랑하는 사람이 되는 것이다. 따라서 '삶에 적용하기' 난의 마지막 부분에는 개인적 성장을 위한 제안을 넣어두었다.

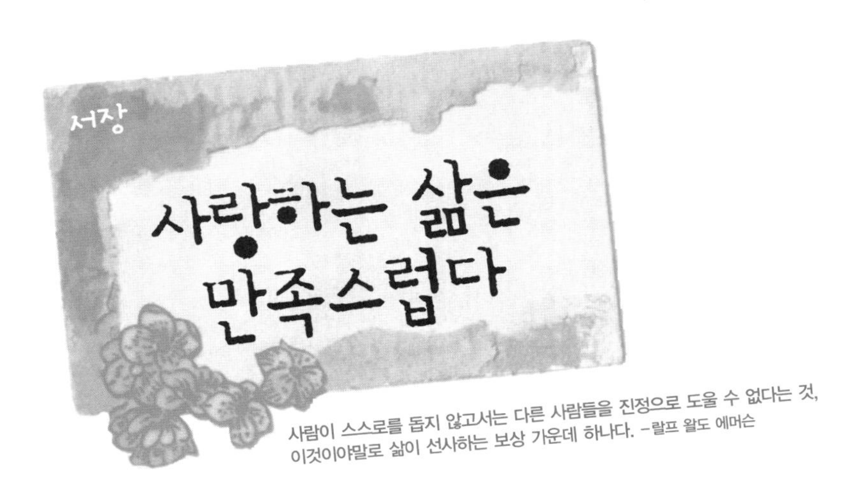

당신은 이웃 · 동료 · 자녀 · 배우자 · 부모 · 형제 · 친구 등 많은 사람들과 관계를 맺고 있다. 또 슈퍼 직원이나 이제 막 배관을 고쳐준 배관공, 심지어는 어제 저녁식사 때 전화를 걸어서 '물건 판매' 목적은 아니지만 '간단한 설문조사'에 답해달라고 부탁한 여자까지도 당신과 관계를 맺은 것이다. 사실 당신은 날마다 만나는 모든 사람과 관계를 맺고 있다.

당신은 여느 사람들처럼 최대한 좋은 관계를 맺고 싶은 마음은 있지만 사람들과 관계 맺기가 얼마나 어려운지 알고 있다. 가까운 사람과 관계가 틀어지면, 다른 사람들은 아는데 나만 모르는 관계의 비결 같은 게 있지 않을까 하는 생각이 든다. 사랑이 그토록 중요한 것이며 내가 상대방을 사랑한다고 느끼는데도, 관계가 여전히 고통스러운 것은 대체 무엇 때문일까?

내 상담 사무실에서 나는 수백 명의 사람들로부터 깨진 관계와 무너진 꿈에 대한 이야기를 듣는다. 지난주에는 어떤 남자가 이렇게 말했다.

"마흔두 살에 이 지경이 되리라고는 생각도 못했습니다. 결혼에 두 번이나 실패했고 아이들 얼굴은 거의 보지도 못해요. 왜 사는지 모르겠습니다."

대부분의 사람들은 큰 기대에 부풀어 사회에 발을 내딛는다. 열심히 일해 재산을 모으고 사랑이 넘치는 가정을 꾸리고 즐겁게 살 수 있다고 기대한다. 그러나 삶을 절반도 살지 못했는데 이런 꿈은 악몽으로 바뀌기 일쑤다. 그러나 삶은 정말 끝날 때까지는 끝이 아니다. 오늘이야말로 당신의 삶을 긍정적인 방향으로 전환할 기회다.

진정한 성공이란 무엇인가에 대한 대답은 저마다 다를 것이다. 돈·승진·명성·경기 우승……. 그 가운데 진정한 성취감을 주는 것은 과연 무엇인가? '성공'에 대한 나만의 정의를 내려본다면, "내가 사는 세상의 모퉁이를, 발견했을 때보다 더 좋게 만드는 것"이다. '세상의 모퉁이'는 마을이나 도시의 특정 지역에 국한될 수도 있고 여러 나라까지 확장될 수도 있다. 당신의 영향력이 어디까지 미치는지 상관없이, 관계를 통해 다른 사람들의 삶을 풍요롭게 해주려고 노력하고 있다면 가장 만족스러운 형태의 성공을 얻게 될 것이다.

사실 당신은 관계를 맺도록 '만들어졌다.' 사랑이 넘치는 관계에서 맛볼 수 있는 풍요로움은 돈이나 명성, 또는 직업적인 성공 그 어떤 것이라도 능가한다. '사랑'이라는 단어가 당장은 막연하게 느껴진다면 이 책을 읽고 일상생활에서 사랑이 어떤 모습인지 눈뜨기를 바란다. 다른 사람을 인격적으로 소중히 여기며 사랑하면 그 무엇에서도 얻을 수 없는 기쁨을 맛볼 수 있다.

다른 사람을 사랑하며 기쁨을 누리려면 사랑을 받는 것보다 '주는 것'에 집중해야 한다. 그런 까닭에 나는 지난 50년간 사랑을 주제로 수천 편의 논문과 수백 권의 책이 나왔음을 알면서도 사랑에 대한 책을 써야겠다는 결심을 하게 되었다. 기존의 책들은 대다수가 '원하는 사랑을 얻는 법'에 초점을 맞추고 있다. 사랑을 받는 것은 다른 사람들을 사랑할 때 얻게 되는 아름다운 결과지만, 사랑의 순수한 기쁨은 대가를 바라지 않고 먼저 사랑하는 태도에서 우러나는 법이다.

왜 또 사랑에 대한 책인가

10여 년 전에 나는 다른 사람들에게 사랑을 표현하는 효과적인 방법에 대한 책을 썼다. 《5가지 사랑의 언어*The five Love Languages*》라는 그 책은 현재까지 미국에서만 400만 부가 팔렸고 38개국 언어로 번역되어 출간되었다. 《5가지 사랑의 언어》에서 나는 사랑을 주고받는 기본적인 5가지 방법을 제시했다.

- 인정해 주는 말

- 함께하는 시간
- 선물
- 봉사
- 신체 접촉

사람은 저마다 특별히 자연스럽게 나오는 사랑의 언어가 있기 때문에, 우리가 상대방이 쓰는 사랑의 언어로 말하면 상대방은 사랑을 받는다고 느낀다. 반면 상대방의 언어를 쓰는 데 실패하면 상대방은 사랑 받지 못한다고 느낀다.

나는 독자들의 반응에 형언할 수 없는 격려를 받았다. 수천 명의 독자가 "늘 다른 사람들을 제대로 사랑하고 싶다고 생각했는데, 그 꿈을 이루도록 도와주셔서 감사합니다"라고 편지를 써 보내왔다. 그러나 많은 이들은 '5가지 사랑의 언어'라는 개념은 이해할 수 있지만 가족끼리 사랑의 언어로 말하려니 내키지 않는다고 밝혔다. 어떤 남자는 상당히 냉소적으로 "제가 설거지에 청소, 빨래까지 해야 아내가 사랑받는다고 느낀다면, 차라리 그만두겠습니다"라고 했다. 그는 사랑의 개념은 알았지만 사랑의 태도를 지니지는 못했던 것이다.

나는 사람들이 사랑을 제대로 표현하는 방법을 안다면, 그렇게 하고 싶어 못 견딜 것이라고 생각했다. 이제는 그 생각이 틀렸다는 사실을 안다. 사랑의 언어는 사랑을 전달하는 중요한 도구지만, 사랑의 언어에 토대가 없으면 말과 행동은 공허해질 뿐이다.

사랑의 7가지 특성은 단지 사랑의 5가지 언어에 2가지를 덧붙인 것이 아니다. 7가지 특성은 모든 사랑의 언어에 '토대'가 되어준다. 어떤 관계에서든 제대로 사랑하려면 가장 일상적인 관계에서 이 7가지 특성을 갖춘 사랑의 태도를 계발해야 한다.

우리 모두 사랑을 잘하고 싶다

틀림없이 대다수 사람들은 지금보다 사랑을 더 잘하고 싶은 소망이 있다. 우리는 다른 사람들을 좋아하는 것에서 그치지 않고 우리가 관계를 맺는 모든 사람과 진정한 사랑을 하고 싶은 마음이 있다. 힘을 쏟아 다른 사람들을 도우면 기분이 좋아진다. 올바르고 고귀한 일을 한 기분이 든다. 반대로 자신의 이기적인 행동을 곱씹다 보면 기분이 나빠진다.

결국 만족스러운 노년을 맞이하는 사람들은 다른 이들을 사랑하는 데 삶을 투자한 이들이다. 엄청난 부를 축적한 사람일 수도 있고 빈약한 수입으로 먹고산 사람일 수도 있다. 큰 명성을 얻은 사람일 수도 있고 더 큰 세상에는 알려지지 않은 사람일 수도 있다. 하지만 세상을 더욱 살 만한 곳으로 만들려고 노력했다면, 그들의 얼굴에는 만족스러운 미소가 나타날 것이다.

나는 당신이 구체적으로 어떤 삶을 살고 있는지 모른다. 그러나 당신이 사랑의 7가지 특성을 관계 속에서 자연스럽게 녹여내면 이와 같은 기쁨을 발견할 수 있다는 사실은 안다. 《사랑을 잘하는 사람들의 7가지 습관》을 통해, 사랑하는 아내에게 "다 집어치워"라고 말하던 남편이 사랑이야말로 위대해지는 방법이라는 사실을 깨닫기를 바란다. 당신에게도 그와 같은 깨달음이 있기를 소망한다. 누군가 말했듯이 모든 사람은 사랑하는 사람을 사랑한다. 자기중심적으로 살면 외롭고 공허해지는 반면 사랑을 생활방식으로 삼으면 비할 데 없는 만족을 느낄 수 있다.

진정한 사랑이란

'사랑'이라는 말은 매우 여러 가지 방식으로 사용되는 탓에 종종 혼란을 불러온다. 날마다 "난 그 벤치를 사랑해. 산을 사랑해. 뉴욕을 사랑해. 내 개를 사랑해. 새로 산 차를 사랑해. 엄마를 사랑해"와 같은 말이 들려온다. 심지어 사람들은 "사랑에 빠졌다"고까지 한다. 이따금씩 나는 "얼마나 깊이 빠졌습니까? 바닥에 떨어지니 기분이 어땠습니까?"라고 묻고 싶어진다.

사랑은 우리를 사로잡는 감정이 아니다. 다른 사람들의 행동에 좌지우지되는, 잡히지 않는 목표도 아니다. '진정한' 사랑은 우리의 손이 미치는 곳에 있으며, 태도에서 시작되어 행동으로 완성된다. 사랑을 감정이라고 생각하면 그 감정이 생기지 않을 때마다 좌절할 것이다. 사랑이 근본적으로는 행동이라는 사실을 깨달으면 제대로 사랑하기 위해 필요한 도구를 사용할 준비를 갖춘 셈이다.

진정한 사랑의 아름다움

진정한 사랑은 단순하고 실질적이다. 예를 들면 힘든 하루를 보내고 있는 직원의 이야기에 귀를 기울이거나, 8월에 열리는 개학 준비 세일에 자녀들을 데리고 가거나, 지역 소방서에 돈을 기부하거나, 친구를 칭찬해 주거나, 잠들기 전 배우자의 등을 안마해 주거나, 하루 종일 일에 시달려 피곤하지만 룸메이트를 위해 부엌을 청소해 주는 행동 등이다.

진정한 사랑은 뉴올리언스에 사는 루비 존스와 같은 사람들에게 용기를 주는 대담한 사랑이기도 하다. 허리케인 카트리나가 도시를 강타했을 때, 67세의 간호사 루비는 호스피스 병동에서 죽어가던 환자 여덟 명을 대피시키기로 결심했다. 자녀들은 "슈퍼우먼처럼 굴지 마세요"라고 말했지만 루비는 그저 맡은 일을 하고 싶을 뿐이었다. 루비는 일요일에도 근무를 하고 환자들을 후송하는 날인 목요일까지 계속 자리를 지키겠다고 말했다.

허리케인이 창문을 부수고 문을 열어젖히자 루비는 환자들을 안심시켰다.

"저희가 옆에 있어요. 아무 데도 가지 않을 거예요."

전기와 식수가 끊기고 물이 쏟아져 들어와도 루비는 환자들을 씻기고 먹이며 상처를 싸매는 일을 멈추지 않았다. 목요일이 되어 환자들을 후송한 루비는 배가 고프고 목이 말랐지만, 끝까지 환자들 곁에 있겠다는 약속을 지켜냈다. 가장 고통스러운 시간에도 환자들을 향한 사랑이 루비를 지탱해 준 것이다.[1]

최근, 슬하에 다섯 자녀를 두고 암으로 죽어가는 52세의 여성을 만나고 왔다. 나는 오랜 세월 동안 그녀의 삶을 지켜보면서 그녀가 누구보다도 사랑이 넘치는 사람이라는 사실을 깨달았다. 그녀는 긍정적인 마음으로 죽음이라는 현실과 맞섰다. 그녀의 말을 잊지 못할 것이다.

"저는 자녀들에게 사는 법을 가르쳤어요. 이제는 그 아이들에게 죽는 법을 가르치고 싶어요."

진정한 사랑은 죽음조차도 다른 사람들을 사랑할 기회로 만든다.

또한 진정한 사랑은 우리가 되고 싶어하는 진정한 자기 모습을 이끌어 낸다.

사랑하기로 결심하기

사실 사랑이 넘치는 사람들에게도 삶의 어려움이 찾아온다. 사랑이 모든 고통을 덜어준다는 이야기를 들었다면, 그건 잘못된 정보다. 역사를 통해 우리는 엄청난 사랑을 베푼 사람들도 지진·홍수·폭풍·허리케인·자동차 사고·질병과 같은 괴로움을 겪었다는 사실을 알 수 있다. 그뿐 아니라 사랑하며 살자고 주장했다는 이유로 처형당한 사람들도 있다.

어떻게 그런 고통을 겪으면서도 사랑이 넘치는 삶을 살겠다는 소망을 버리지 않을 수 있을까? 때로는 고통이 사랑을 경험하고 나누는 가장 훌륭한 기회가 되기도 한다. 사랑이 넘치는 삶의 가장 아름다운 특징은 환경에 따라 만족을 얻는 게 아니라는 점이다. 우리는 다른 사람들을 사랑하기로 결심하며 기쁨을 느낀다. 상대방이 우리의 사랑에 보답하든 하지 않든, 상황이 우리가 바라는 대로 진행되든 그렇지 않든 상관없이 말이다.

사랑에는 우리가 돕는 사람들을 향한 연민이 수반될 수도 있다. 하지만 무엇보다 사랑은 "온 힘을 다해 다른 사람을 도우며 살기로 결심했어"라고 말할 때 갖게 되는 태도다.

혁명적인 사랑

진정으로 사랑하면, 사랑이 얼마나 혁명적인지 깨닫게 된다. 사랑은 막강한 권력을 변화시킬 수도 있다. 기원 후 몇 세기 동안 그리스도인들은 타락하고 자기중심적인 문화를 극복하며 가난한 사람들을 돕고 원수까지도 사랑했다. 그들은 소박한 방식으로 사랑하기 시작했다. 물건과 음식을 나누고 여자와 어린이, 소수자들에게 연민을 보였다. 그들을 지켜본 사람들이 "이 사람들이 서로를 얼마나 사랑하는지 보라"라고 말하자, 권력에 굶주리고 부패한 로마제국도 이 새로운 종파를 널리 받아들였다. 다른 사람들을 섬기는 일은 주는 만큼 받는다는 문화적 규범을 거스른다. 다른 사람들을 사랑하라는 말은 주변 세상과 어울리지 않을 수도 있다. 그러나 진정한 사랑을 하면 세상의 평범한 방식에 따를 때보다 더 큰 기쁨을 얻는다.

생존의 문제

이 모든 말은 멋지게 들리지만, 이 험한 세상에서 과연 사랑에 가망이 있을까? 신문과 텔레비전은 서로를 무자비하게 대하는 사람들의 소식으로 넘쳐나고, 그 가운데 상당수는 종교라는 이름이나 개인적인 탐욕으로 자행된다. 어떤 토크쇼를 보더라도 의미 있는 대화의 기술이 사라졌다는 사실을 알 수 있다. 대부분의 토론 프로그램에서는 의견이 다른 사람에 대한 최소한의 존중마저 잃어버린 우리의 모습을 대면하게 된다. 정치인들과 종교 지도자들은 주어진 시간 동안 공격적인 태도로 일관하며, 상대방의 말을 들어보려는 의사는 거의 없다.

나는 사랑이야말로 이 세상에서 살아남는 '유일한' 대안이라고 믿는다. 서로를 필요로 하는 같은 인간으로서 우리는 상대방을 존중하고 배려하며 친절을 베풀 수 있어야 한다. 그렇게 하지 못하면 우리는 인간의 존엄성을 잃고 지난 50년간 놀랍게 발달해 온 기술로 서로를 파괴하고 말 것이다.

집 없이 떠도는 여자에게 죽 한 그릇을 사주거나 딸을 데리고 공원에 놀러가거나 자동차가 고장 난 동료를 정비소에 태워준다고 세상이 정말 달라질까? 대답은 두말할 필요도 없이 '그렇다'이다. 시간이나 돈을 엄청나게 희생한다거나 심지어 생명까지 내주는 등 사랑은 더 고상한 개념일 수도 있다. 하지만 상대방의 연료 탱크를 채워주지도 않으면서 어떻게 그 사람을 위해 선뜻 목숨을 내줄 수가 있을까? 모든 진정한 사랑은 작은 일에서 시작된다. 다른 사람을 진심으로 사랑하고 싶다면, 작은 일부터 시작하라.

우리가 모두 진정한 사랑을 하면 이 혼란스러운 세상을 변화시킬 수 있다. 사랑은 실제로 존재할 뿐 아니라 생존을 위한 유일한 희망이다.

어떻게 사랑을 키울 수 있을까?

어떤 상황에 처해 있든지, 노력하지 않으면 사랑이 넘치는 사람이 될 수 없다. 인간적인 어떤 기질이 진정으로 사랑하고 싶은 소망에 저항하기 때문이다. 우리의 본성 가운데는 다른 사람의 행복보다 자신의 행복을 먼저 생각하려는 성향이 있고, 이것은 '거짓 자기'다. 거짓 자기는 생활방식으로 굳어지는 경우가 많기 때문에 이 책에서 만날 몇몇 사람들처럼 사랑의 대가들은 칭송을 받게 되고, 우리는 그들에게 이끌리는 것이다.

진정한 사랑의 대가들은 우리의 본성 가운데서도 서로를 사랑하는 '참 자기'에 충실히 살아간다. 참 자기는 다른 사람을 섬겨야 비로소 관계에서 만족을 느낄 수 있다는 사실을 알고 다른 사람을 섬긴다. 이런 참 자기를 인식하든 못하든, 사랑 없이 행동하면 우리는 우리의 가장 핵심적인 정체성에 충실하지 못한 셈이다. 우리는 관계를 맺도록 만들어졌으므로 다른 사람에게 진정한 사랑을 줄 때 진정한 자기 모습으로 살 수 있다.

사랑의 7가지 특성을 계발하면 태도나 생활방식이나 행동을 통해 최대한 굳건한 관계를 맺을 수 있다. 이 7가지 특성을 활용해 관계를 소중히 가꾸지 못하면, 우리는 다른 사람들에게 부정적인 태도를 보이고 마음의 안정을 찾지 못하며 금방이라도 공격하거나 방어할 태세로 살게 될 것이다.

진정한 사랑을 하기로 결심하면, 참 자기를 드러내고 사랑을 키우고 싶은 소망이 더욱 자연스럽게 흘러나온다. 우리가 할 일은 날마다 마음과 생각을 열고 사랑을 받아들이며 그 사랑을 다른 사람들과 나누는 것이다.

진정한 사랑의 힘

정치인 리 앳워터(Lee Atwater)는 참 자기로 사는 법을 배운 사람의 실례다. 1980년대 공화당의 잘 나가는 참모였을 때 그는 인신공격성 이야기를 언론에 퍼뜨려 정치적 맞수의 명예를 손상시키는 전략을 썼다. 정치 활동이 한창일 때 그는 치명적인 병에 걸렸다는 진단을 받았다. 앳워터는 죽기 전에 자신이 공격했던 사람들에게 전화를 걸고 편지를 써서 용서를 구했다.

이 편지를 받은 사람 가운데 민주당 정치인이 있었는데, 그는 앳워터에 의해 과거가 폭로되어 정치 생명이 거의 끝났던 사람이었다. 앳워터는 정치가로 살며 했던 모든 일 가운데 그 일이 가장 나빴다고 편지를 썼고, 민주당 정치인은 앳워터의 사과에 깊이 감동했다. 나중에 그는 앳워터의 장례식에 참석해서 이렇게 말했다.

"오늘날의 젊은 정치 참모들은 적수들의 약점을 물고 늘어지며 공포 정치를 했던 앳워터의 책략을 따라 하려는 경향이 있습니다. 그들은 앳워터가 죽음과 대면하자 사랑과 화해의 정치를 옹호하게 되었다는 사실을 깨달아야 합니다."[2]

앳워터는 우리가 참 자기의 모습으로 살고 진정한 사랑을 표현하기로 결심할 때 기쁨을 얻고 풍요로운 관계를 맺을 수 있다는 사실을 깨우쳐준다.

당신이 진정한 사랑의 길을 따라가면서 스스로에게 나타난 변화를 보고 즐거워하기를 바란다. 새로운 수준의 사랑을 향한 여행은 이 책의 마지막 페이지에서 끝나는 것이 아니다. 그러나 이 책에서 사랑의 7가지 특성에 대한 내용을 읽으면, 사랑의 열매를 맛보게 되고 다시는 자기중심적인 삶으로는 만족할 수 없게 될 것이다. 어쩌면 진실한 관계를 맺는 것이 평생의 습관이 되어, 사랑을 생활방식으로 삼는 데서 가장 큰 기쁨을 누리는 결실을 얻을 수도 있다.

삶에 적용하기

이 여행을 떠날 준비가 되었는가? 그렇다면 다음 서약서에 서명하라.

나는 이 책에서 살펴볼 사랑의 7가지 특성을 읽고 깨닫기로 서약합니다. 다른 사람들을 위한 사랑으로 내 마음을 일구도록 노력하겠습니다. 나는 다른 사람들 역시 나와 마찬가지로 사랑받을 가치가 있다는 사실을 기억하며 그들을 사랑하고 싶습니다.

이름:____________________ 날짜:____________________

1. 당신은 성공이 무엇이라고 생각하는가? 현재의 삶은 성공적인가?
2. 당신은 다른 사람에 대한 사랑을 얼마나 자주 표현하는가?
3. 지난 일주일 동안 구체적으로 사랑을 실천했는가? 그 일을 떠올리면 기분이 어떤가?
4. 사랑의 7가지 특성, 즉 친절·인내·용서·호의·겸손·관대함·정직 가운데 당신에게서 가장 자연스럽게 나오는 특성은 무엇인가? 또 가장 어렵게 느껴지는 특성은 무엇인가?

Love as a Way of Life

Seven Keys to Transforming Every Aspect of Your Life

| 1부 |

사랑의 7가지 특성

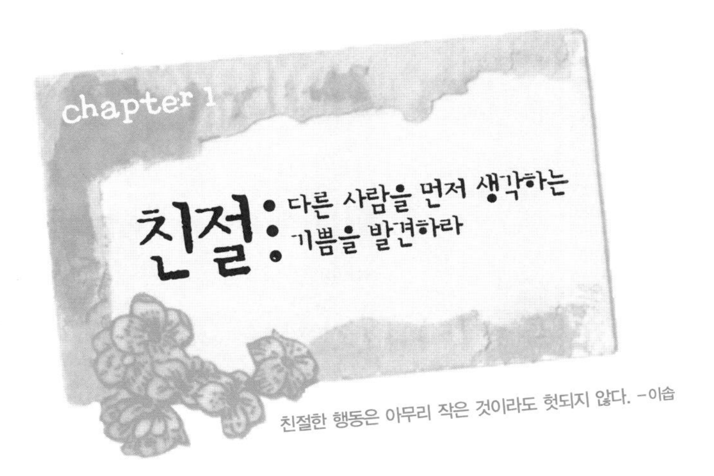

실비아는 말한다.

"저는 버림받은 사람들을 위해서 일해요. 처음 그가 왔을 때 특히 신경 써서 인사를 했죠. 그는 무척 지저분해서 제 시선을 잡아끌었어요."

오십대 중반인 제임스는 대부분의 시간을 술 마시고 잠자는 데 보냈다. 보호시설에서는 술에 절어 사는 노숙인은 받지 않으려 했기 때문에 제임스는 친구들과 함께 도시의 공원에서 잠을 잤다. 그러다가 노숙인들을 찾아온 어느 부부의 도움으로 실비아의 사무실에서 일하게 되었다.

혈기왕성한 노인이자 파트타임 접수원인 실비아는 제임스에게 항상 친절했다. 제임스는 실비아에게 가족과 자신의 과거에 대해 이야기했고, 둘은 조금씩 친해졌다. 그러던 중 제임스는 고향인 뉴멕시코로 떠났는데 넉 달 후 새로운 소식을 갖고 돌아왔다. 암이 생겼다는 것이었다. 어머니에게 작별인사를 하러 갔지만 어머니는 그를 거부했다고 했다. 제임스는 두렵고 외로운 심정으로 다시 돌아온 것이다.

몇 달 후 제임스는 정부의 보조를 받아 요양원에 들어갔다. 가족 누구도 찾아오지 않았기 때문에 실비아는 제임스를 찾아가기 시작했다. 둘은 어린 시절의 추억이나 천국에 대한 꿈 등을 나누었다. 제임스는 죽음에 대한 공포도 털어놓았다. 제임스의 병세는 나아지지 않았다. 고통은 더욱 심해졌고, 몸도 더욱 쇠약해져 말도 할 수 없게 되었다. 실비아는 제임스의 손을 잡고 노래를 불러주었다. 제임스가 죽을 때 곁에 있었던 사람은 실비아뿐이었다.

실비아는 말한다.

"제가 친절을 베푼다고 생각하지는 않았어요. 그냥 당연히 해야 할 일이었죠. 저는 제임스와 이야기를 나누고 그에게 관심을 기울였을 뿐이에요. 이 세상에는 외로운 사람이 너무 많아요. 제임스마저 그렇게 만들 수는 없었어요."

친절이란 다른 사람에게 관심을 기울이며 그 사람에게 필요한 것을 포착해 내는 일이다. 우리가 만나는 모든 사람에게서 가치를 발견하는 일이다. 사랑의 모든 특성처럼, 친절 역시 생각보다 훨씬 강력하다.

자기 점검: 나는 친절한 사람인가?

다음의 자기 점검을 통해 당신이 가장 자주 하는 말과 행동이 무엇인지 생각해 보라. 진정한 사랑을 할 줄 아는 사람이라면 모든 질문에서 자연스럽게 'c'를 선택하리라는 사실을 직감할 것이다. 그러나 진정한 사랑을 할 수 있도록 대책을 세우려면 당신의 '현재' 모습을 알아야 한다.

1. 옷가게와 같은 공공장소에 있을 때 나는……

a. 사람들이 앞을 막으면 짜증을 낸다.
b. 가능한 사람들과 엮이지 않으려고 애쓴다.
c. 누군가에게 웃음을 보낼 기회를 즐겁게 누린다.

2. 선행을 하기 위해 시간이나 돈, 이익을 희생해야 한다면 나는……

a. 진지하게 생각해 보지 않고 선행할 생각을 포기한다.
b. 보답으로 무언가를 받을 수 있다면 기꺼이 희생한다.
c. 그 희생이 가치 있는지 생각해 보고 그 일을 하도록 노력한다.

3. 누군가 나에게 불친절하게 대하면 나는……

a. 화를 낸다.
b. 가능하면 그 사람을 피한다.
c. 그 사람에게 친절을 베풀 방법을 찾아본다.

4. 다른 사람들이 토요일 오후에 자원봉사를 한다는 이야기를 들으면 나는……

a. 나에게 같이 하자고 말하지 않기를 바란다. 그 사람들은 틀림없이 나보다 시간적인 여유가 많기 때문이다.
b. 함께하지 못한다는 이유로 죄책감을 느낀다.
c. 그것과 비슷한 봉사를 이웃들에게 해줄 수 있을지 생각해 본다.

5. 옷차림과 행동이 나와 매우 다른 사람을 보면 나는……

a. 우월감을 느낀다.
b. 함께 있으면 불편하기 때문에 피하려고 애쓴다.
c. 어떤 식으로든 관계를 맺어보려고 노력한다. 그 사람에게서 배울 점이 있을지도 모르기 때문이다.

사랑의 비결

어렸을 때, 우리는 서로 친절하게 대하라고 배웠다. 하지만 모든 아이들이 친절하지는 않았다. 물론 누군가 장난감을 훔쳐가거나 그림을 엉망으로 만들어놓기 전까지는 친절했다. 그러나 화가 나면 친절에 대해서는 잊어버리고 자기중심적인 아이들로 되돌아갔다. 친절이라고는 전혀 모르는 아이들도 있었다. 전반적으로 우리는 친절히 대해주는 아이에게는 친절하고 불친절한 아이에게는 불친절했다.

이 점에 관해서는 어른들도 크게 다르지 않다. 아내가 남편에게 친절하면 남편도 아내에게 친절하다. 아내가 맛있는 음식을 만들어주면 남편은 선뜻 쓰레기를 밖으로 내다준다. 아내가 남편에게 친절하게 말하면 남편도 친절하게 말한다. 아내가 잠자리에서 기분 좋게 해주면 남편은 자발적으로 아내의 자동차를 닦아준다.

하지만 부당함과 냉대 앞에서 친절한 모습이란 어떤 것일까? 어떤 남성이 자신의 경험을 나눠주었다.

"저는 아내에게 못되게 굴면서 아내의 의견을 묵살하고 아내의 말이 논리적이지 않다고 말했습니다. 목소리를 높이며 제 생각만 고집했죠. 아내는 방을 나가버렸고 저는 다시 텔레비전에서 하는 야구 경기로 눈을 돌렸습니다. 30분 후에 아내는 쟁반에 샌드위치와 포테이토칩, 콜라를 가지런히 담아 가져왔습니다. 아내는 쟁반을 제 무릎에 올려놓으면서 '사랑해'라고 말하더니 제 뺨에 키스를 하고 방에서 나갔죠. 저는 그 자리에 앉아서 생각했습니다. '말도 안 돼. 이런 일이 일어날 줄이야.' 머저리가 된 기분이었습니다. 아내의 친절에 어찌할 바를 모르겠더군요. 그래서 쟁반을 내려놓고 부엌으로 가 사과를 했죠."

그의 아내는 진정한 사랑에서 우러난 친절을 행동으로 표현했고 남편의 마음을 움직였다.

친절이란 상대방과의 관계를 위해 자기 자신의 욕구보다 상대방의 욕구를 먼저 채워주는 기쁨이다. 재미있는 사실은 친절을 생활방식으로 삼으면 다른 사람들은 물론이고 우리 자신도 큰 기쁨을 느낀다는 것이다. 어떤 경우든 친절을 베풀면, 우리의 삶이 얼마나 달라지는지 알게 된다.

작은 친절, 큰 효과

네 여자는 스타벅스의 구석 테이블에 앉아 웃고 떠드는 중이었다. 그들의 눈은 계산대 근처에 쏠려 있었다. 그날 일찍이 네 여자는 돈을 모아 스타벅스 기프트카드를 샀다. 그들은 점원에게 "이 기프트카드에 돈이 다 떨어질 때까지 주문하는 모든 사람들의 음료를 사겠어요"라고 말했다. 그런 다음 앉아서 그날 커피가 무료라는 말을 들을 때 사람들의 얼굴에 나타나는 표정을 보며 즐거워했다.

또한 이 네 명의 여자들은 중학교 축구 시합이 열리던 추운 토요일 아침 아이들과 부모들에게 핫초콜릿을 나눠주기도 했다. 또 화분에 팬지 수십 송이를 심어 지역 요양원에 있는 사람들에게 나눠주기도 했다. 친구 마시가 류머티스성 관절염 진단을 받자 한 달에 한 번 마시의 집을 청소해 줄 사람을 고용해서 마시가 사춘기 자녀들에게 집중하게 해주었다.

이 여자들의 가장 놀라운 점은 예상치 못했던 장소에서 헌신적으로 친절을 베푸는 것은 물론이고, 무엇보다도 친절을 베풀며 순수한 기쁨을 느낀다는 점이다. 그들은 사랑을 위한 사랑이 가치 있다는 사실을 알기 때문에 다른 사람들을 사랑한다.

습관으로 만들기: 주위 사람들이 당신과 다른 사람들에게 친절을 베푸는 모습을 유심히 살펴보라. 친절로 인해 우연한 만남이나 이미 맺고 있던 관계에 어떤 변화가 일어나는지 주목하라.

친절을 행동으로 표현하는 법을 배울 때 거쳐야 할 단계는 친절한 행동을 '관찰'하는 것이다. 특히 가족끼리는 친절을 당연하게 여기곤 한다. 음식을 만드는 사람이 있고 식사가 끝난 다음 설거지를 하는 사람이 있지만 누구도 이렇게 단순하면서도 중요한 친절을 알아주지 않는다. 이런 행동은 가치 있으며 사랑을 표현하는 한 방법이다. 그러나 이런 행동을 사랑의 방법이라고 인정해 주는 사람이 있는가?

때로 나는 사람들에게 하루 종일 친절한 행동을 관찰하며 모조리 적어보라고 한다. 다음은 어떤 남자가 하루 동안 관찰한 친절한 행동 목록이다.

- 내가 자명종이 울려도 일어나지 못하자 아내가 나를 깨웠고 그 덕분에 지각을 면했다.
- 주택 단지 밖으로 차를 몰고 나갔을 때, 어떤 남자가 멈춰서 내가 도로로 들어가도록 다른 차들을 향해 손짓해 주었다.

- 사무실에 도착하니 비서가 이미 내 컴퓨터를 켜두었다.
- 잠시 쉬려고 나간 참에 자판기에서 음료수를 뽑아 먹으려고 하니 1달러짜리가 없었는데, 회사 동료가 1달러를 빌려주었다.
- 혼자 점심을 먹으러 갔는데 다른 부서의 직원 두 명이 함께 앉자고 했다. 우리는 즐겁게 이야기를 나누었다.
- 오후에 어느 고객에게서 이메일을 받았다. 적시에 주문을 처리해 주어 고맙다는 내용이었다. (그런 이메일을 받는 경우는 많지 않다.)
- 회사 건물을 나오는데 경비원이 나를 위해 자동차 문을 열어주었다.
- 주차장에서 거리로 차를 끌고 나왔을 때 어느 여성 운전자가 양보해 준 덕분에 차선에 합류할 수 있었다.
- 집에 도착하자 우리집 개 위즐스가 꼬리를 흔들며 내 차로 마중 나왔다.
- 집 안으로 들어가니 아내가 나를 껴안고 키스를 하며 반겨주었다.
- 아내는 저녁 준비를 하고 있었다. 나는 손을 씻고 아내를 도왔다. 나도 친절한 행동을 한 것이다. 음식을 다 먹은 다음 나는 식기세척기에 그릇을 넣었다.
- 저녁식사를 마치고 내가 이메일을 살펴보는 동안 아내가 개를 산책시켜 주었다.
- 아내가 나와 함께 뉴스를 보았다.
- 뉴스를 본 후에 아내는 나와 함께 상점가에 가서 배낭을 샀다.
- 잠자리에 들기 전, 아내는 나에게 키스를 하며 사랑한다고 말했다. 정말 만족스러운 날이었다.

대부분의 사람들은 짧은 시간 동안 일어난 수많은 친절한 행동들에

놀란다. 친절한 행동을 인식하고 그 행동에 감사를 표현할 줄 알게 되면, 우리 역시 친절해지고 싶은 마음이 커진다. 친절한 사람이 되고 싶다는 생각이 생기면 하루 종일 친절을 베풀 기회를 포착하기가 더 쉬워진다. 그런 기회는 집, 직장, 슈퍼마켓 등 사람들과 마주치는 장소라면 어디든 널려 있다.

세탁소에 셔츠를 맡겼던 날이 기억난다. 자동차로 돌아오니 내 차가 창문이 없는 트럭 두 대 사이에 끼어 있었다. 어느 쪽으로든 진행해오는 차들을 볼 수가 없었다. 그때 주차장을 걸어오던 한 중년 남성이 내가 처한 곤경을 보았다. 그는 길 양쪽을 살피며 내가 그 동굴에서 빠져나오도록 몸짓으로 신호를 보내주었고, 나는 다정하게 손을 흔들며 고맙다고 말했다. 주차장을 떠나며 '정말 친절한 남자야! 꼭 그렇게 해줄 이유도 없었는데. 고개를 다른 쪽으로 돌려버릴 수도 있었지만 내 처지를 보고 친절을 베풀기로 결심했던 거야'라고 생각했다.

2년 전쯤 경험했던 이 친절은 아직도 내 머릿속에 남아 있다. 가던 길을 멈추고 나를 돕기로 한 그의 단순한 결정은 나 역시 다른 사람들에게 그렇게 해야겠다는 자극이 되었다. 이것이야말로 우연히 만난 사이나 이미 맺은 관계에서 친절하게 행동할 때 꽃피는 아름다움이다. 친절한 행동 하나가 다른 친절을 낳는다.

크든 작든 친절한 행동이란 다른 사람들을 섬기려는 마음이다. 또한 친절이란 희생을 치르더라도 다른 사람을 섬기는 일이다. 기꺼이 희생하지 않으면 진정으로 사랑할 수 없다. 내가 주차장에서 도로로 나오도록 도와준 남성은 그날 자신의 시간 일부를 희생해야 했다. 크든 작든 친절한 행동은 "당신은 가치 있는 사람입니다"라는 뜻을 전해준다.

친절은 생존의 문제

대통령 시절, 조지 H. 부시는 지역 자원봉사자의 가치를 강조하며 그들을 미국의 '수많은 촛불'이라고 묘사했다.[1] 부시의 묘사와 당당한 문제 제기는 언론의 큰 관심을 받았다. 부시의 문제 제기에 힘입어 촛불재단(The Points of Light Foundation)이 발족했고 촛불재단은 지금도 미국 전역의 자원봉사 활동을 관리, 운영하는 대표적인 민간기구다.[2] 친절은 정치적 쟁점이 아니다. 인간의 생존에 관한 문제다. 먹느냐 먹히느냐의 치열한 세상에서는 결국 승자는 한 명뿐이다. 친절이 없으면 세상은 누구에게나 어둡고 외로운 감옥이 되고 만다. 그러나 친절한 행동이 있으면 서로가 생존하도록 도울 수 있다.

집단 차원의 친절

우리는 힘을 모아 사랑을 표현한 사람들의 집단을 알고 있다. 인기 있는 텔레비전 연속물 〈당신의 집을 고쳐드립니다*Extreme Makeover: Home Edition*〉는 사람들이 친절한 행동에 얼마나 매력을 느끼는지 보여준다. 그 프로그램을 볼 때마다 타이 페닝턴(Ty Pennington)과 그의 팀이 출연 가족들을 돕는 모습에 기쁨의 눈물을 흘리지 않을 수 없다는 이야기를 참 많이 들었다.

무대를 우리가 사는 지역으로 옮겨보면, 자원봉사를 할 기회는 참 많다. 예를 들어 워싱턴의 롱뷰에는 매년 '자원봉사의 주'가 있다. 롱뷰의 교회와 여러 단체들은 시민단체에 연락해서 "어떻게 봉사하면 될까요?"라고 묻는다. 일주일 내내 자원봉사자 수백 명이 시간을 내서 공원

울타리에 페인트를 칠하거나 시청에 있는 파일을 정리하고 공원에 자라는 식물을 보호하려고 뿌리 덮개를 덮는 등 온갖 일을 한다. 나이와 직업에 상관없이 모든 사람들이 참여한다. 그들은 아무런 보답도 바라지 않는다.

그런 친절한 행동을 통해 진정한 사랑이 드러난다. 테러리스트들의 공격, 허리케인 카트리나, 인도양의 쓰나미, 아프리카에 창궐한 에이즈 등 세계적인 재난이 발생하면 사람들은 집단으로 아낌없이 친절을 베푼다. 그러나 어떤 국제구호요원이나 자원봉사자에게 묻더라도 "저희는 도움이 필요한 사람들을 돕는 특권을 누리고 있답니다"라고 대답할 것이다.

개인 차원의 친절

아이오와 시의 공공주택으로 이사 온 지 얼마 안 되어서 르네는 이웃 초등학생들 몇 명이 걸어서 통학한다는 사실을 발견했다. 그 아이들의 집은 학교에서 2킬로미터 내에 있어서 스쿨버스를 탈 자격이 안 되었던 것이다. 대다수 아이들의 집안 형편은 넉넉하지 못했다. 부모들이 자동차가 없거나 면허증이 없었다. 아침 일찍 출근하는 부모들도 있었고, 어떤 부모들은 야간 교대 근무를 하고 온 탓에 아이들이 아침에 집을 나설 때는 자고 있었다.

머지않아 눈 덮인 아침이 찾아오면 자전거를 타고 학교에 가는 일마저 불가능해질 터였다. 르네는 이 아이들의 등교를 돕기 위해 무엇을 할 수 있을지 교장과 이야기를 나눴다. 교장은 차가 필요한 주민들이 있으면 르네의 전화번호를 건넸고, 르네는 자신의 미니 밴에 아들과 동네 아이들을 태우고 그들의 등하교를 도왔다. 사람들에게 필요한 것을 발견하고 그것을 해결하려는 마음에서 우러난 간단한 친절이었다. 결국 르네는 많은 이웃들과 친구가 되었고 아들에게 다른 사람을 돕는 일이 얼마나 쉬운지 보여줄 수 있었다.

집단 차원의 친절은 특히 큰 재난을 당했을 때 매우 중요하지만, 그보다는 생활방식으로 표현되는 개인 차원의 친절이 더욱 필요하다. 위기 상황에서는 필요한 것이 두드러지게 보이기 때문에 누구나 대응할 수 있다. 진정으로 애정을 지닌 사람은 흘러가는 일상 속에서 친절을 베풀 기회를 찾아낸다. 친절을 베풀지 말지 고민하지 않고 나오는 친절이 가장 좋다.

바쁜 삶의 공허함

때로 우리는 자기 자신의 문제에 너무 몰두한 나머지 주변 사람들에게 무엇이 필요한지 보지 못한다. 그러나 한 번 보게 되면, 보는 것에서 행동하는 것으로 도약해야 한다. 어쩌면 시간과 돈이라는 귀중한 자원 가운데 한쪽이나 양쪽 모두를 희생해야 할지도 모른다.

다른 사람들을 돕기에는 당신이 가진 돈과 시간이라는 자원이 너무 적다는 생각이 들 수도 있다. 우리는 '능력이 되면 돕겠지만 그렇게 할 수가 없어. 그러니 자선단체에 기부나 해야겠다'라고 생각하곤 한다. 자선단체에 기부하는 것도 친절한 행동이며 때로는 우리가 할 수 있는 최선의 행동이기도 하다. 그러나 일상생활에서 개인적으로 친절을 표현하는 측면에서 볼 때, 대다수 사람들은 성장해야 한다.

약 2,000년 전에 (그러니까 팩스, 아이팟, 휴대전화가 넘쳐나기 2,000년 전에) 소크라테스는 "바쁜 삶으로 인한 공허함을 조심하라"고 경고했다. 우리는 접수원을 칭찬하거나 영화관 안내 데스크에 있는 사람에게 주차장에 있는 어떤 차의 불이 켜져 있다는 사실을 알려줄 시간이 없다고 생각한다. 또는 일정표에 있는 다음 일로 머리가 꽉 차서 친절을 베풀 시간을 낼지 말지 선택조차 하지 않는다. 그러나 우리가 시계보다 사람들을 더 중요하게 여기면 삶은 정말 보람으로 가득 찬다!

친절이 삶의 자연스러운 일부가 되면, 시간을 내서 친절이 가치 있는지 아닌지 생각해 볼 필요도 없어진다. 사람들은 저마다 능력과 기회가 다르다. 우리의 과제는 주위 사람들에게 필요한 것을 채워주기 위해 우리 각자가 지닌 지식과 능력을 사용하는 것이다.

태도 변화

대부분의 사람들은 진심으로 친절한 사람이 되려면 태도가 바뀌어야 한다는 사실을 인정한다. 자기중심적인 삶을 살려는 거짓 자기는 "당신이 내게 친절히 대하면 나도 그렇게 하겠어"라고 말한다. 진정한 사랑을 추구하는 참 자기는 "당신이 나를 어떻게 대하든지 친절히 대하겠습니다"라고 말한다. 어떻게 하면 참 자기를 키울 수 있을까? 어떻게 하면 태도를 바꾸고 낯선 사람이나 (훨씬 어려운 경우지만) 잘 아는 사이면서 우리를 함부로 대하는 사람들에게도 친절을 베풀 마음을 가질 수 있을까?

친절의 아름다움

전국의 사람들로부터 친절을 경험한 이야기를 듣는 일은 이 책을 쓰며 누리는 큰 기쁨이었다. 다음은 서로를 사랑하는 방법을 알려주는 아주 단편적인 예들이다.

- 뉴욕 출신인 캐런은 나에게 친구 캐시의 이야기를 들려주었다.
  "캐시는 6개월 동안 직장 동료가 화학 치료를 받는 곳까지 데려다줬어요. 또 처방전을 받아오고 동료와 함께 있으면서 집안일을 도왔답니다."
- 스펜서는 아내가 출장을 떠나기 전이면 언제나 아내의 여행 가방에 격려의 메모를 슬쩍 넣어둔다.
- 데비는 건물 관리인이 회사에서 일한 지 1년이 되던 날 깜짝 파티를 열어주었다.
- 로버트는 가게에서 할인을 한다며 그에게 29센트짜리 양배추를 사다준 이웃 사람의 행동을 30년이 지나도록 마음에 간직하고 있다.
- 어느 날 아침 출근한 카일은 사무실에서 이동식 난방기를 발견했다. 카일의 사무실이 춥다는 사실을 눈치 챈 비서가 사다둔 것이었다.
- 조셉은 아내의 틀린 덧셈을 고칠 때면 가계부 여백에 '사랑해!'라고 쓴다.
- 휴가를 마치고 돌아온 헬렌과 알렉스는 이웃 사람이 그들의 잔디를 깎아두었다는 사실을 깨달았다.
- 나이 지긋한 친구가 내게 말했다.
  "나는 알코올중독 아버지와 일중독 어머니 밑에서 자랐네. 힘든 삶이었어. 하지만 학교에서 돌아오면 오후마다 나를 돌봐주신 사랑이 넘치는 할머니가 계셨지. 할머니는 언제나 쿠키와 우유와 포옹을 준비해 두셨어. 할머니가 안 계셨다면 지금 내가 어떻게 되었을지 생각만 해도 오싹하다네."
- 도로시가 출산 후 복직하자 킴은 일주일에 며칠씩 도로시의 아기를 무료로 돌봐주었다.
- 어느 눈 오는 날, 메리는 부서 사람들을 위해 스튜를 한 단지 샀다.
- 네이트는 이렇게 되뇐다.
  "야구 경기를 보며 아무리 많은 질문을 해도 아빠는 언제나 천천히 대답해 주시고 규칙을 설명해 주셨습니다."
- 재스민의 시부모가 새로 태어난 손자를 보러 오기 전날, 재스민의 친구들은 마루 청소용 수세미와 진공청소기, 대걸레를 들고 재스민의 집에 모여 오후 내내 재스민 대신 청소를 해줬다.

친절이 사람을 변화시킨다

제이크와 코니의 결혼생활은 삐걱거렸다. 제이크는 직업상 여기저기 여행을 다녔고 자녀 양육에 거의 도움을 주지 못했다. 코니는 불평했고 제이크는 변명했다. 그러는 동안 정신질환과 싸우던 코니의 상태는 더 나빠졌다. 때로는 아침에 출근하지 못하거나 아이들을 학교에 데려다주지 못했다. 코니가 쇠약해지면서 제이크를 점점 더 필요로 하자 제이크의 태도는 점차 변하기 시작했다. 제이크는 가족과 더 많은 시간을 보내기 위해 직장을 그만두었고, 이기심을 버리고 친절을 행하면 무엇을 얻을 수 있는지 보기로 결심했다.

제이크는 이렇게 말한다.

"가족들에게 남은 최고의 재산은 저 자신이라는 사실을 깨달았습니다. 저는 가족을 섬기기 위해 최선을 다할 겁니다. 가족들이 내 욕구를 채워줄까 어떨까 하는 걱정은 더 이상 하지 않을 작정입니다. 그런 생각을 하며 시간을 보내는 대신 빨래와 설거지를 하고 아이들의 숙제를 도와주고 싶습니다. 저는 그저 가만히 앉아 가족들이 내게 무엇을 해줄까 하는 생각에만 빠져 있기는 싫습니다."

제이크는 가장 어려운 상황에서 진정한 사랑을 표현하기로 결심했고 친절이 치유를 일으킨다고 믿었다. 그리고 자신의 친절이 온 가족을 변화시키는 것이 보이기 시작했다. 코니는 전에 비해 더 자주 웃으며 사람들의 삶에 관심을 쏟으려고 더욱 노력한다. 아이들은 부모 사이의 불화가 잦아든 아늑한 분위기 속에서 무럭무럭 자라고 있다. 제이크는 분노를 버리고 친절을 선택했을 때 가족들에게 어떤 변화가 일어날지 알지 못했지만 한결같은 사랑만이 가족들을 결속할 수 있다는 사실을 알게 되었다.

우리의 목표는 절대로 친절을 이용해 사람들을 조종하는 것이 아니다. 그러나 친절한 행동이 사람을 바꿀 수 있다는 사실, 즉 피곤한 자동차 정비공을 웃게 하거나 상사가 주는 스트레스를 완화시킬 수 있다는 사실을 알게 되면, 친절을 베풀고 싶은 마음이 더 간절해진다.

범위를 세계로 넓혀보면, 나라를 강하게 만들어주는 것은 적개심이 아니라 친절이라는 사실이 역사를 통해 드러난다. 예를 들어 지난 수십 년 동안 관타나모의 수용소는 논쟁의 피뢰침이었다. 탈레반이나 알카에다와의 관련성을 의심받는 외국인 정치범을 심문할 때 사용한 방법을 두고 논쟁이 치열했다. 그러나 더욱 가혹한 심문 방법을 쓴 지 몇 년이 지나, 관계자들은 "(정보 수집 측면에서) 지난 몇 해 동안 거둔 최고의 성과는 인간적인 친절에서 나온다"는 사실을 발견했다. 심문자들이 시간을 들여 죄수들의 존경을 얻은 다음 '문제를 친근하고 능률적인 방식으로 접근'하자 죄수들은 필요한 정보를 선별해 주는 경향을 보였다.[3] 친절의 영향력을 절대 간과해서는 안 된다.

친절을 옷 입고

태도를 바꾸는 두 번째 단계는 우리 모두 친절을 생활방식으로 삼고 행할 능력이 있다는 사실을 깨닫는 것이다. 내가 만난 가장 친절한 사람들 가운데 한 명은 말했다.

"매일 아침 저는 안경을 끼고 바지와 셔츠와 재킷을 입고 모자를 씁니다. 그런 다음 친절이라는 외투를 입은 제 모습을 그려봅니다. 친절이라는 외투는 제 온 몸을 감싸고 저는 오늘 하루 친절로 사람들을 감동시킬 수 있기를 기도합니다.”

그는 실제로 수많은 사람들의 삶에 감동을 주었다. 그는 아픈 이웃들을 위해 잔디를 대신 깎아주고, 노인들을 위해 낙엽을 갈퀴로 모아주고, 필요한 사람들에게 강연 테이프나 책을 가져다주고, 가난한 어린이들에게는 캠프 비용을 지불해 주었다. 그가 죽었을 때, 사회 모든 분야에서 사람들이 찾아와 그의 친절을 경험한 이야기를 나누느라 장례식은 3시간이 넘도록 지속되었다.

우리가 친절을 옷으로 삼아 입으면 어떤 친절을 베풀어야 할지 말아야 할지 고민할 필요가 없어진다. 어디를 가든지 친절은 우리의 영원한 동반자가 되어줄 것이다.

한번은 끔찍하게 학대하던 남편에게서 벗어난 여자가 출연한 텔레비전 프로그램을 보았다. 질문자가 어떻게 견뎠느냐고 묻자, 그 여자는 슈퍼에서 그녀에게 웃어준 사람 때문에 하루를 견딘 날도 있었다고 말했다.

우리 모두에게는 날마다 전화로나 사무실에서나 집에서나 사람들을 친절히 대할 기회가 셀 수 없이 많이 찾아온다. 날마다 친절이라는 외투를 입은 자신의 모습을 그려보면, 우리가 누군가의 삶을 바꿀 수도 있지 않을까?

친절을 거부당할 때

태도를 바꾸는 세 번째 단계는, 우리의 친절에 사람들이 긍정적으로 반응하느냐 아니냐는 우리의 책임이 아니라는 사실을 깨닫는 것이다. 누군가가 우리의 친절을 거부하면 움츠러들거나 화를 내기 쉽다. 그러나 우리의 친절을 감사하며 받아들이든지, 거절하든지, 자기중심적인 동기에서 비롯된 행동이라며 우리를 비난하든지, 친절로 보답하든지 그것은 모두 각자의 자유다. 우리는 사람들의 반응을 조종할 수 없다.

블레이크는 열 살의 나이로 마약에 중독되었다. 열세 살에 처음으로 치료 프로그램에 참여했고 스무 살이 될 때까지 그런 치료를 네 번 더 받았다. 성공한 예술가가 된 다음에도 그는 마약을 끊지 못했다. 이런 악습이 계속되는 동안 블레이크의 엄마 메릴린은 사랑을 보여주었다. 의사들이 블레이크에게 마약 때문에 심장이 손상되고 있다고 말했을 때도 메릴린은 아들을 사랑했다. 메릴린은 "이 아이는 제 아들이에요"라고 말하며 언제나 아들의 미래를 믿어주었다.

메릴린은 아들을 사랑했기 때문에 돈을 달라는 블레이크의 청을 거절하기도 했고, 블레이크가 마약 살 돈을 마련하려고 집 물건을 몰래 팔자 집에서 내쫓기도 했다. 그러나 메릴린은 언제나 블레이크에게 자신이 아들을 사랑한다는 사실을 일깨워주었다. 그녀는 블레이크의 삶에 희망을 보여주는 존재가 되는 것이 자신의 소명이라고 생각했다.

블레이크는 심장판막 이식수술을 두 번 받고 생명이 2년 연장되었다. 메릴린은 아들이 외롭게 죽거나 요양시설에서 죽기를 바라지 않았다. 그녀는 마지막 순간까지 집에서 아들을 돌보는 데 헌신했다. 블레이크는 죽을 무렵에도 그동안의 행동을 사과하지는 않았지만 태도는 점차 부드러워졌다. 돌봐주어 고맙다는 말은 하지 않았지만 엄마와 눈을 맞추기 시작했다.

블레이크의 장례식 설교 제목은 "사랑으로 충분하다"였는데, 친절은 언제나 보람 있는 행동이라는 우리의 믿음에 바치는 찬사였다. 신뢰가 깨진 세상에서 늘 우리가 바라는 대로 관계를 맺기란 어려운 일이다. 친절한 행동의 영향력은 눈에 보이지 않을 수도 있다. 그러나 진정한 사랑을 하는 사람은 사랑하기 어려운 순간에도 헌신적인 모습을 보여준다.

상대방이 친절을 거부한다면, 지금은 우리에게 등을 돌리지만 언젠가는 방향을 바꿔 우리를 향해 걸어오리라는 희망을 품고 있으면 된다. 그때까지 사랑하는 태도를 간직하고 있으면 된다. 상대방이 가장 좋은 모습이 되기를 바라며 그런 소망을 친절로 표현하려고 노력하면 된다. 그리고 가장 어려운 때에도 사랑이 있으면 충분하다는 사실을 믿으면 된다.

말 한마디의 중요함

"막대기와 돌은 내 뼈를 부러뜨리지만 말은 나를 해칠 수 없다"는 격언이 있다. 사실은 그와 반대로, 비난하는 말은 평생 지워지지 않는 상처를 줄 수도 있다.

대학을 갓 졸업한 몰리는 처음으로 마련한 아파트를 꾸밀 돈이 없었다. 몰리는 가구를 찾다가 부모님 댁 다락에서 할머니가 쓰시던 오래된 책상을 찾아냈다. 손을 좀 봐야 했지만 아파트에 가져다두면 멋진 가구가 되어줄 것 같았다.

몰리는 일주일 동안 세심하게 책상을 수리하고 광을 냈다. 몰리의 아빠는 그것을 보고 몰리의 노력을 인정해 주거나 도움이 필요한지 묻

•이제 시작!

다음은 일상생활에서 친절을 표현할 수 있는 간단한 방법들이다. 당신이 이보다 더 많은 방법을 생각해 낼 수 있으리라 믿는다.

- 가게 점원 칭찬해 주기.
- 다음에 들어오는 사람을 위해 문 잡아주기.
- 아이에게 웃어주고, 아이가 말을 걸어오면 귀 기울여 주기.
- 동네에서 '무료 세차의 날' 주최하기.
- 슈퍼에서 뒷사람에게 먼저 계산하라고 말하기.
- 비 오는 날 다른 사람과 우산 같이 쓰기.
- 톨게이트를 통과할 때 다음 차의 통행료까지 함께 계산하기.
- 이웃집 잔디를 깎아주고 나뭇잎을 긁어모아 주고 삽으로 흙을 치워 길 만들어주기.
- 노인들 방문하기.
- 팁 후하게 주기.
- 누군가가 힘든 시간을 보내고 있다면, "필요할 때 연락해요"라는 형식적인 말 대신 장을 봐주거나 아이들을 돌봐주거나 집을 청소해 주는 등 도움이 될 일을 구체적으로 제안하기.
- 몇 사람을 모아 동네를 집집마다 돌며 무료 정원사가 필요하지 않은지 물어보기.
- 비서의 생일에 밖으로 나가 점심 사주기.
- 친구나 가족이 언제 사랑받는다고 느끼는지 살펴보고, 그 방식으로 사랑을 전하려고 노력하기.
- 업무에서 출중한 실력을 보이는 사람이 있으면 그의 상사에게 알려줄 기회 찾기.
- 아는 사람들의 가족 가운데 죽은 사람이 있다면, 최근 일이 아니더라도 전화 걸어주기.

는 대신, 투덜거리며 쓸모없는 짓을 한다는 듯 고개를 저었다. 몰리는 자신의 집 거실로 책상을 옮겨왔지만 아빠의 말없는 비난을 절대 잊지 못했다.

10년 후, 그 책상은 다시 손질되어 몰리가 남편과 두 딸과 함께 사는 집에 놓였다. 어느 날 몰리의 아빠는 책상을 가리키며 "덴마크 산 기름으로 칠했으면 훨씬 나았을 거다"라고 말했다.

몰리는 이렇게 말한다.

"다른 기름으로 칠했으면 제 삶이 더 나아졌을 거라는 말로 들렸어요. 전 아빠의 마음을 흡족하게 하지 못하는 딸이었죠."

우리 가운데도 부당하게 불친절한 말을 들으며 자란 사람이 있을 것이다. 성인이 된 우리가 해결해야 할 난제는 우리가 쓰는 불친절한 말을 친절한 말로 바꾸는 것이다. 우리는 받은 대로 돌려주려는 본성이 있다. 그러나 의식적인 노력을 기울여 사랑하면 친절한 말을 하는 법을 익힐 수 있다.

긍정적인 말

당신이 집과 직장에서 쓰는 말은 다른 사람들의 활력을 북돋워주는가? 아니면 다른 사람들의 삶을 더 힘들게 만드는가? 사랑을 잘하는 사람들은 말과 행동에서 일관성을 보인다. 분노에 찬 아버지가 사춘기 자녀에게 "좋아, 나가라. 이제 나도 지쳤다"라고 말한다면, 말 자체는 긍정문이지만 사실은 불친절한 말이다. 그 자녀는 아버지와 멀어졌다고 느끼며 집을 나간다. 사랑이 넘치는 아버지라면 "그래, 나가거라. 좋은 시간을 보내기 바란다. 아버지는 너를 사랑해. 그러니까 부디 몸 조심해라"라고 말할 것이다. 말투와 표정도 말만큼이나 중요하다.

우리는 다른 사람들을 놀리고 깔아뭉개는 습관에 빠지기 쉽다. 상대방이 가족일 경우에는 더욱 그렇다. 그래서 나는 부부들이 서로 친절하게 대화를 나누는 모습을 보는 것이 참 좋다. 한번은 어떤 남성이 현관문을 열지 못해 가족들을 집 밖에 세워두었던 일로 자책하는 말을 들었다. 그의 아내는 느긋하게 "여보, 딱 한 번이었잖아요. 결국 문도 잘 열었고요"라고 말했다. 그녀는 비난할 기회를 잡았지만 그 기회를 칭찬할 기회로 바꿨던 것이다.

얼마 전에 나는 아버지가 죽은 중년 여성과 상담을 하고 있었다. 그녀는 말했다.

"어머니와 아버지는 47년 동안 서로를 경멸했어요. 그러면서도 왜 계속 함께 사셨는지 이해가 안 돼요."

내가 물었다.

"두 분이 다른 사람과 결혼했다면 상황이 달라졌을 거라고 생각하나요?"

"아닐 거예요. 두 분 모두 저에게도 부정적으로 말을 하신걸요. 저는 상당히 착한 딸이었다고 생각해요. 원래부터 부정적인 두 사람이 만나서 우연히 결혼하신 거예요."

부정적인 태도로 살아가며 날마다 입에서 해로운 말을 쏟아내는 사람들을 생각하면 얼마나 슬픈지! 친절한 말의 힘을 얕보면 안 된다. 누군가의 삶을 바꿀 수도 있다.

인정해 주는 말

수년 전에 뉴욕 거리의 폭력배 두목이자 마약중독자였던 니키 크루즈는 니키와 같은 사람들을 돕는 데 헌신하기로 한 청년 데이비드 윌커슨을 만났다. 니키는 "가까이 오면 죽을 줄 알아"라고 경고했지만 윌커슨은 "그렇게 하세요. 저를 수천 조각으로 갈가리 찢어서 거리에 널어두세요. 그러면 그 모든 조각들도 당신을 사랑할 겁니다"라고 대답했다.[4] 얼마 후 니키가 폭력배 생활을 버렸고 이제는 세상에 긍정적인 영향력을 주며 살고 있다는 사실에 놀라지 않을 사람이 있을까?

친절한 사람은 다른 사람들을 말로 격려해 줄 방법을 찾는다.

- "그 옷 입으니까 멋진데"라는 말을 싫어할 아내가 있을까?
- "내 삶을 더 안락하게 해주려고 해준 모든 일들 고마워요"라는 말에 힘이 솟지 않는 남편이 있을까?
- 상사가 "이번 일에 수고가 많았네. 고마워. 자네가 열심히 애쓴 것 알고 있네"라고 말할 때 으쓱해지지 않는 직원이 있을까?

친절한 말이란 사람들의 존재와 그들이 지금 하는 일을 인정해 주는 말이다.

희망적인 말

최근 심리학자 존 트렌트(Jonh Trent)의 강연을 들었다. 존은 홀어머니 밑에서 자란 경험을 이야기했다. 알코올중독자인 아버지는 존이 어렸을 때 어머니를 떠났다. 존과 형제들은 엄청난 상처와 분노를 품었고 그것은 행동으로 나타났다. 존과 동생은 나쁜 행실로 초등학교에서 쫓겨났다.

고등학교 3학년 때 존은 학기말 리포트에서 낙제점을 받았다. 어머니는 그 리포트를 보고 말했다.

"주석을 전혀 안 달았고 목차도 없지만 그래도 잘 썼구나. 네가 언변으로 사람들에게 도움을 주는 날이 오더라도 엄마는 놀라지 않을 거야."

존은 그 격려에 힘을 얻었다. 오늘날 존 트렌트는 왕성한 활동을 펼치는 유명한 작가다.

친절한 말은 상대방의 내면에 숨은 최고의 모습을 알아보고 그것을 밖으로 이끌어낸다.

진실한 말

친절한 말은 늘 긍정적이지는 않다. 진정한 사랑은 사람들이 파괴적인 행동을 할 때면 막아선다. 소냐는 외할머니에 대해서 이렇게 말한다.

"외할머니는 저를 조건 없이 사랑하셨고 제가 더 잘 해야 하는 순간에도 알려주셨어요. 제 삶의 오르막과 내리막에서 할머니는 언제나 힘이 돼주셨어요. 제가 잘못된 길을 가면 깨우쳐주시고 저에 대한 사랑을 절대 거두지 않으셨어요."

상대방의 유익함을 위해 온화한 마음으로 맞서면, 대립 상황이라고 해도 친절한 말을 할 수 있다. 우리의 과제는 사랑하는 마음으로 진실을 말하는 것이다.

친절하게 말하기

어떻게 하면 친절한 말을 할 수 있을까?

- 말의 중요성을 인식하라. 당신의 말 한마디는 매우 중요하며 강력하

다. 이런 사실을 제대로 인식하는 방법 한 가지는 다른 사람들의 말에 귀를 기울이는 것이다. 하루 종일 귀에 들려온 불친절한 말과 친절한 말을 적어보라. 눈이 확 뜨이는 경험을 하게 될 것이다.

- 자신의 말을 관찰하라. 이를 습관으로 만들려면 다른 사람과 대화한 후에 '나는 금방 어떤 친절한 말과 어떤 해로운 말을 했나?'라고 자문하라. 만약 해로운 말을 했다면 상대방에게 사과하라. 사과는 어려운 일이므로 우리가 언어 습관을 바꾸도록 도와주는 좋은 매개물이 되어줄 수 있다.
- 해로운 말을 유익한 말로 바꾸라. 개인적인 영역부터 시작하면 좋다. 만약 다른 운전자들에게 습관적으로 험한 말을 한다면, 그런 습관을 바꿔보라. "이 머저리, 그러다 누구 죽이겠어"라는 말 대신 "안전하게 집으로 돌아가세요. 가는 길에 자기 자신이나 다른 사람을 죽이지 마세요"라고 말해도 좋다. 개인적인 영역에서 부정적인 말을 긍정적인 말로 대체하면 공적인 영역에서도 그렇게 말하기 훨씬 쉬워진다.
- 만나는 사람들이 모두 가치 있는 존재임을 기억하라. 우리는 저마다 삶에서 나름의 역할을 한다. 사랑을 주고받는 것도 충실히 그 역할을 수행하는 방법이다. 때로는 상대가 사랑받을 만한 사람이 아니더라도 말이다. 모든 사람이 얼마나 중요한 존재인지 기억한다면, 친절한 말이 훨씬 쉽게 나온다.

습관으로 만들기: 자기 자신이나 다른 사람들에 대해서 부정적인 생각이 들면 그 생각을 멈추라. 머릿속에 떠오른 말들을 자기 자신이나 다른 사람들에 대한 긍정적인 말로 바꾸라.

친절의 훼방꾼: 나쁜 습관

친절한 행동이 자연스럽게 나오지 않는다면 그 까닭은 당신이 불친절한 사람이기 때문이 아니다. 내가 이 책을 쓴 이유는 우리 모두 다른 사람을 사랑할 능력이 있기 때문이다. 다른 사람들을 진정으로 사랑하지 못하는 원인은 단순히 실천의 문제일 수도 있다.

우리는 보통 나쁜 습관이라고 하면 손톱을 물어뜯거나 잠자기 전에 초콜릿을 먹는 등의 나쁜 행동만 떠올린다. 하지만 습관은 우리가 '하지 않는 행동'이기도 하다. 주문할 때 종업원과 눈을 마주치지는 일이 몸에 배지 않았다면, 우리는 그렇게 할 수 없다. 사무실 음료대 위가 어질러져 있어도 누군가 치우리라고 생각하고 그대로 두고 나오는 데 익숙한 사람이라면, 대부분 자신이 그런 행동을 하고 있다는 사실조차 인식하지 못한다.

"전구를 바꿀 때 정신과 의사가 몇 명이나 필요할까?"라는 오래된 농담을 아는가? 정답은? "한 명이다. 그러나 전구가 교체를 원해야 한다." 불친절한 습관을 바꾸는 첫 번째 단계는 친절해지겠다는 자발적인 마음이다.

어느 젊은 여성이 내게 말했다.

"제 룸메이트가 깨끗한 욕실을 좋아한다는 사실을 알고 있었지만, 저는 어느새 바닥에 젖은 수건을 그대로 두고 나오는 습관이 생겼어요. 다음번에 샤워를 하러 들어가면 언제나 다시 걸려 있어서 별다른 생각을 하지 못했던 거죠. 그런데 어느 날 아침 수건이 바닥에서 저를 노려보고 있는 거예요. 그때 제가 무의식적으로 불친절한 행동을 반복해 왔다는 사실을 깨달았죠. 날마다 수건을 집는 것을 습관으로 삼았어요. 그러자 룸메이트를 기쁘게 해줄 다른 방법들이 생각 나기 시작했어요. 예를 들어 그애가 자려고 할 때면 텔레비전 소리를 낮추는 거죠. 제 몸에 밴 나쁜 습관들이 얼마나 많은지 깨닫고 깜짝 놀랐다니까요! 어떻게 하면 룸메이트가 사랑 받는다고 느끼는지 알아내서 그애에게 친절하게 대할 방법을 생각하는 일은 일종의 게임이 됐어요."

친절은 친절을 낳는다. 그래서 다른 사람들이 친절을 베푼 이야기를 읽으면 유익하다. 구체적인 단서를 주는 것은 물론이고 친절을 행하는 데 마음을 더 활짝 열도록 도와준다.(최근에 〈시카고 선타임스〉와 같은 일부 신문들은 해당 지역에서 생긴 '뜻밖의 친절' 사연을 게재하기 시작했다.)

의식적으로 친절을 실천하면 사람의 가치를 보는 눈이 생긴다. 사람들을 보는 새로운 눈이 밝아지면, 우리와 만나는 모든 사람이 인정받을 가치가 있다는 이유만으로도 친절하게 대하고 싶은 마음이 생긴다.

친절 계발하기

중년의 사업가 리처드가 불안과 불평을 안고 나를 찾아왔다. 아내와는 자주 말다툼을 했고 자녀들은 그를 피하는 눈치였다. 리처드는 자신이 가족과 회사에 중요한 존재라는 사실을 알았지만 뭘 어떻게 바꾸면 좋을지 알지 못했다. 우선 나는 리처드에게 회사나 집에서 했던 말과 행동 가운데 불친절하다고 여겨지는 것들을 계속 적어보라고 했다.

다음주에 리처드는 나를 찾아와서 말했다.

"하루를 돌아보고 저의 불친절한 말과 행동을 적으면서 변화가 필요하다는 사실을 절감했습니다."

자신이 얼마나 불친절한 사람인지 깨닫는 일이야말로 리처드가 친절한 사람이 되기 위해 거쳐야 하는 중요한 단계였다. 이제는 지나간 잘못을 다룰 차례였다. 밤마다 리처드는 그날 사람들에게 상처를 주었을지 모르는 행동들을 곰곰이 따져보았다. 그는 다음날 자신이 불친절하게 대했던 사람들을 찾아가 사과를 했다.

리처드는 이렇게 말했다.

"지난 몇 주 동안 생활이 무척 달라졌습니다. 주말이면 부정적인 습관을 깨뜨리고 있다는 기분이 들었죠."

리처드는 웃으면서 덧붙였다.

"사람의 행동을 변화시키는 데는 사과만 한 것이 없더군요."

과거에 저질렀던 실수의 파편들은 말끔히 사라졌다. 리처드는 이제 친절을 새로운 생활방식으로 가꿔나갈 준비가 되었다. 나는 집에서부터 시작하라고 제안했지만 리처드는 말했다.

"회사에서 시작하는 것이 더 쉬울 것 같습니다."

나는 고개를 저었다.

"사람들이 친절이라고 생각하는 행동의 상당수가 상대방에게 물건을 팔거나 우리에게 친절하게 대하도록 만들 목적으로 사람을 조종하는 것입니다. 우리가 꿈꾸는 친절은 그런 것이 아닙니다. 다른 사람들에게 보탬이 되고자 친절한 말과 행동을 하는 것이지요. 단순히 겉만 번지르르한 예의 정도가 아니라는 뜻입니다. 진실한 사랑에서 우러나는 친절을 말하는 것입니다."

리처드는 내 말에 동의했다.

"좋습니다. 집에서부터 시작하지요. 할 수 있을 것 같습니다."

나는 고개를 끄덕였지만 이 훈련은 끊임없이 반복되어야 한다는 사실을 알았다. 나는 리처드에게 아침마다 집과 직장에서 친절을 행할 기회를 주의 깊게 찾아보라고 격려했다.

몇 달 후, 리처드는 내게 말했다.

"제 삶에서 최고의 장이 이제 막 펼쳐졌습니다. 아내와 아이들은 완전히 친절해졌고 회사 분위기도 훨씬 유쾌해졌습니다."

상담가로서 나는 리처드가 친절의 열매를 경험하는 모습을 보고 전율을 느꼈다.

어느 날 아침 잠에서 깨어 이제부터 친절한 사람이 되겠다고 결심해서 친절한 사람이 되지는 않는다. 사랑의 다른 특성과 마찬가지로 친절은 우리가 마음을 열고 사랑이 넘치는 사람이 되기로 결심해야 서서히 계발된다. 우리는 매일 계획표에서 친절한 행동을 빠뜨리지 않는 법을 의식적으로 익혀야 한다.

몸과 영혼

진정한 사랑의 가장 큰 장점은 우리 자신의 몸과 영혼을 치유해 준다는 사실이다! 몇몇 연구 결과는 친절한 행동이 신체적으로나 정신적으로 유익하다는 사실을 알려준다. 예를 들면 다음과 같다.

- 친절한 행동은 몸에서 자연적으로 나오는 진통제인 엔도르핀을 생성시킨다.
- 친절한 행동을 한 뒤에 느껴지는 행복과 평화는 자주 나타나는 현상이라서 '봉사자의 쾌감'이라고 불린다.
- 다른 사람들을 도우면 질병 발생 빈도가 낮아진다.
- 친절한 행동은 절망과 적대감, 고독 등의 감정에 변화를 일으키는 것으로 입증되었다. 다른 사람을 도우면 스트레스가 완화된다.
- 친절한 행동으로 인한 건강상의 이점은 그 일을 기억하느냐의 여부와 상관없이 몇 시간 또는 며칠 동안 지속된다.
- 긍정적인 관계를 맺으며 다른 사람들을 돌보면 면역체계가 향상된다.
- 다른 사람들을 친절하게 대하면 자존감과 낙관주의 및 전반적인 삶의 만족도가 높아진다.[5]

다음 사람에게 갚기

에린의 아들이 태어난 뒤, 제시는 에린 부부가 데이트를 할 때마다 아기를 돌봐주었다. 게다가 자신의 아이들에게는 더 이상 필요하지 않은 책과 장난감을 가져다주고, 아기를 보러 올 때마다 작은 선물을 가져왔다. 그날도 에린은 제시에게 아기를 맡겼다가 데려가려고 아기를 카시트에 태우면서 물었다.

"제시, 내가 해줄 일은 없어?"

제시는 말했다.

"아니야. 그동안 많은 사람들이 우리를 도와줬어. 그걸 다음 사람에게 전달하니 참 좋다."

제시는 '다음 사람에게 갚는 행동'의 가치를 보여주고 있었다. 누군가 우리에게 친절을 베풀면, 우리는 그 친절을 다른 사람들에게도 전해주고 싶어진다.

캐서린 라이언 하이드(Catherine Ryan Hyde)의 소설 《다음 사람에게 갚아라*Pay It Forward*》와 동명 영화제목 때문에 '다음 사람에게 갚아라'라는 말에 익숙한 사람들이 많을 것이다(한국에서는 《아름다운 세상을 위하여》라는 제목으로 번역되었다—옮긴이). 사실 작가들과 철학자들은 수십 년 혹은 수백 년 동안 친절의 이런 측면을 탐구해 왔다. 벤저민 프랭클린이 1784년 4월 22일에 쓴 편지를 살펴보자.

> 친애하는 선생님께
>
> 이번달 15일에 선생님의 편지와 동봉된 진정서를 받았습니다. 사람들이 설명한 선생님의 상황에 마음이 아픕니다. 편지와 함께 선생님이 텐 루이스 도르스에게 지불하도록 돈을 보냅니다. 저는 그만한 돈을 거저 주는 체하지는 않겠습니다. 빌려드리는 것입니다. 선생님께서 기분 좋게 선생님의 나라로 귀향하신다면 어떤 사업에서든지 성공하실 것이고 그러면 언젠가는 모든 빚을 청산하시리라 생각합니다. 그렇게 되신다면, 비슷한 곤경에 빠진 또 다른 정직한 사람을 만나실 때 제가 드리는 이 금액만큼 그에게 주십시오. 그렇게 저에게 갚으십시오. 그에게도 역량

이 될 때 그 빚을 비슷한 절차로 다른 사람에게 갚으라고 하십시오. 이렇게 이 빚이 많은 사람들을 거치기를 바랍니다. 이 흐름을 저지할 악한에게 닿기 전에 말입니다. 이것은 적은 돈으로 큰 선행을 이루려는 저의 책략입니다. 저는 '선행'을 많이 할 만큼 넉넉한 형편은 아니기 때문에 이렇게 머리를 굴려서 최소한으로 최대한의 이익을 남기려고 하는 것입니다. 선생님의 사업이 성공하고 미래가 번창하기를 바라 마지않으며, 선생님의 벗이 보냅니다.[6]

B. 프랭클린

프랭클린은 다른 사람에게서 받은 친절을 갚는 가장 강력한 방법이 그 친절을 또 다른 사람에게 베푸는 것이라는 사실을 알고 있다. 프랭클린은 이런 식으로 적은 것을 주고 그것을 몇 배로 늘렸던 것이다.

우리는 한 번 다른 사람들에게 친절을 행하고 나면 친절을 베풀 또 다른 방법을 찾게 되며, 다른 사람들이 우리에게 친절을 보이면 그 친절을 다음 사람에게 전하고 싶은 의욕이 생긴다. 누군가 나에게 친절히 대하면 반드시 다른 사람에게도 친절한 행동을 하라.

한 소년의 희생으로

15년 전, 제프 릴랜드와 크리스티 릴랜드 부부의 아기인 마이클은 몇 주밖에 살지 못할 상태였다. 마이클을 살릴 수 있는 유일한 방법은 골수이식뿐이었는데 수술비가 20만 달러나 되었다. 보험회사는 수술비를 대줄 수 없다고 했고 교사인 제프의 월급만으로는 먹고살기도 빠듯했다.

그때 제크가 근무하는 워싱턴 커클랜드의 중학교에서 가장 가난한 학생에 속하는 데이먼이 제프에게 5달러짜리 12장을 내밀었다. 지금 막 통장 예금액 전부를 빼온 것이었다. 그 이야기를 들은 교장은 학생들에게 기부를 독려했고, 기부는 곧 그 지역 전체로 퍼져나갔다. 데이먼의 친절한 행동은 4주도 되지 않아 도시 전체에 모금운동의 불을 붙였다. 결국 마이클의 생명을 구할 골수이식 수술비로 22만 7,000달러가 모였다.

한 소년의 섬김이 불러온 놀라운 결과를 경험한 릴랜드 부부는 미국참새클럽(Sparrow Clubs USA)을 만들었다. 학교에 기반을 둔 동호회로서, 학생들에게 위독한 아이들을 도울 기회를 주는 비영리단체다. 미국참새클럽은 1995년 이후 250만 달러 이상을 모금해 중병에 걸렸거나 장애를 앓고 있는 어린이 400여 명을 도왔다. 각자가 '입양한 참새'를 대신해 자원봉사를 하기로 마음먹은 아이들은 전국에서 도합 10만 시간 이상 지역봉사를 했다.

제프의 말에 따르면, 아이들이 함께 활동하며 친절을 베풀자 "미세하지만 매우 긍정적이고 효과적인 영향력이 학교 전반에 퍼진 부정적인 문화를 약화시키는 현상"이 나타나기 시작했다. 제프는 "아이들이 입양한 참새를 돕는다는 공통된 목표를 갖고 지역사회에 봉사를 한 덕택에 더 넓은 의미의 단결과 친절이 학교 문화에 스며들고 있다"라고 말한다.[7]

우리는 우리가 한 친절한 행동의 결과를 보지 못할 수도 있다. 그러나 사랑을 잘하는 사람들은 단 한 번의 섬김도 다른 사람의 삶을 바꿀 수 있음을 안다. 노숙인을 섬기고 있든 어린이나 식탁 맞은편에 앉은 사람을 섬기고 있든, 친절이란 상대방의 가치를 인정하는 것이다. 친절은 놀라울 정도로 단순할 수도 있다. 그러나 그 영향력은 평생 지속된다.

이렇게 하면 당신의 관계는 어떻게 달라질까?

- 다른 사람을 만날 때마다 그것이 친절을 표현할 기회라고 여긴다면?
- 즐거운 때는 물론이고 어려운 때도 친절하기로 결심한다면?
- 매년 일주일씩 시간을 내서 자원봉사 활동에 참여한다면?
- 다른 사람들에게 도움이 되는 말을 하고 불친절한 말과 행동에 대해서는 사과한다면?
- 언제나 상대방의 가치를 인정해 줄 기회를 찾는다면?

삶에 적용하기

토론과 고찰을 위한 질문

1. 누군가에게 친절을 베푼 뒤 '봉사자의 쾌감'을 느낀 경험이 있다면 설명해 보라.
2. 당신은 주로 어떤 방법으로 친절을 베푸는가?
3. 누군가에게 친절을 베풀고 싶다는 의욕을 불러일으킨 다른 사람의 친절한 행동이나 말이 있다면 무엇인가?
4. 29페이지의 자기 점검 목록을 통해 당신에게 친절이 자연스러운 생활방식인지 점검하며 특별히 느낀 점이 있다면 무엇인가?
5. 친절을 행하기 가장 어려운 때는 언제인가?

적용은 이렇게

1. 당신이 만나는 모든 사람들을 이런 모습이라고 그려보자.
   • 설명할 수 없을 정도로 귀중한 사람
   • 재능이 있는 사람
   • 특별한 사명을 띠고 태어난 사람
   • 진정한 사랑을 주고받을 줄 아는 사람
2. 자기 자신을 이런 사람이라고 그려보자.
   • 진정한 사랑의 태도를 계발하고 있는 변화된 사람
   • 친절로 옷 입은 잠재력 있는 사람
   • 거부당하거나 불친절한 대우를 받더라도 친절을 베풀 능력이 있는 사람
   • 누구나 친절을 받아들이거나 거부하거나 보답할 자유가 있음을 인정하는 사람
   • 사람을 만날 때마다 친절을 표현할 기회로 여기는 사람
3. 이번 주에 하루를 정해서 그날 관찰한 친절한 말과 행동을 모두 기록하라. 어떤 말, 어떤 행동이었으며 누가 그 말이나 행동을 했는지 간단히 적으면 된다.
4. 이번 주에 최소한 이틀은 아침에 일어나면 그날 행동이나 말로 친절을 표현할 기회를 5가지 정도 생각해 두라. 그날 일과를 마치며 다른 사람들을 어떻게 섬겼는지 기록하라.
5. 자기 자신의 언어 습관을 관찰하라. 다른 사람과 대화를 나누고 나면 스스로 '나는 어떤 친절한 말을 했나? 불친절한 말은 무엇이었나?'라고 질문을 던져라. 해로운 말을 했다면 상대방에게 사과하라.

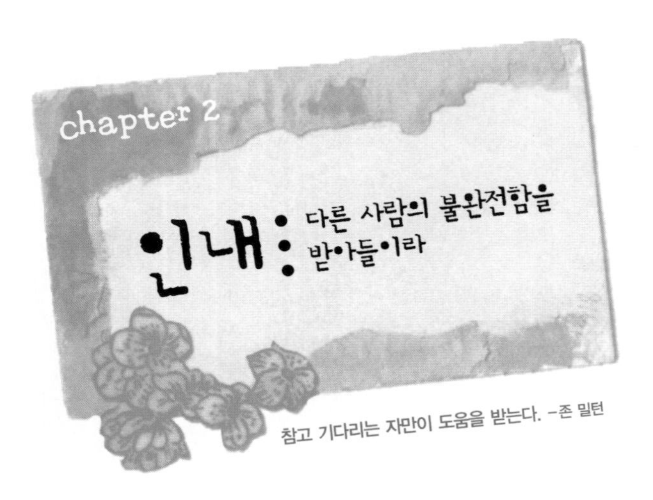

우리는 주차장에 세워둔 차로 걸어가는 동안, 주변을 질주하는 운전자들에게 화를 낸다.

'단 몇 초만 기다리면 내가 길을 비켜줄 텐데 왜 기다리질 못해?'

그러나 우리 역시 운전대를 잡자마자 우리 앞을 느릿느릿 지나가는 보행자들을 기다려주지 못한다.

거리에서 조급해하는 사람들을 발견하기란 어려운 일이 아니다. 2007년 7월 캘리포니아 교통국은 138번 국도를 차단했다. 그 도로를 따라 공사가 진행되고 있었는데 운전자들이 너무 괴로워했기 때문이었다.

4,400만 달러짜리 도로 확장 공사는 교통이 원활한 도로를 만들어 사고를 경감해 주겠지만, 일정이 빡빡한 운전자들은 그 공사 때문에 틀림없이 너무나 큰 불편을 겪고 있었다. 느린 도로 상황에 짜증이 난 운전자들은 공사장 인부들의 목숨을 위협하거나, 비비탄을 쏘거나, 심지어 부리토(멕시코 요리의 일종—옮긴이)까지 내던졌다. 도로에서 그런 야단법석을 떨던 운전자들에게 결국 더 조바심 나는 상황이 닥쳤다. 공사가 완료될 때까지 30분이 더 걸리는 도로로 우회해야 했기 때문이다.[1]

서구 문화에서는 인내를 훈련하지 않는다. 업무를 지시하는 상사에게 "언제까지 마치면 됩니까?"라고 물으면 대답은 "어제까지"일 경우가 많다. 핵심은 명확하다. 낭비할 시간이 없다는 것이다. 일을 마치되 빨리 마쳐야 한다.

개인적인 삶에서도 우리는 즉각적인 만족을 기대한다. 아침에 컴퓨터의 전원을 누르고 켜질 때까지 기다리는 것도 성가시다. 지금 형편이 안 돼서 물건을 살 수 없으면 나중에 지불하더라도 일단 신용카드를 쓴다. 물건을 하루 만에 배송 받으려고 추가 배송료를 지불한다. 지역의 느린 교통 흐름을 피하려고 주간 고속도로(주와 주를 연결하는 미국의 고속도로—옮긴이)를 이용한다. 주간 고속도로에서 빠져나오면, 신호등이 초록색으로 바뀌었는데도 즉시 움직이지 않는 앞 차를 보며 운전대에서 손가락을 까딱거린다.

기술이나 교통, 갖고 싶은 물건 등에 대해 그토록 조바심을 내는데, 사람들을 조급하게 대하는 것은 전혀 놀랄 일이 아니다. 사실 사람들에게 인내를 발휘한다는 생각은 우리 문화에 반하는 개념이다. 그러나 인내는 사랑의 7가지 특성 가운데 하나다. 의식적으로 사랑하겠다고

자기 점검: 나는 인내심이 있는가?

다음의 자기 점검 질문을 통해 당신이 다른 사람들이나 어려운 상황 앞에서 인내로 잘 대처하는지 어떤지 살펴보라. (물론 'c'가 인내하는 모습이다.)

1. 도로에서나 줄을 서 있을 때 누군가 내 앞으로 끼어들면 나는……

a. 경적을 빵빵 울리거나 그 사람을 노려보거나 어떤 방식으로든 짜증을 표현한다.

b. 내가 뭔가 잘못했다고 생각한다.

c. 심호흡을 한다.

2. 최근에 누군가 내게 화를 내자 나는……

a. 변명을 하며 고함을 질렀다.

b. 피해 버렸다.

c. 그 사람이 하는 말에 귀를 기울였다.

3. 누군가가 내 기대를 충족시키지 못하면 나는……

a. 화를 낸다.

b. 포기해 버린다.

c. 그 사람을 격려해 줄 방법을 찾아본다.

4. 내가 사랑하는 사람이 '또다시' 무모한 짓을 하면 나는……

a. 도대체 언제 정신 차릴 거냐고 말한다.

b. 다른 곳으로 눈을 돌려버린다.

c. 그 사람의 행동에 공감이 가지 않더라도 그 사람의 모습을 그대로 지지해 준다.

5. 누군가에게 잘못을 저지르면 나는……

a. 나 자신에게 너무 화가 나서 다른 일에 집중하기가 어렵다.

b. 내가 나쁜 사람이라고 생각한다.

c. 사과한다.

결심하면 오늘날과 같은 세상에서도 충분히 인내를 계발할 수 있다.

누구나 성장하는 중이다

크레이그와 로렌은 그 지역 감옥 수감자에게 편지를 쓰겠다고 서명하던 당시, 수감자에 대한 애정이 커져서 결국에는 그 수감자를 집으로 맞아들이게 되리라고는 상상도 하지 못했다. 크레이그와 로렌은 편지로 레베카와 교분을 나누면서 레베카가 최선을 다해 살려고 노력하는 사람이라는 사실을 깨달았다. 그리고 레베카는 혼자였다.

삼십대 후반인 레베카는 건설회사의 자금을 횡령한 죄로 8년 형을 선고받고 4년째 복역 중이었다. 크레이그와 로렌은 감옥에 있는 레베카를 만나러 가기 시작했고, 레베카는 점차 두 사람의 격려에 의지하게 되었다. 레베카가 두 사람의 집에서 30분쯤 떨어진 사회복귀시설로 옮기자, 크레이그와 로렌은 레베카가 일자리와 재정적인 능력을 되찾도록 온 힘을 다했다.

그러나 레베카는 쉽게 변하지 않았다. 잘못을 저지르고 괴로워지면, 몇 번이고 크레이그에게 울며 전화를 걸었다. 레베카는 청소 일을 해서 받은 돈을 당국에 신고하지 않았고, 어느 날 아침 일찍 누구에게도 말하지 않고 식당 종업원 일을 그만두는가 하면, 소지 허가를 받지도 않았는데 휴대전화를 덥석 사기도 했다. 결국 레베카는 크레이그와 로렌이 도와준 덕분에 접수원으로 취직했지만, 어느 날 사장에게 벌컥 화를 냈다가 해고를 당했다.

레베카는 사회복귀시설에서도 거의 모든 규칙을 어겼다. 규칙을 한 번만 더 어기면 감옥으로 돌아가 남은 형을 살아야 한다는 경고를 받았는데도 마찬가지였다. 그러나 레베카가 잘못을 저지를 때마다 크레이그와 로렌은 레베카와 대화하고 타이르며 그래도 변함없이 레베카와 함께하고 싶다는 사실을 알려주었다.

로렌은 이렇게 말한다.

"사실 좌절감을 느낄 때가 참 많아요. 하지만 우리는 정말 강인한 사랑으로 레베카를 사랑합니다."

크레이그와 로렌이 레베카와 만난 지 1년 후, 레베카는 1년 이상의 가석방 판정을 받았고 크레이그와 로렌은 레베카가 살 곳을 찾을 때까지 자신들의 집에 머물라며 흔쾌히 맞아들였다.

로렌의 말이다.

"우리는 레베카가 잘 살고 싶어한다는 사실을 알아요. 그리고 레베카는 상당히 나아졌어요. 레베카가 노력하고 있다는 사실이 우리 모두에게 용기를 불어넣어 줍니다. 가석방 기간 동안 레베카는 투명한 어항 속에서 사는 것과 다름없어요. 단 한 번만 잘못을 저질러도 모두에게 알려지죠. 저는 '내 모든 잘못이 낱낱이 드러난다면 어떤 기분일까?' 하고 스스로 질문해 봅니다. 레베카의 결점이 제 결점보다 눈에 더 잘 띄겠지만, 우리는 레베카의 실수를 내 것처럼 여기며 바로잡아 줘야 해요. 인간으로서 레베카를 거부하지 않고 말예요."

인내는 다른 사람의 불완전함을 인정하는 것이다. 크레이그와 로렌은 우리가 저마다 성장 중이라는 사실을 안다. 삶은 우리가 되겠다고 결심한 모습이 되어가는 여정이다. 사실 이 책은 사람들은 누구나 성장 중이며 많은 사람들은 지금보다 사랑을 잘하는 사람이 되고 싶어한다는 전제 하에서 쓰였다. 우리 가운데 누구도 다른 사람들의 인내를 받을 '자격'이 없다. 그러나 우리가 사람들과의 관계 속에서 인내를 발휘하면 누구나 더 나은 사람이 되는 과정에 있다는 사실을 우리 자신뿐 아니라 사람들에게 일깨워주는 셈이 된다.

모든 것은 태도에 달렸다

인내는 여러 상황에서 다른 모습으로 나타난다. 주문과 다른 음식을 내온 종업원을 용서할 때 필요한 인내는 대담한 딸이 도로에서 자동차를 모는 모습을 볼 때 필요한 인내와는 다르다. 하지만 삶의 한 영역에서 인내하면 결국 모든 영역에서 인내할 수 있다.

이와 관련해서 나는 플로렌스 나이팅게일의 삶을 예로 들기 좋아한다. 유복한 가정에서 태어난 나이팅게일은 걱정이라고는 모르고 살 수도 있었다. 그러나 나이팅게일은 자신의 시간을 지역의 여러 마을에 있는 병자를 찾아가는 데 쏟았고 런던에 가서는 더 나은 의료 혜택의 필요성을 주장했다. 1845년 그녀는 가족의 반대를 무릅쓰고 간호사가 되겠다고 선언했다. 19세기 중반에 간호사는 평판이 나쁜 직업으로 상류층의 젊은 숙녀가 직업으로 삼을 만한 일이 아니었다. 그러나 나이팅게일은 아픈 사람들을 돌보는 것이 자신의 소명이라고 믿었고 당대의 사회 문제에 대한 관심을 키우면서 충실히 간호 공부를 했다.

1854년, 나이팅게일은 간호사 서른여덟 명을 모아 단체를 조직하고 크림 전쟁의 부상병들을 돕기 위해 터키로 떠났다. 나이팅게일은 또다시 반대에 부딪혔다. 영국 의사들이 나이팅게일에게 간호사들은 필요 없다고 말한 것이다. 그러나 나이팅게일은 신념을 굽히지 않았고, 결국 마루에서 핏자국을 닦아내는 일 정도는 해도 좋다는 허락을 받았다. 열흘 후, 전쟁터에서 새로운 부상병들이 도착한 탓에 일손이 부족해지자 나이팅게일과 동료 간호사들은 마침내 자신들의 능력을 펼칠 수 있게 되었다.

나이팅게일은 자신의 사명을 무시한 사람들에게 발휘했던 인내를 이제는 병사들에게로 발휘했다. 병사들은 나이팅게일을 사랑하며 '등불을 든 천사'라고 불렀는데, 나이팅게일이 밤마다 등불을 들고 병사들을 살피러 왔기 때문이었다. 나이팅게일은 병사들의 편지와 급료를 집으로 보내주고 병원에 독서실을 만들기도 했다. 무엇보다, 처음에는 의사들의 반대에 부딪혔지만 병원의 위생 상태를 꾸준히 개선해 나갔다. 위생의 중요성에 대한 그녀의 부지런한 연구와 한결같은 믿음이 수천 명의 목숨을 살렸다. 훗날 나이팅게일은 유명한 책 《간호론*Notes on Nursing*》을 썼다. 나이팅게일은 그 책에서 환자를 대할 때는 관찰과 세심함이 중요하다고 강조했는데, 당대의 간호 관습으로서는 급진적인 접근 방식이었다.

평생 지속된 나이팅게일의 노력은 간호사라는 직업에 대한 인식을 바꿨고 적십자 설립에까지 영향을 미쳤다. 나이팅게일은 다른 사람들을 사랑할 줄 알았다. 그녀는 자신의 신념을 반대하는 사람들이 있어도 참고 견딘 덕분에 수많은 이들의 목숨을 구했다. 의료 환경을 즉시 바꾸지는 못했지만 시간이 지나면 자신의 피땀 어린 노력과 환자들에 대한 관심이 다른 사람들에게도 영향을 미치리라는 사실을 알고 있었다.

인내하는 태도만이 오랜 세월 동안 포기하지 않고 노력을 기울일 수 있게 해준다. 사회를 개선하려고 싸우든지 은행에서 낯선 사람과 대화를 하든지, 인내하는 태도를 기르면 우리가 만나는 모든 사람을 더욱 온전하게 사랑할 수 있다. 일상생활에서 이런 태도를 기를 수 있는 두 가지 비결을 소개한다.

현실적인 기대를 가지라

인내하는 사람이 되려면, 자신의 모습 그대로를 인정받기 원하듯이 다른 사람들을 그대로 인정해 주어야 한다. 사람들은 공장에서 찍어낸 완벽한 상품이 아니다. 날마다 사람들과 정신없이 만나는 와중에 우리는 저마다 감정·생각·바람·인식이 다르고 선택하는 능력이 다르다는 사실을 잊어버린다. 인내란 상대방이 내가 공감할 수 없는 결정을 내리더라도 그 사람을 사랑하는 것이다.

모든 사람이 우리의 우선순위대로 움직여주지는 않는다. 우리는 그런 인간의 특성이 관계의 현실이라는 점을 받아들여야 한다. 다른 사람에게 무언가를 기대할 때는 이런 현실을 염두에 두어야 한다. 그렇지 않으면 끊임없이 조바심을 내게 되며, 그 조바심은 인간관계에 전혀 도움이 되지 않는 비난으로 표출될 것이다.

열여덟 살짜리 아들을 둔 남자가 내게 말했다.

"아들이 대학에 가면 좋겠습니다. 하지만 그 녀석은 1년 동안 휴학하고 여행을 할 모양이에요. 무슨 돈이 있어서 여행을 하겠다는 건지 모르겠습니다. 그 여행이 무슨 도움이 될지도 모르겠고요. 하지만 아들의 선택을 존중하기로 결심했습니다."

나는 이 남자가 아들의 결정에 공감하지는 못해도 인내를 발휘해 허락한 모습에 감동을 받았다.

비슷한 예로, 어느 젊은 부인은 결혼 후 2년 동안 주말이면 집안일이 쌓이는데도 잠만 자는 남편에게 '잔소리'를 했다고 말했다. 그녀는 이렇게 말했다.

"이제야 알겠어요. 남편에게는 자신이 원하는 대로 시간을 보낼 자유가 필요해요. 제 눈에는 하루 가운데 가장 좋은 때를 낭비하고 있는 것처럼 보였지만, 남편에게는 그런 시간이 필요했던 거예요. 이제 저는 마당에서 먼저 일을 하면서 남편이 나와서 함께할 때까지 기다립니다."

좋은 변화일 때도 있고 나쁜 변화일 때도 있지만, 누구나 변화의 과정을 겪고 있다. 상대방이 성장 중이라는 사실을 인식하면 당장은 우리가 바라는 대로 행동하지 않는 가족들과 동료들, 친구들에게 더욱 인내를 발휘할 수 있다.

인내의 힘을 깨달으라

인내하는 태도를 갖추는 데 도움이 되는 두 번째 현실을 살펴보자. 사랑의 다른 특성과 마찬가지로 인내는 사람들을 변화시킨다. '북풍과 태양'이라는 이솝 우화가 생각난다.

북풍과 태양이 서로 자기가 더 강하다며 입씨름을 하고 있었다. 그때 길을 걸어오는 나그네가 보였다. 태양이 말했다.

"우리 중 나그네의 외투를 벗기는 쪽이 이기는 걸로 하자. 네가 먼저 해."

이렇게 태양은 구름 뒤로 숨었고, 북풍은 나그네를 향해 힘껏 바람을 불었다. 그러나 바람이 거세질수록 나그네는 외투의 옷깃을 더욱 꼼꼼히 여몄다. 결국 북풍은 절망하며 포기했다. 그러자 태양이 나와서 나그네에게 찬란한 볕을 내리쪼였다. 곧 나그네는 걸음을 멈추고 외투를 벗었다.

이 오래된 우화는 우리가 만나는 모든 사람들에게 적용할 수 있는 진리를 보여준다. 거칠고 사나운 말은 관계를 손상시키며 때로는 상대방이 부적절한 행동을 하도록 부채질하기도 한다. 인내, 즉 한결같은 사랑이야말로 우리의 관계를 변화시킨다.

내가 아내 캐롤라인에게 인내를 발휘하지 못하고 화를 내며 비난을 퍼부으면 나는 아내의 적이 되는 것이다. 캐롤라인의 반응은 그 적과 싸우거나 적으로부터 도망가는 것이다. 그래서 우리는 누구도 승자가 되지 못하는 지독한 싸움을 하고 둘 다 상처를 입은 채 등을 돌리거나 서로를 피하며, 결국 사이는 멀어지고 만다. 이와는 달리 내가 인내를 보이며 화를 조절하고 애정 어린 방식으로 내 어려움을 표현하면 변함없는 관계를 유지할 수 있을뿐더러 관계에 긍정적인 영향을 미칠 가능성도 크다.

인내의 위력과 관련된 또 다른 일화를 보자. 캐럴이 근무하는 병원에서는 어떤 간호사도 브래들리 부인을 맡고 싶어하지 않았다. 브래들리 부인은 골반 뼈 부상에서 회복 중이었는데, 담당 간호사는 하루 종일 눈코 뜰 새가 없었다. 너무 덥거나 너무 춥다, 생수를 갖다달라, 간호조무사가 혈압을 제대로 재지 못한다, 침대를 바꿔달라……. 간호사 근무실에 있는 브래들리 부인의 호출표시등에는 2~3분에 한 번씩 불이 들어왔다. 이따금씩 브래들리 부인이 병원의 이런 푸대접을 가족들에게 알리겠다며 복도에서 고함을 지르는 소리도 들렸다.

밤 근무 간호사는 캐럴에게 업무를 인계하며 "당신이 저 할머니를 좀 진정시켜 봐요"라고 말했다. 캐럴은 브래들리 부인을 피하지 않고 오히려 도전해 볼 만하다고 생각했다. 그날 돌봐야 할 환자가 한 트럭이나 있었지만, 캐럴은 브래들리 부인에게 인내를 발휘하기로 결심했다. 캐럴의 목표는 브래들리 부인이 필요한 것을 말하기 전에 만족시켜 주는 것이었다.

캐럴은 병실로 얼굴을 들이밀며 "브래들리 부인, 생수 필요하세요?"라고 물었다. 3분 후에는 "브래들리 부인, 불편한 데는 없으세요?"라고 물었다. 좀더 나중에는 "볕을 좀 쪼이면 좋을 거예요. 블라인드 올려드릴까요?"라고 물었다. 마지막으로 "오늘 점심은 제때 도착했나요?"라고 물었다.

처음에 브래들리 부인은 몇 분 간격으로 계속 호출 단추를 눌러댔지만, 점심때쯤 되자 마음이 누그러졌다. 캐럴이 들러서 필요한 것이 없는지 물을 때까지는 도움을 청하지 않았다.

캐럴은 이렇게 말한다.

"다들 브래들리 부인을 심술궂은 할머니로 여겼지만 사실은 혼자 있기 싫으셨던 것 같아요. 그분이 두려워하고 있다는 생각이 들었어요. 브래들리 부인은 제가 신경을 쓴다는 사실을 알자 마음을 놓을 수 있었던 거죠."

그날 일과가 끝날 때쯤 캐럴은 지칠 대로 지쳤지만 보람을 느꼈다. 저녁에 아들이 찾아왔을 때, 브래들리 부인은 기분이 정말 좋아 보였다. 브래들리 부인은 "여기는 캐럴이야. 내가 본 간호사 가운데 최고란다"라고 말했다.

인내심 보이기를 피해 버리면 인내의 위력을 목격할 기회를 잃게 된다. 인내가 사람들을 어떻게 변화시키는지 본다면 누구나 깜짝 놀랄 수밖에 없다.

습관으로 만들기: 누군가 당신을 유난히 닦달하면, 그 사람에게 특별히 인내를 발휘할 기회로 여기라.

인내는 행동이다

인내는 아무것도 하지 않고 그저 참는다는 뜻이 아니다. 굳은 얼굴로 자리에 앉아 다른 사람들의 고함 소리를 듣다가 어떤 반응도 보이지 않고 방을 나가버리는 사람들이 있다. 그것은 인내가 아니라 자기중심적인 행동이다. 굳은 얼굴을 한 사람들은 다른 사람들의 상처를 들여다볼 생각도 하지 않는다.

인내란 상대방의 내면에서 어떤 일이 벌어지고 있는지 이해하려는 마음으로 관심을 기울이고 공감하며 들어주는 행동이다. 그렇게 귀를 기울이려면 시간이 필요하며 그 행동 자체가 사랑의 표현이다. 인내는 상대방의 말 때문에 상처를 받을 때도 침착함을 잃지 않는 것이기도 하다. 인내할 줄 아는 사람은 "당신은 나에게 소중한 존재이기 때문에, 당신이 무엇을 어떻게 말하든 등을 돌리지 않고 자리를 지키며 듣겠습니다"라고 말한다.

귀 기울이기

캐린은 자녀들이 매우 어렸을 때 남편과 다투고 난 뒤 몇 년이 지나서야 이 원리를 깨달았다. 남편 스티브는 새로 옮긴 직장에서는 5시 반이면 집에 올 수 있다고 말해놓고는 거의 매일 6시가 되어서야 들어왔다. 다툼은 예견된 일이었다.

캐린은 스티브의 늑장이 별일 아니라고 스스로를 타일렀지만, 다섯 살도 안 된 두 아이를 키우는 입장에서는 하루의 마지막 30분이 '길고 긴' 30분이라는 사실은 부모라면 누구나 다 안다. 어느 날 저녁 스티브가 또다시 늦게 들어오자 캐린은 화가 났다. 캐린은 흐느끼면서 "당신이 나를 속이고 있는 것 같아!"라고 말했다.

스티브는 캐린의 말에 변명을 늘어놓거나 맞받아치는 대신 캐린과 함께 소파에 앉아 아내의 말에 귀를 기울였다. 스티브는 "당신을 속인 적은 없어. 하지만 왜 그런 기분을 느끼는지 알겠어. 다른 사람에게 속으면 마음이 얼마나 아픈지 잘 알아. 미안해"라고 말했다.

스티브는 캐린의 감정과 욕구를 인정해 주는 말을 했다. 그런 다음 하루 업무를 마칠 무렵에 전화가 참 많이 오는데 전화를 건 사람과 대화할 기회를 잃고 싶지 않았고, 시차가 3시간이나 나는 웨스트코스트에서 전화가 걸려온 경우에는 특히 그렇다고 설명했다.

스티브의 인내가 캐린의 좌절을 날려버렸기 때문에, 캐린은 속이려는 마음이 아니었다는 스티브의 말을 들을 수 있었다. 스티브는 캐린에게 30분이 얼마나 중요한지 몰랐을 뿐이었다. 캐린은 스티브가 늦게 와도 인내를 발휘하기로 결심했다. 30여 년이 지난 지금도 스티브는 여전히 업무가 끝날 때쯤, 퇴근이 늦어질 것 같으면 반드시 캐린에게 알려준다. 서로 인내한 덕분에 이 부부는 서로의 감정과 가치를 인정하는 긍정적인 변화를 경험할 수 있었다.

인내는 사랑이 없는 행동이나 감정에 휩싸인 행동도 참고 견딘다. 상대방을 화나게 만든 문제를 해결하기 위해서다. 인내는 상대방에게서 부당한 대우를 받는다고 느낄 때도 변함없이 귀를 기울이는 행동이다.

진실 알아내기

진실을 알아낼 때까지는 애정 어린 반응을 보이기 어렵다. 그러니 상대방의 생각과 감정을 이해하기 위해 질문을 던져라.

홀아비인 마이클은 자동차를 사달라는 십대 아들에게 끊임없이 시달렸다. 드디어 마이클은 물었다.

"너에게 차를 사주지 않으니 아빠가 너를 사랑하지 않는다는 거냐?"

"아빠는 차가 있는데 왜 저는 차를 가질 수 없는지 이해가 안 돼요."

"뭐가 불공평하다는 건데?"

"친구들은 모두 차가 있다고요!"

"내가 너를 사랑하는 것보다 그애들 부모가 자식을 더 사랑하는 것 같니?"

"아니에요. 하지만 왜 차를 사주시지 않는지 모르겠어요."

"왜 내가 너한테 차를 안 사주는 것 같니?"

"그럴 형편이 안 된다고 말씀하셨잖아요."

"아빠가 너한테 거짓말한다고 생각하는 모양이구나."

"그건 아니에요. 하지만 왜 형편이 안 되는 거죠?"

"여기 앉아서 우리 재정 상태를 좀 보겠니? 왜 형편이 안 되는지 알려주고 싶구나."

"괜찮아요. 아빠 말을 믿어요."

"자동차가 생기면 무슨 일을 하고 싶니?"

"엘렌에게 데이트 신청을 할 수 있죠."

"엘렌을 좋아하는구나?"

"그렇다기보다는 엘렌이 어떤 아이인지 좀 알고 싶어요. 하지만 데이트 신청을 할 수 없는데 그런 일이 어떻게 생기겠어요?"

"그런 일이 일어나도록 도와주마."

그런 다음 두 사람은 여러 가지 가능성을 검토했다. 마이클의 차를 이용해서 좀더 나이 든 십대들과 합동 데이트를 하거나, 엘렌을 저녁 식사에 초대하는 것 등이었다. 대화를 마쳤을 때 제이슨은 엘렌과 친해지리라는 기대로 들떴다.

자동차를 가질 수 없다는 실망감은 오히려 부자 사이에 친목을 다져주었다. 마이클은 인내를 발휘해 귀를 기울인 덕분에 아들의 진심이 무엇인지 파악했고, 유익하고 애정 어린 반응을 보여줄 수 있었다.

습관으로 만들기: 누군가 화를 낼 때 귀를 기울임으로써 그 사람의 분노에 대처해 보라.

말로 인내하기

토요일 밤, 시카고 오헤어 국제공항이었다. 나는 비행기를 타기 위해 게이트 근처에서 바글거리는 사람들 틈에 앉아 있었다. 다들 부산하게 움직이고 있는 가운데 항공사 직원이 기상 악화로 우리가 탈 비행기의 출발이 지연되고 있다는 사실을 알렸다. 밖에는 폭포수처럼 비가 쏟아지고 사나운 바람이 몰아치고 있었다.

30분 동안 기다렸는데 항공사 직원이 다시 지연 소식을 전했다. 비바람은 약해질 기미가 없었다. 다시 15분쯤 지나자 비가 약해지고 바람도 잠잠해졌다. 나는 곧 비행기에 탈 수 있으리라고 생각했다. 하지만 항공사 직원은 비행이 취소됐다고 말했다. 밤 11시였다. 내 옆에 있던 남자가 자리에서 벌떡 일어나더니 카운터로 달려가 큰 소리로 외쳤다.

"취소됐다니, 그게 무슨 뜻이오? 비도 그쳤고 바람도 안 부는데 어떻게 취소될 수가 있지?"

항공사 직원은 차분하게 말했다.

"선생님, 제가 결정한 일이 아닙니다. 저는 그런 일에 권한이……."

남자가 말을 잘랐다.

"어쨌든 우리가 왜 비행기를 탈 수 없는지 설명해 줄 사람이 필요해. 날씨 문제는 아닌 게 확실하니까 말이오."

"선생님, 죄송합니다. 비행이 왜 취소됐는지는 모르겠습니다."

"다음 비행기는 언제요?"

"내일 아침 6시 20분입니다."

"내일 아침? 내일 아침이라니 무슨 소리요? 내일 아침까지 기다릴 수 없소. 오늘밤 집에 가야 한단 말이오. 다른 항공편은 없소?"

"다른 항공편은 없습니다, 선생님."

"그럼 어떻게 하란 말이오? 공항에서 밤을 새라고?"

"아닙니다, 선생님. 저희가 호텔을 잡아드릴 겁니다."

"호텔? 난 호텔에서 밤을 보내기 싫소. 집에 가고 싶단 말이오."

"그러시다면 공항에 계십시오. 그것도 싫으시다면 경찰을 불러드리겠습니다."

그 남자는 경찰이라는 말에 정신을 차렸다.

"호텔에서 자겠소."

항공사 직원이 호텔 숙박 서류를 준비하는 동안에도 남자는 말을 멈추지 않았다.

"믿을 수가 없어. 비도 안 오는데 대체 어떤 항공사가 비행을 취소해? 다시는 이 항공사를 이용하나 봐라."

항공사 직원은 그에게 호텔 숙박 서류를 주며 말했다.

"수하물 찾는 곳으로 나가십시오. 길을 건너신 다음 호텔로 가는 셔틀버스를 타시면 됩니다."

남자는 투덜거리며 걸음을 옮겼다.

그가 사라지자 긴장이 완화됐고, 남은 승객들은 호텔 숙박 서류를 받고 수하물 찾는 곳으로 걸어갔다. 우리 가운데 누구도 시카고에서 그 날 밤을 보내게 되어 기쁘지는 않았을 것이다. 그러나 같은 처지의 어느 승객이 조급하게 군 덕분에, 우리는 불쾌한 말이 상황을 바꾸지 못한다는 사실을 깨달았다. 사실 그 소동이 끝나자 남은 승객들은 대화를 나누기 시작했다. 피치 못할 사정으로 비행이 취소된 바에야 차라리 시카고에서 '하룻밤의 휴가'를 즐기는 편이 낫다는 공감대가 형성되었다. 물론, 우리 모두에게는 "왜 비행이 취소되었습니까?"라고 질문할 권리가 있었다. 하지만 누구도 그렇게 하지 않았다. 다들 항공사 직원이 그 날 밤 그런 곤욕을 치른 것으로 충분하다고 생각하는 듯했다.

분노와 대면하는 법

자기 자신이나 다른 사람이 조바심을 내거나 말을 제어하지 못한 탓에 상황이 악화되었던 경험은 누구나 있을 것이다.

분노는 그 자체로 잘못된 것은 아니다. 때로 우리가 화를 내는 이유는 딱 한 가지다. 사람들이 완전하지 않기 때문이다! 그래서 우리는 분노와 실망, 좌절 같은 감정을 경험한다. 이런 감정은 잘못된 것이 아니다. 중요한 사실은 우리가 그 감정에 어떻게 반응하느냐다. 거칠고 신랄한 비난으로 응수하면 상황이 더 악화된다. 다른 사람들에게 인내를 보이면 스스로도 감정을 추스를 시간이 생긴다.

인내는 갈등을 피하려고 상대방의 말에 무조건 '찬성'하는 것이 아니다. 인내란 상대방의 생각과 감정, 행동을 이해하기 위해 대화를 시도하는 것이다. 상대방의 행동이 마음에 들지 않더라도, 그의 마음과 생각이 어떤 상태인지 안다면 조금 더 건설적인 대답을 들려줄 수 있다. 그리고 말하기 전에 먼저 상대방의 이야기를 들으면 마음을 어루만지는 말을 들려줄 수 있는 가능성도 높아진다.

긍정적인 목소리

저녁 6시에 만나기로 한 친구가 제시간에 나타나지 않자 당신은 화가 난다. 친구는 30분 늦게 도착했고, 당신은 선택을 할 수 있다. 화와 상한 마음을 표현할 말을 던지거나 혹은 이유를 묻고 귀를 기울이거나.

사실을 알게 되면, 당신은 친구가 늦은 원인이 무책임하게 계획을 짠 친구의 잘못임을 알게 될지도 모른다. 화내는 것이 당연하다는 생각이 들 것이다. 그러나 그럴 때라도 어떤 반응을 보일지는 당신에게 달렸다. 친구의 행동을 비난하며 당신의 화를 표현할 수도 있다. 그런 말은 다툼을 불러일으키고 그날 저녁을 엉망진창으로 만들 것이다. 이와는 달리 당신은 화를 표현하면서도 인내를 발휘해 이렇게 말할 수 있다.

"네가 늦어서 사실 화가 나고 마음도 상하고 실망했어. 하지만 우리 둘 다 오늘 저녁을 망치고 싶지는 않을 테니, 그 문제는 잊어버리고 즐겁게 시간을 보내자."

이렇게 인내로 대응하면, 당신은 그렇지 않았을 경우 허비했을 저녁시간을 건진 셈이다. 감정에 대해서는 솔직했지만 상대방의 불완전함을 참기로 결정했고, 긍정적인 말로 생각을 표현했다.

거칠고 비난하는 말은 긴장을 초래하게 마련이다. 인내하는 사람이라면 사랑하는 마음으로 진실을 말해야 한다. 최근에 이런 지혜를 실천에 옮길 기회가 있었다. 저녁식사를 끝냈을 때 아내가 물었다.

"여보, 당신이 한 달 전에 독일 여행 갔던 거 생각나요?"

왜 갑자기 그런 말을 꺼낼까 의아했다.

"물론이오."

"당신이 여행하는 동안 내가 청구서를 지불하기로 했던 것도 생각나요?"

"그렇소."

"그게, 청구서 일부는 해결했는데 오늘 아침 서랍에서 이만큼 쌓인 청구서를 발견했지 뭐예요. 아직 지불하지 않았다는 사실도 깨달았어요. 일부는 기한이 지났고요."

나는 미소를 지으며 말했다.

"캐롤라인, 청구서를 해결해 줘서 고마워요. 나머지는 모두 내가 처리하겠소. 기한이 지난 것도."

캐롤라인은 웃음을 지었다. 나는 한때 청구서 때문에 화를 내며 에너지를 쏟곤 했다. 결혼 초기에 아내를 비난하며 끔찍한 저녁을 보냈던 일이 이제는 기쁨의 순간으로 바뀌었다.

우리는 좌절할 때마다 선택도 한다. 날카로운 말을 쏟아낼 수도 있고, 질문하고 듣고 이해하려고 노력한 다음 마음을 다스리는 말을 할 수도 있다. 그보다 모자란 것에 만족해서는 절대 안 된다.

인내의 효능

우리 문화에서는 시간을 매우 귀중하게 여긴다. 긴 '할 일' 목록에 따라 움직이는 상황에서 인내는 불가능해 보일 수도 있다. 인내 때문에 게을러지거나 마감을 놓치는 것은 아닐까? 지금도 일을 처리할 시간이 부족한데 사람들과의 관계에서 인내하라니 가능한 소리일까? 그러나 인내는 비효율을 뜻하지 않는다. 그렇다면 인내와 해야 할 일 사이에서 어떻게 균형을 잡을 수 있을까?

일의 질

놀라운 점은 관계를 우선시하고 인내를 발휘하면 일의 효율과 질도 높아진다는 사실이다.

어느 경영자가 자신의 이야기를 들려주었다.

"직원 한 명이 일을 제대로 하지 못해서 신경이 쓰였어요. 밤마다 남편에게 그 이야기를 했죠. 어느 날 밤 남편이 나를 보며 말하는 거예요. '그 직원의 능률이 떨어지는 이유가 있을 거야. 시간을 내서 대화를 해보면 어떨까?' 솔직히 난 그 직원에게 시간을 내주고 싶지 않았어요. 특별히 좋아하는 직원도 아니었으니까요. 차라리 해고하는 편이 쉬웠겠죠. 하지만 몇 주 뒤 그 직원과 간단한 이야기를 나눴어요. 일 얘기는 많지 않았고 어떻게 사는지 그런 내용이었죠. 그 달 말에는 그녀와 또 다른 직원을 데리고 점심을 먹었어요. 아들 이야기를 하며 남편과 겪는 힘겨움을 이야기했죠. 그러자 그녀가 마음을 열고 마약에 중독된 사춘기 아들 때문에 힘들다고 털어놓았어요. 그때서야 저는 문제를 깨달았고 의미 있는 반응을 할 수 있었죠. 그 후로 몇 주 동안 그녀가 아들을 치료 프로그램에 데려다주는 것을 도왔어요. 모두 1년 전에 일어난 일이에요. 그녀는 이제 우리 팀에서 최고의 직원이랍니다. 그 경험을 통해서, 사람들이 사랑받는다고 느끼면 일에서도 큰 효율성을 보인다는 사실을 깨달았어요. 그녀를 해고하지 말고 이야기를 나눠보라고 격려해 준 남편이 얼마나 고마웠는지 몰라요."

관계에는 지름길이 없다. 상대방이 대화를 필요로 한다고 해서 지금 하는 모든 일을 다 멈추라는 말은 아니다. 말과 행동에서 실적보다는 사람을 우선시하려고 의식적으로 노력해야 한다는 뜻이다. 조바심을 내며 모호하고 부적절한 행동을 하지 말고, 인내로 상대방을 대하라. 인내를 발휘하는 것이야말로 가장 효율적인 선택이다.

신속하게, 그러나 서두르지 말고

전직 CBS 국장 앤드류 힐(Andrew Hill)은 《신속하게, 그러나 서두르지 말고!*Quick-But Don't Hurry!*》라는 책에서 농구 코치 존 우든(John Wooden)에게 배운 교훈을 이야기한다. 농구 역사상 가장 훌륭한 코치로 인정받는 우든은 12년 동안 미국 대학농구에서 UCLA 팀에게 열 번이나 우승을 안겼다. 그의 제자들은 우든이 "신속하게, 그러나 서두르지 말고!"라는 말을 즐겨 했다고 기억한다.

우든은 신속한 행동의 중요성을 알았지만 서두르면 일을 망친다는 사실도 알았다. 우든의 농구 팀에서 뛰는 대학생들은 모두 고등학교에서 농구 스타였다. 다들 이기기 위해서라면 어떤 기량이라도 펼칠 수 있다고 생각했다.

힐은 이렇게 썼다.

"속도를 늦춘다는 생각은 선수들의 본성과 거리가 멀었다. 모두 더 빨리 움직이려고 했고 그래서 코치는 선수들의 속도를 늦추는 일을 최우선 과제로 삼았다. 우든 코치는 다른 훈련보다도 그 훈련에 심혈을 기울였다."

힐은 이런 원리를 농구 코트 밖의 세상에도 적용시키며 "어떤 직장에서든 조급하고 비현실적인 목표는 거기 모인 재능 있는 사람들에게 걸림돌로 작용한다"라고 말한다.[2] 인터넷에서 곧바로 쪽지를 주고받을 수 있으며 거리가 차들로 빽빽한 이 세상에서, 우리는 일을 처리하는 데 골몰한 나머지 일 처리 방식에는 신경도 쓰지 못한다. 혹은 신속한 일 처리를 요구하며 사람들에게 상처를 주고 있을지 모른다는 사실을 간과한다.

혼자 있을 때 서두르는 태도 역시 결국 관계에 영향을 미친다. 공항에서 무빙워크를 타고 재빠르게 걸음을 옮기다가 곧바로 일반 바닥으로 발을 내디딘 적이 있는가? 움직이는 바닥에 몸이 익숙해진 탓에 일반 바닥은 낯설게 느껴진다. 하루 종일 조급한 마음으로 살면 저녁에 현관에서 가족들에게 인사할 때도 속도를 늦출 수 없을 것이다. 사랑하기로 마음을 먹으면 불필요하게 서두르는 자신의 모습을 인식하고 속도를 늦출 수 있다. 모든 사람들과의 관계에서 말이다.

마시멜로 실험

50여 년 전 월터 미셸(Walter Mischel) 박사는 스탠퍼드 대학교에서 장기간에 걸친 연구를 했다. 바로 '마시멜로 실험'이다. 연구자는 네 살짜리 아이의 앞에 마시멜로를 놓고 "지금 당장 마시멜로 하나를 먹어도 좋아. 하지만 내가 다른 일을 하는 동안 기다리면 15분 후에 돌아와서 마시멜로 두 개를 줄게"라고 말했다.

어떤 아이들은 즉석에서 마시멜로를 먹어치웠다. 또 어떤 아이들은 몇 분을 기다리다가 마시멜로를 먹었다. 그러나 아이들 가운데 3분의 1은 연구자가 돌아올 때까지 기다렸고 마시멜로 두 개를 획득하는 기쁨을 누렸다. (이런 아이들은 노래를 부르거나, 혼자서 이런저런 말을 하거나, 다른 쪽으로 눈을 돌리거나, 눈을 감거나, 심지어는 잠을 자면서 기다리기도 했다.)

14년 후 미셸 박사는 동일한 아이들과 다시 면담을 했다. 즉석에서 마시멜로를 먹은 아이들은 고집불통에다 조급하고 쉽게 좌절한다는 사실을 발견했다. 아이들은 거의 성인이 되었음에도 불구하고 더 좋은 것을 기다리지 못하고 단기간에 더 안 좋은 것에 안주해 버리는 성향이 있었다.

한편 마시멜로를 먹지 않고 기다렸던 아이들은 자존감이 높고 SAT 점수도 더 좋았으며 사교성도 많고 믿음직한 모습을 보였다. 그들은 어른답게 미래를 바라보며 마음속에 더 큰 목표를 품고 당장의 만족을 미루는 능력을 보여주었다.

이 유명한 마시멜로 실험은 당장 눈앞에 보이되 중요하지 않은 일에 마음을 빼앗기지 말라고 우리를 일깨운다. 잘못을 저지른 직원을 불러서 화를 내며 권력을 만끽할 수도 있지만, 그런 우월감은 그 직원이 방을 나가기도 전에 없어지기 일쑤다. 그러나 인내를 발휘하면, 그가 완벽하지 않다는 사실을 알면서도 발전을 기대할 수 있다. 그런 관계에 쏟는 노력은 결국 그 직원뿐 아니라 우리 자신까지 장기적인 성공으로 이끌어준다.

인내심을 갈고 닦으면 성공과 만족을 누릴 기회도 늘어난다. 사랑을 잘하는 사람들은 가장 중요한 일에 집중하며, 필요하다면 끈기 있게 기다린다.

자기 자신에게 인내를 발휘하기

다른 사람들에게 인내하려면 자기 자신에게도 인내할 줄 알아야 한다. 인내심을 키우는 면에서는 누구나 성장 중이다. 나는 세계적인 정신분석학자 에리히 프롬의 설명을 좋아한다.

"인내가 무엇인지 알려면 아이가 걸음마를 배우는 모습을 지켜보면 된다. 아이는 넘어지고 또 넘어지지만 포기하지 않고 점점 향상되다가, 어느 날 넘어지지 않고 걷게 된다. 어른이 그 아이처럼 인내와 집중력을 발휘하며 중요한 것을 추구한다면, 못할 일이 어디 있는가?"[3]

대다수 사람들은 상당한 스트레스를 받으며 살아간다. 너무 많은 책무에 시달리기 때문일 수도 있고, 돈이나 시간이 너무 없기 때문이거나, 건강 문제 또는 깨진 관계 때문일 수도 있다. 스트레스의 원인이 무엇이든 삶의 무게를 느끼면 조급해지기 쉽다. 우리는 완벽주의자가 되려고 한다. 일을 제 시간에 맞춰 제대로 처리하려고 한다. 그렇게 하지 못하면 자신에게 화를 내며 비난을 퍼붓는다.

'내가 이런 짓을 하다니 믿기지가 않아. 왜 그렇게 어리석었지? 왜 시간을 더 내지 못했지? 난 정말 바보야.'

이렇게 자책해 봤자 성장하지 못한다. 오히려 더 깊은 절망으로 빠질 뿐이다.

다른 사람들을 제대로 사랑하고 싶다면 자기 자신에게 인내를 발휘해야 한다. 자기 자신에게 인내를 발휘하지 못하면 다른 사람들에게도 그럴 수 없다. 우리는 스스로를 평가하는 높은 기준을 다른 사람들에게도 적용한다. 그 기준은 누구도 도달할 수 없는 비현실적인 것일 때가 많다.

해결책은 반드시 그 기준을 낮춰야 한다는 것이 아니라, 성장해 나가는 과정에 협조하는 것이다. 하고 싶지 않은 일을 해야 했다면, 그 일의 긍정적인 측면을 인정하고 '이 일을 통해 무엇을 배울 수 있을까?'라고 질문하라. 인내하는 사람은 모든 실패가 성공을 향한 디딤돌이라는 사실을 스스로도 인정하고 다른 사람들에게도 알려준다.

인내를 계발하는 법

자기중심적인 동물인 우리는 우리에게 가장 좋은 쪽으로 행동하고 말하려는 경향이 있다. 마음이 상하면 본능적으로 상처를 준 사람을 역습한다. 하지만 다른 사람들을 참아주지 못할 때마다 우리는 사랑을 표현할 기회를 놓치는 것이다. 인내는 작은 문제가 아니다. 긍정적인 유산을 남기느냐 부정적인 유산을 남기느냐를 결정할 수도 있는 중요한 특성이다. 인간의 거짓 자기 속에는 뿌리 깊은 조급함이 있는데다 세월이 지나며 그 조급함이 습관으로 굳어버렸다면, 우리는 이제 어떻게 해야 할까?

옛 습관을 깨뜨리라

때로 인내를 향해 가는 길은 과거의 잘못을 인정하는 일에서 시작한다. 나는 다른 사람들에게 했던 조급한 행동을 사과하면 그 사람들이 선뜻 용서해 준다는 사실을 깨달았다. 사과는 내가 잘못했으며 내 잘못 때문에 내 마음이 편치 않다는 사실을 전해주는 수단이다. 내 잘못으로 다른 사람들에게 상처를 주었다는 사실을 알면, 나 때문에 상처받은 사람과의 사이에 다리를 놓고 싶다는 생각이 든다. 진정한 사랑을 표현하고 앞으로 펼쳐질 관계를 위해서 말이다.

과거에 저지른 잘못의 잔해를 말끔히 치우고 나면, 조급함이라는 과거의 습관을 깨뜨리고 인내라는 습관으로 대체할 준비가 된 셈이다. 과거의 습관을 깨뜨리려면 그것의 실체를 밝혀내는 수밖에 없다. 자기 자신에게 이렇게 질문하라.

'화가 날 때나 실망할 때 나는 보통 어떤 반응을 보이는가?'

이 질문에 대답하면 이제는 바뀌야 할 부정적인 습관의 정체를 알아낼 수 있다.

최근 어떤 친구가 말하기를, 퇴근한 남편이 아기에게 줄 유동식을 사오지 않았다고 한다. 그녀는 아기 때문에 힘든 하루를 보냈고 남편에게 전화를 걸어 퇴근길에 가게에 들러 유동식을 사오라고 부탁했다.

"남편이 깜빡 했다고 말했을 때 나는 '어떻게 그럴 수가 있어? 당신한테 아이가 있다는 사실을 잊은 거나 다름없어. 난 종일 집에서 아이만 보고 있었는데 나한테 고마워하지도 않잖아. 당신한테 뭘 믿고 맡길 수도 없고'라고 말했어요. 남편은 한마디도 대꾸하지 않고 자동차를 타고 가서 유동식을 사왔죠. 남편이 나간 동안 내가 한 말이 머릿속에서 맴돌았어요. 나는 '다른 사람의 행동에 화가 났다고 이런 반응밖에 못하다니'라고 중얼거렸죠. 내 태도에는 사랑이 없었어요. 인내도 없었죠. 남편과의 관계에 해를 끼쳤다는 사실과 남편을 인격적으로 모욕했다는 사실도 알았죠. 남편이 돌아오자 나는 사과했어요. 나도 가끔 뭔가를 깜빡할 때도 있다고 말하면서 내 짜증을 당신에게 표출해서 미안하다고 했어요."

그 친구는 말을 이었다.

"그 다음 일요일에 교회에 갔는데 그날의 초청 강연자가 강단에 서서 '오늘 아침에는 분노와 실망을 조절하는 방법을 나누고 싶습니다'라고 말하는 거예요. 믿을 수가 없었죠. 그 말씀은 나를 위한 것이었어요. 나는 펜과 종이를 준비했죠. 강연자는 잠언에 나오는 두 구절을 이야기했고, 내 삶은 완전히 변했어요. 첫 번째 잠언은 이거였어요. '어리석은 짓을 했으면 손으로 입을 막아라. 우유를 저으면 버터가 되고 코를 비틀면 코피가 나오듯이 화를 돋우면 싸움이 생긴다.'[4] 강연자는 특히 상대방을 판단하는 말이 나오면 '손으로 입을 막아야 한다'고 강조했어요. 전 그 말을 곧이곧대로 받아들였고, 그 후로 한 달 동안 입을 몇 번이나 막았죠. 덕분에 생각하기 전에 말부터 나오는 습관을 깨뜨렸어요."

그녀의 이야기는 계속 이어졌다.

"그리고 그 강연자는 '부드러운 대답은 화를 가라앉히지만, 과격한 말은 노를 일으킨다'[5]라는 잠언을 이야기했어요. 그래서 나는 입에서 손을 뗐을 때 부드럽게 말하기 시작했어요. 이 두 가지 행동 덕분에 기분이 나쁠 때도 다른 모습으로 반응하게 됐죠. 내 자신이 훨씬 좋아졌고, 가족들과 친구들도 내 삶이 달라졌다는 사실을 분명히 알 거예요."

아내이자 엄마인 이 친구는 인내를 계발하는 중요한 2가지 원리를 증명해 준다.

- 몸에 밴 부정적인 습관을 타파할 방법을 찾아내라. 입을 막는 방법일 수도 있고, 말을 하기 전에 100까지 숫자를 세거나, 당장의 상황에 반응하기 전에 주변을 좀 걷거나, 그냥 몇 분쯤 방을 나갔다 들어오는 행동일 수도 있다. 어떤 여성은 기분이 상하거나 화가 나면 꽃에 물을 준다고 말했다.

"처음 그 방법을 쓴 여름에는 우리 집 피튜니아를 익사시킬 뻔했답니다."
부정적인 태도로 계속 사느니 피튜니아를 흠뻑 적시는 편이 훨씬 낫다.

- 부정적인 행동을 긍정적인 행동으로 대체하라. 앞에 설명한 내 친구의 경우 긍정적인 행동이란 부드럽게 말하는 것이었다. 내가 아는 어떤 여성은 자녀들에게 중요한 교훈을 전할 때면 속삭이듯 말한다. 자녀들은 엄마의 말을 들으려고 몸을 앞으로 내밀며 눈을 크게 뜬다. 아이들에게 고함을 지르거나 평소 때의 목소리로 이야기하면, 자녀들은 엄마를 무서워하거나 엄마의 말을 한 귀로 흘릴 수도 있다. 부드럽게 말하면 다른 사람들이 귀를 기울인다.

상황을 좀더 명확하게 이해한 다음 반응하려고 말하기 전에 내용을 미리 써보거나 하고 싶은 질문을 미리 적어두는 사람도 있다. 어떤 남성은 다음과 같은 말로 대화를 시작했더니 도움이 되었다고 말했다.

"저는 최대한 긍정적인 말로 대화하고 싶습니다. 저는 당신을 믿으며, 당신은 제게 소중한 사람이기 때문입니다."

이렇게 말하면 자신의 생각을 표현할 방법도 떠오르고, 상대방에게도 상처를 주려는 것이 아니라 해결책을 찾고 있다는 확신을 줄 수 있다고 한다.

현실을 받아들이라

인내를 계발하는 다음 단계는 조바심을 내봤자 상황이 변하지 않는다는 사실을 깨닫는 것이다. 공항에서 항공사 직원에게 화를 내며 온갖 험한 말을 퍼붓던 남자는 결국 시카고의 호텔에서 그날 밤을 보냈다. 부정적인 말과 행동으로 조급함을 표현할 수는 있지만, 상황은 변하지 않는다. 상대방에게 상처를 주고 자기 자신까지 당혹스럽게 만들 뿐이다.

문제를 해결하라

인내를 계발하는 마지막 단계는 문제보다 해결에 초점을 맞추는 것이다. 앞에서 말한 내 친구는 아기의 유동식을 사오지 않은 남편에게 화를 냈지만, 핵심은 그가 아내의 부탁을 잊어버렸다는 사실이 아니라 아기의 저녁식사를 해결하는 것이었다. 아내가 남편의 무책임한 행동에 초점을 맞추자 비난이 터져나왔다. 상대방의 말과 행동 때문에 생긴 부정적인 감정은 시간이 지난다고 저절로 없어지지 않는다.

만약 그녀가 해결에 초점을 맞췄다면 "여보, 오늘밤 아기에게 먹일 음식이 없어. 내가 가게에 다녀올 테니 아기를 봐줄래? 아니면 당신이 가게에 다녀오는 편이 더 나을까?"라고 말할 수 있었을 것이다.

문제에는 해결책이 필요하다. 인내는 상대방의 잘못이 아니라 문제 해결에 초점을 맞추는 것이다.

인내는 쓰나 열매는 달다

케리의 네 살 난 아들 앤드류는 천식으로 고통스러워했다. 물론 치료를 받았지만, 통증이 사라질 때까지 그저 참고 기다리는 것이 최선일 때도 있었다. 앤드류가 고통과 공포로 신음하는 동안 가족들은 극도의 인내를 발휘해야 했다.

케리의 남편은 명문 대학교에서 박사 과정을 밟고 있었다. 남편이 학위논문을 마무리 짓는 동안 케리는 가족들이 이미 엄청난 스트레스에 시달린다는 사실을 알고서 앤드류의 건강을 위해 최선을 다했다. 그런데도 앤드류는 감기에 걸렸고 감기는 결국 만성 기관지염으로 발전하고 말았다. 숨을 쉬려고 발버둥 치는 앤드류에게 그나마 위안이 되는 것은 엄마의 품안에서 쉬는 것뿐이었다. 몇 분에 한 번씩 앤드류는 엄마의 옷깃을 꽉 잡으며 숨을 쉬려고 노력했다. 앤드류가 잠깐 잠들면, 케리는 앤드류를 내려놓고 화장실에 가거나 음식을 먹으러 갔다. 그러나 앤드류는 금세 잠에서 깨고는 겁에 질려 소리를 지르며 엄마를 찾았다.

이렇게 종일 시달린 탓에 케리도 비명이 목구멍까지 차올랐다. 집은 엉망이었다. 큰아들이 곧 학교에서 돌아올 시간이었다. 남편은 도서관에서 긴 하루를 보내고 지쳐서 집으로 돌아올 테고. 그러나 집 안은 아침에 일어났을 때와 똑같은 모습이었다. 케리는 앤드류를 안아준 것 빼고는 아무 일도 하지 못했다. 샤워할 틈도 없었다.

케리는 잠든 아들을 바라보며 생각했다.

'앞으로 몇 달, 혹은 몇 년 동안이나 이렇게 이 아이를 안고 있어야 할까? 하지만 아이도 얼마나 괴로울까? 숨을 쉴 수 없다면 정말 끔찍할 거야. 하루만 참자. 하루씩만 참으면 돼.'

케리는 의식적으로 노력하며 인내하기로 결심했다. 그날 저녁과 그 다음 '하루'와 그 다음 '하루'도 참기로, 앤드류가 고개를 들고 동물 모양 과자를 달라고 하는 감격스런 순간이 올 때까지 참기로 했다.

케리는 앤드류가 자신의 삶을 망가뜨린다고 생각하지 않고, 네 살

인내의 훼방꾼: 교만

인내의 눈에 보이는 훼방꾼은 조급함이다. 조급함은 왜 생길까? 다른 사람들을 함부로 대하게 만드는 원인은 교만일 때가 많다. 교만은 이렇게 말한다.

"나는 옳고 당신은 틀렸어. 내가 얼마나 화가 났는지 알아줬으면 좋겠어. 그래야 내가 옳다는 사실도 알 테니까. 나는 인내할 수 없어. 그러면 내가 지는 셈이거든. 나는 당신에게 지고 싶지 않아."

퓰리처상 수상작가인 윌 듀란트(Will Durant)는 "다른 사람들을 욕하는 행동은 사실 은밀히 자기 자신을 칭찬하는 것이다"라고 말했다. 우리는 때로 무의식적으로 자기 자신을 과시하며 조급한 말과 분노에 찬 행동으로 다른 사람들을 깔아뭉갠다. 우리가 얼마나 불편을 겪었고 상처를 받았으며 부당한 대우를 당했는지 알려주고 싶어한다.

더 나은 관계를 위해 감정을 드러내고 싶다면 사랑하는 마음으로 해야 한다. 그러려면 상대방을 존중하며 부드럽게 진실을 말해야 한다. 그러나 우리가 다른 사람보다 '더 나은' 존재라는 사실을 과시하려고 하며 독선적인 분노에 빠지면 교만한 행동이 나온다. 교만은 우리를 화나게 한 사람이 우리 자신만큼 귀중한 존재이며 인간이기 때문에 실수한다는 사실을 보지 못하게 만든다. 고집스럽게 다른 사람의 잘못이나 약점에만 초점을 맞추면 문제를 쉽게 해결할 수 있다는 사실을 간과하게 된다.

인내가 있으면 언제나 옳은 행동만 하고 싶은 욕구에서 벗어날 수 있다. 이기적인 욕망보다 다른 사람들과의 관계를 우선시하면서 기쁨과 평화를 누릴 수 있다.

먹은 아이가 그저 두려워서 그런 반응을 보일 뿐이라는 사실을 기억했다. 자신이 해야 하는 모든 일만 생각하며 기진맥진하지 않고 앤드류가 처한 현재 상황을 참고 견뎠다. 그 주에 하고 싶은 일보다 앤드류와의 관계를 더 중요하게 여겼다.

화를 내거나 좌절한다고 앤드류가 편안하게 호흡하는 데 보탬이 되지는 않는다. 케리는 힘든 상황에서 자기를 추스른 덕분에 평화를 느꼈다. 진정한 사랑으로 다른 사람들과 자기 자신에게 인내를 발휘하는 모습을 생생히 보여주었다.

자녀나 배우자, 친구나 동료가 당신의 삶을 잠식하는 듯 보인다면, 상대방과의 관계에 품었던 기대를 내려놓고 인내와 이해의 태도를 취하라. 처음에는 불가능해 보이겠지만, 한순간이라도 참기로 결심하면 변화가 생긴다. 사랑의 다른 특성과 마찬가지로 인내는 한 번의 선택에서 시작되며, 그 선택이 하나씩 이어지면 아름다운 습관이 된다.

이렇게 하면 당신의 관계는 어떻게 달라질까?

- 자기 자신은 물론이고 모든 사람을 일만 하는 기계가 아니라 성장 중인 사람으로 대한다면?
- 시간보다는 관계가 더 중요하다는 사실을 말과 행동으로 표현한다면?
- 상대방의 생각과 감정을 이해하려는 마음으로 시간을 들여 귀를 기울인다면?
- 거칠고 비난하는 말을 버리고 부드럽게 말하는 법을 배운다면?
- 다른 사람의 잘잘못을 따지는 대신 문제 해결법을 찾는 데 집중한다면?

삶에 적용하기

토론과 고찰을 위한 질문

1. 우리 문화에서 조급함을 가장 잘 엿볼 수 있는 현상은 무엇인가?
2. 100년 전에 비해 오늘날 인내가 더욱 발달했는가, 아니면 오히려 쇠퇴했는가? 왜 그렇게 됐다고 생각하는가?
3. 한 사람의 끈기 있는 태도가 누군가를 더 좋은 사람으로 바꾼 경우를 본 적이 있다면, 언제인가?
4. 최근에 다른 사람을 조급하게 대한 경험을 떠올려보라. 어떻게 반응했는가? 무엇이 당신을 조급하게 만들었으며 그 이유는 무엇인가?
5. 당신은 스스로에게 인내를 발휘한다고 생각하는가? 그렇다면 혹은 그렇지 않다면 그 이유는 무엇인가? 최근에 스스로를 닦달한 때는 언제인가?
6. 다른 사람이 당신에게 인내를 보여준 경우를 두세 가지 생각해 보라. 상대방의 인내심이 당신의 태도에 어떤 영향을 미쳤는가?

적용은 이렇게

1. 이번 주에 자기 자신이나 배우자, 자녀, 또는 그 밖의 사랑하는 사람들에게 인내를 발휘할 방법으로 어떤 것들이 있을까? 이번 주에 가장 귀를 기울여 이야기를 들어줘야 할 사람은 누구인가?
2. 지난 몇 주 동안 말실수를 한 때가 생각나는가? 뭐라고 말했나? 상대방과의 관계에 어떤 영향을 미쳤나? 말 때문에 관계가 어긋났다면, 상대방에게 잘못을 고백할 마음이 있는가? 그렇다면 최대한 빨리 실행에 옮기라.
3. 색인 카드에 다음 문장들을 적고 하루에 한 번씩 읽으라.
   - 사람들은 똑같이 만들어진 기계가 아니다. 생각·감정·욕구·이해력이 나와 다르다.
   - 사람들은 내 계획대로 움직여주지 않는다. 저마다 내 계획과 다른 계획이 있을 수 있다. 다른 사람들의 선택을 존중하자.
   - 사람들은 언제나 성장 중이다. 그들에게 성장할 시간을 주자.
   - 내가 인내를 발휘하면 다른 사람들을 돕는 건설적인 분위기가 형성된다.

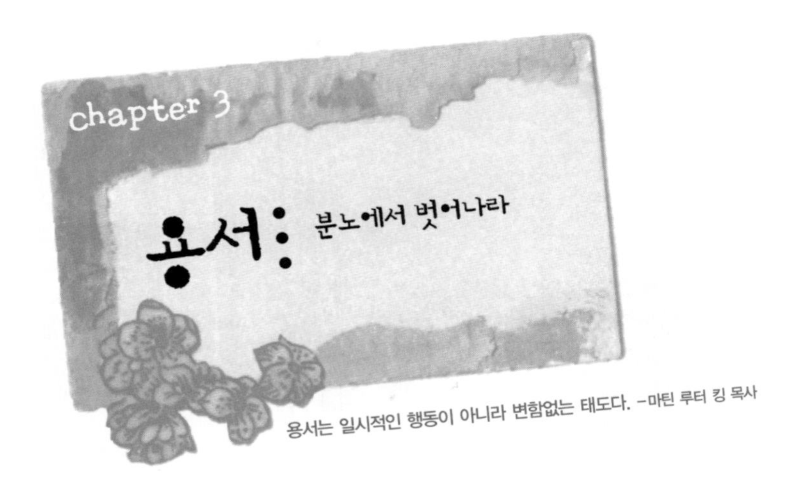

chapter 3

용서: 분노에서 벗어나라

용서는 일시적인 행동이 아니라 변함없는 태도다. -마틴 루터 킹 목사

2006년 10월 2일, 찰스 칼 로버츠는 펜실베이니아 니켈 마인스에 있는 아미시(Amish) 학교의 하나뿐인 교실로 들어가 총으로 다섯 명의 여학생을 쏘아 죽이고 자살했다. 그 사건으로 미국은 혼란에 휩싸였다. 그러나 사람들을 더욱 놀라게 한 이야기가 있다. 총기 사건이 일어나고 몇 시간이 지난 뒤, 아미시 주민들이 연민을 품고 로버츠의 아내와 세 자녀를 만나러 간 것이다. 그들은 로버츠에게 어떤 악감도 없으며 로버츠의 가족과 화해하고 싶다는 바람을 분명히 드러냈다. 며칠 후 아미시 공동체 사람들은 로버츠의 장례식에 참석했고 로버츠의 아

내와 자녀들을 도우려고 모금까지 했다. 용서는 이 공동체에 깊이 뿌리 내린 태도라서 살인자에게도 자비를 베풀어야 하느냐는 질문을 할 까닭이 없었다.

용서란 정직한 마음으로 상대방을 측은히 여기고 나 자신의 참 모습을 인정하며 내게 상처를 준 사람과 화해하는 행동이다. 용서는 자연스럽게 여겨지는 행동이 아니니다. 예상 밖의 행동이다. 총기 사건으로 죽은 다섯 여학생의 가족들이 증오와 복수로 반응했다면 세상은 그들을 이해했을 것이다. 그러나 펜실베이니아 아미시 공동체는 용서만이 아픔을 치유해 준다는 사실을 알았다.

당신과 나는 그런 극적인 상황에서 다른 사람을 용서할 수도 있고 그러지 못할 수도 있다. 그러나 상황이 어떻든 사랑을 배우고 싶다면 용서도 배워야 한다. 늘 짜증나게 하는 가족이나 물건 값을 과잉 청구한 철물점 직원은 물론 가장 깊은 상처를 준 사람까지 용서해야 한다.

정의를 향한 열망, 사랑할 수 있는 능력

어떤 남자가 말했다.

"아내와 아내의 정부에게 너무 화가 났습니다. 그 두 사람이 나와 아이들에게 준 고통을 그대로 갚아주고 싶었죠."

우리는 모두 옳고 그름을 분별하는 능력이 있으므로 이런 감정은 지극히 정상이다. 우리는 어쩔 수 없이 도덕적인 생물이다. 부당한 대우를 받으면 우리 내면의 무엇인가가 말한다.

자기 점검: 나는 용서하는 사람인가?

1. 누군가 나에게 잘못을 하면 대부분의 경우 나는…

a. 상대방이 사과할 때까지 말을 걸지 않는다.
b. 일어난 일을 무시하고 그냥 살던 대로 산다.
c. 내 감정을 솔직히 인정하며 상대방과 만날 자리를 마련한다.

2. 사랑하는 사람이 나에게 사과를 하지 않으려고 하면 나는…

a. 화가 나서 방을 나가버린다.
b. 별일 아닌 척 행동한다.
c. 상대방에게 언제든 용서해 주겠다고 말한다.

3. 상처 받았던 기억이 생각나면 나는…

a. 나에게 상처 준 사람을 떠올린다.
b. 그런 일은 기억나지 않는다고 중얼거린다.
c. 화를 가라앉히고 다른 것을 생각해 내려고 애쓴다.

4. 실수를 저지르면 대부분의 경우 나는…

a. 내 잘못이 아닌 이유를 설명한다.
b. 남몰래 그 실수를 되뇌며 자책한다.
c. 내가 실수한 사람에게 찾아가 용서를 구한다.

5. 누군가가 내 잘못 때문에 나를 찾아오면 나는…

a. 변명하며 다른 사람 탓으로 돌린다.
b. 주제를 바꾼다.
c. 내가 잘못했다는 사실을 인정하고 용서를 구한다.

a가 답으로 몇 개나 나왔는가? 그것이 당신의 일반적인 반응이라면 당신에게 상처를 준 사람에게 화를 내기 쉽다는 뜻이다. 화가 당신에게 어떤 영향을 미치는지 더욱 주의 깊게 살펴야 한다. 대답 가운데 b가 가장 많았다면, 관계에서 갈등을 피하는 경향이 있다는 뜻이다. 그 때문에 다른 사람과의 사이에 벽이 생긴다고 해도 말이다. 이번 장의 목표는 직면하고 용서하고 놓아 보내는 일이(대답 c가 이런 것이다) 진정한 사랑에 얼마나 중요한가를 깨닫는 것이다.

'옳지 않아. 이런 짓을 한 사람은 대가를 치러야 해.'

정의를 갈망하는 마음은 우리 존재에 깊이 뿌리 박혀 있다. 동시에 우리에게는 사랑으로 용서의 손을 내밀 능력이 있다. 대다수 자녀들이 부모를 사랑하는 이유는 그들 마음 깊은 곳에 '부모는 자녀를 사랑해야 하고, 자녀는 부모를 사랑해야 한다'는 생각이 있기 때문이다. 대부분의 사람들은 이웃, 동료, 심지어는 낯선 사람에게도 일정 수준의 사랑을 보여준다.

상대방이 우리에게 상처를 준 사실을 인정하되 잘못을 저지른 사람을 용서하는 것이 진정한 사랑이다. 다른 남자와 도망친 아내 때문에 괴로워하던 남자는 나중에 나에게 이렇게 말했다.

"아내는 석 달 뒤에 돌아와서 자신이 끔찍한 실수를 저질렀으며 다시 저와 잘해보고 싶다고 말했어요. 저는 아내를 절대 용서할 수 없다고 생각했죠. 하룻밤 사이에 되지는 않았지만, 아내의 진심을 깨닫자 용서할 힘이 생기더군요. 이제는 결혼생활이 행복합니다. 자존심 때문에 아내에 대한 사랑을 포기하지 않았던 것이 참 기쁩니다."

정의와 사랑이 함께 있을 때 진정한 용서가 가능하다.

용서하기로 선택하기

빅토리아 루볼로는 화를 낼 이유가 충분했다. 그녀의 사건을 맡은 지방 검사가 말하기를, 그녀가 당한 일은 범인이 어떤 벌을 받아도 충분치 않을 정도였다.

열여덟 살 난 망나니가 자동차를 타고 질주하다가 10킬로그램짜리 냉동 칠면조를 빅토리아의 자동차 방풍 유리로 내던졌고, 빅토리아의 얼굴에 있는 거의 모든 뼈가 부러지고 말았다. 알고 보니 그 망나니와 친구들은 훔친 신용카드로 냉동 칠면조를 사고는 '그저 재미삼아 돈을 흥청망청' 쓰고 있었다.[1] 빅토리아는 10시간의 대수술을 견딘 후 의학적으로 유도 혼수상태에 들어갔고, 한 달 동안 입원했다가 집으로 돌아와서는 몇 달간 재활치료를 받았다.

그러나 빅토리아는 이런 시련을 겪는 동안 가해자와 연락을 취하며 그의 행동을 용서한다는 뜻을 표현했다. 어느 법정에서 벌어진 광경은 보는 이들을 깜짝 놀라게 했다. 그 젊은이가 "법정에 앉아 있는 빅토리아 쪽으로 조심스럽게 머뭇거리며 다가가서는 눈물을 흘리며 용서를 구했기 때문이었다. '그런 짓을 저질러 정말 죄송합니다.' 그러자 빅토리아가 자리에서 일어났고 가해자와 빅토리아는 눈물을 흘리며 서로를 껴안았다. 빅토리아는 흐느끼는 젊은이의 머리를 쓰다듬고 등을 토닥였다. 사람들은 그녀가 '괜찮아. 네가 최대한 멋진 삶을 살기만 바랄 뿐이야'라고 말하는 소리를 들었다. 보고서에 따르면, 냉정한 검사들과 기자들마저 눈물을 삼키고 있었다."[2]

가해자에게 선고가 내려지자, 빅토리아는 판사에게 자비를 베풀어 달라고 부탁했다. 빅토리아는 피고에게 이렇게 말했다.

"공포와 고통이야 이루 말할 수 없었지만, 이 끔찍한 경험을 통해 배운 것이 있단다. 그것에 대해서는 정말 감사한 마음이야. (……) 이 소중한 인생을 복수하며 살아갈 수는 없어. 길고 힘든 감옥살이가 너나 나에게, 또는 이 사회에 어떤 보탬도 되지는 않을 거야."

그래서 25년 동안 감옥에서 살아야 했을지도 모를 그 십대 망나니는 6개월 형을 선고받았다.

빅토리아는 다음과 같이 말을 이었다.

"이제 올바른 삶을 살려고 노력하기를 진심으로 바란다. 혹시 내가 베푼 인정 덕택에 네가 책임감 있고 정직한 사람이 된다면, 누구나 자랑스러워할 만큼 친절한 사람이 된다면, 난 정말로 기쁠 거야. 내가 겪은 고통도 헛되지 않을 거야."

빅토리아는 피고가 감옥에서 더 오래 있어야 정당하다는 사실을 무시하지는 않았다. 하지만 나중에 언론에 이야기했듯이 "복수하면 뭐가 달라지나요? 신은 저에게 기회를 또 한 번 주셨고, 저도 다른 사람에게 그 기회를 준 것뿐입니다."[3] 빅토리아는 용서가 정의보다 위대한 미덕이라고 여겼다.

빅토리아의 행동은 삶을 변화시키는 용서의 위력을 일깨워준다. 그 감동적인 법정 장면 이후에 빅토리아의 제부가 말했듯이 "빅토리아는 엄마처럼 그를 붙잡아줬어요. 그에게 '네가 의미 있는 삶을 살기를 바란다'라고 말했고, 그는 '그럴게요, 그럴 거예요. 약속해요'라고 대답했습니다."[4]

왜 용서가 필요한가

인간의 자유는 자기중심적인 방향으로 쏠리기 때문에 인간관계에서는 용서가 반드시 필요하다. 인간은 원래 '나에게 가장 좋은 게 뭐지?'라는 질문으로 초기 설정되어 있다. 거짓 자기를 내버려 두면 다른 사람을 희생시키는 한이 있어도 자신의 이익을 추구하는 결정을 내리기 쉽다. 우리는 역사를 통해 그런 사실을 볼 수 있을 뿐 아니라 날마다 텔레비전과 신문을 통해서도 볼 수 있다. 횡령 · 강간 · 살인 · 절도 같은 지역 소식을 통해서도 알 수 있다. 이는 이기적인 행동들 가운데서도 가장 눈에 잘 띄는 것일 뿐이다. 온 나라에 있는 벽이 말을 할 수 있다면, 수많은 벽들이 언론에 보도되지 않지만 엄연히 존재하는 거친 말들, 서로를 깔아뭉개는 대화, 신체 학대나 성적 학대 등을 폭로하지 않을까?

살다보면 상처를 줄 수도 있고 받을 수도 있다. 잘못을 용서하지 않으면 우리에게는 '오로지' 정의만 남는다. 정의라는 잣대를 들이대면 대다수 사람들이 결국 감옥에 가게 될 것이다.

우리 모두에게는 자기중심적인 본성을 극복하고 다른 사람들의 이익을 위해 사는 법을 터득할 기회가 있다. 다시 말해서 우리를 괴롭힌 사람을 용서할 기회가 있다. 다른 사람이 우리에게 저지른 잘못을 모른 체하자는 말이 아니다.

용서란 정의를 요구하기보다 사랑을 선택하는 행동이다. 참 자기로 살아가면 공평해야 한다는 욕구보다 화해하고 싶은 소망이 훨씬 더 강해진다.

용서 배우기

진정한 사랑으로 용서할 때 상황이 어떻게 진행되는지 살펴보자. 우선, 잘못이 발생한다. 형제나 친구, 배우자 등이 우리를 부당하게 대한다. 우리는 상처를 받고 화를 낸다. 우리에게 잘못을 저지른 사람을 비난하는 것이다. 보통은 비난하기 전에 시간을 갖고 감정을 식히는 것이 가장 좋다.

이상적으로 볼 때 다음 단계는 상대방이 자신의 잘못을 인정하고 다시는 그런 행동을 하지 않겠다고 말하는 것이다. 우리를 괴롭힌 사람과 대면할 때, 우리 마음 깊은 곳에는 그런 말을 듣고 싶은 갈망이 있다. 그러면 진심으로 용서할 수 있기 때문이다. 이런 용서에는 우리 자신의 노력뿐 아니라 상대방의 협조도 필요하다. 우리에게 상처를 준 사람의 협조가 없으면 진심으로 용서할 수 없다.

그렇다면 우리는 어떻게 용서를 배울 수 있을까? 우선 용서에 대한 환상을 버려야 한다.

- 용서는 쉽게 할 수 있는 것이 아니다. 남편이 돈을 들고 또다시 도박하러 가자 그의 아내가 울면서 내게 물었다.
  "저를 이렇게 힘들게 하는데 어떻게 용서할 수가 있죠? 남편을 돕고 싶었는데 그이는 어쩜 저한테 그런 거짓말을 할 수가 있나요? 정말 배신 당한 기분이에요."
  시간이 걸렸지만 남편이 도박판에서 발을 끊고 자신의 잘못을 인정하며 재활 프로그램에 몰두하자 아내는 용서의 걸음을 옮기기 시작했다. 5년 뒤에 그녀는 나에게 말했다.
  "그 어떤 결정보다 힘들었지만 동시에 가장 잘한 결정이었어요. 남편을 포기하지 않길 잘했어요."
- 용서를 하더라도 과거의 잘못으로 생긴 결과가 모두 사라지지는 않는다. 내가 자녀들과 시간을 많이 보내지 못하는 젊은 아빠라고 하자. 자녀들과 함께 있을 때조차 나는 거칠게 비난을 섞어 무시하는 말을 하

며 애정을 거의 드러내지 않는다. 수년이 지난 후 나는 십대 후반이 된 자녀들을 찾아가 아버지로서 잘못했다는 사실을 인정하고 용서를 구한다. 자녀들이 나를 용서하기로 결심했다고 치자. 자녀들이 나를 용서한다고 해도 과거에 받은 감정적인 상처가 모두 치유되지는 않는다. 어린 자녀들과 긍정적이고 애정이 넘치는 시간을 보낼 기회는 사라졌다. 두 번 다시 돌아오지 않는다. 자녀들이 나에게서 받은 상처를 치유받으려면 더 많은 시간과 대화가 필요하며, 어쩌면 상담까지도 필요할 것이다. 용서는 이런 치유가 일어나도록 발판을 제공해 준다.

- 용서를 해도 신뢰가 즉시 되살아나지는 않는다. 친구의 배신으로 상처를 받은 젊은 여성은 친구가 사과하며 변화된 모습을 보이면 진심으로 용서할 것이다. 그러나 배신은 신뢰를 무너뜨렸다. 친구가 앞으로 계속 믿음직한 모습을 보여야 신뢰가 되살아날 수 있다. 용서는 신뢰가 되살아나도록 가능성의 문을 열어주지만, 용서만으로 신뢰를 회복할 수는 없다. 그러나 용서가 없으면 신뢰는 절대 회복되지 않는다.
- 용서를 한다고 불쾌한 기억이 사라지지는 않는다. 삶에서 일어나는 모든 일은 뇌에 기록되며 고통스러운 사건은 반복적으로 떠오른다. 그 사건이 기억나면 다시 심한 고통을 느낄 수도 있다. 용서를 하기로 결심했다면, 자신의 감정을 인정한 다음 상처를 준 사람에게 친절하고 애정 어린 행동을 하도록 노력해야 한다. 오늘 당장 말이다. 작가이자 칼럼니스트인 앤 라모트(Anne Lamott)는 "용서는 그때 그런 일이 일어나지 않았으면 하는 소망을 완전히 버리는 것이다"라고 했다. 사랑을 잘하는 사람들은 미래에 초점을 맞추고 이미 용서한 과거의 잘못에 집착하지 않는다.

서로의 차이 타협하기

게일은 이렇게 말한다.

“지난 35년간 완벽한 결혼생활을 한 건 아니에요. 하지만 돈과 저는 서로를 사랑하고, 함께 있으면 즐거워요. 물론 아직도 서로 타협을 해야 하죠. 날마다 말예요! 사실 일상적인 습관이 가장 이해하기 어렵죠. 돈은 제가 먼저 청하지 않으면 안아주는 법이 거의 없어요. 시간이 가는 줄도 잘 몰라서 돈 때문에 우리 모두 늦기 일쑤죠. 어지르는 걸 아주 싫어해서 부엌에서 저를 따라다니며 제가 꺼내두고 아직 쓰지도 않은 것까지 치워버린다니까요! 돈도 저에게 바라는 점이 많을 거예요. 솔직히 저희는 아직도 함께 사는 법을 배우고 있답니다.”

게일과 돈은 지난 세월 동안 수많은 양보를 해왔다. 신혼 때는 청소 때문에 거의 날마다 싸웠다. 게일은 현관 입구에 신발이 놓였거나 부엌 조리대가 책과 신문으로 뒤덮였거나 옷장 바닥에 옷이 떨어졌어도 개의치 않았다. 하지만 돈은 그런 것에 신경이 쓰일 뿐 아니라 집을 어지르는 게일의 모습에 충격을 받았다. 돈은 언제나 깔끔한 아내의 모습을 그려왔다. 한편 게일은 남편이 따뜻한 말과 손길로 애정을 표현해 주기를 갈구했는데 돈은 거의 그렇게 하지 않았다. 그저 때때로 농담 삼아 “사랑해. 마음이 변하면 알려줄게”라고 말할 뿐이었다.

결혼한 지 35년이 되었지만 지금도 게일과 돈은 서로를 사랑하는 법을 배우고 있다. 돈은 집 안이 정돈되지 않아도 훨씬 잘 참게 되었다. 게일은 집을 좀더 자주 청소하려고 애쓴다. 그것이 남편을 사랑하는 방법임을 깨달았기 때문이다. 게일은 남편이 자동차를 고쳐주거나 저녁을 차려줄 때마다 사랑을 표현하고 있다는 사실을 떠올린다. 돈 역시 기념일이나 생일에는 물론 평소에도 아내를 격려해 준다.

다른 사람의 행동에 단순히 짜증이 난다면 용서나 사과를 요구할 필요까지는 없다. 대신 타협을 통해 변화를 이끌어 내거나 상대방의 행동을 받아들여야 한다. 성격 차이도 용서의 대상이 아니다. 본래부터 계획성 있는 사람이 있는가 하면 즉흥적인 사람도 있다. 이런 두 사람이 함께 일하거나 살게 되면 갈등이 생길 수밖에 없다. 갈등이 생기면 대화하고 이해하며 차이를 수용해야 한다. 용서까지는 필요하지 않다.

물론, 차이를 두고 타협하기란 그리 쉬운 일은 아니다. 때로는 짜증이 나서 거칠게 비난을 쏟아낼 수도 있다. 이런 일이 일어나면 사과하고 용서를 구해야 한다. 굳건한 결혼생활이나 든든한 우정을 만끽하는 사람들은 사랑이란 다른 사람에게 상처를 입혔다는 이유만으로도 여러 번 미안하다고 말하는 것임을 안다. 돈과 게일처럼, 사랑을 잘하는 사람들은 작은 것을 기꺼이 용서한다.

습관으로 만들기: 작은 문제에서도 용서를 실천하고, 작은 상처를 주었더라도 사과하라.

용서받고 싶을 때

펜실베이니아 아미시 총기 사건은 범인이 청소년기에 겪은 사건에서 용서를 구하고 받았다면 일어나지 않았을지도 모른다. 범인 로버츠는 유서에서 20년 전 친척이었던 어린아이 둘을 괴롭힌 기억 때문에 악몽을 꾼다고 적었다.

우리는 로버츠의 말에 숨겨진 진실을 완전히 알 수도 없고 과거에 저지른 잘못이 총기 사건에 어떤 영향을 미쳤는지도 알 수 없다. 그러나 용서를 하는 것과 용서를 받는 것이 상처를 치유하고 삶을 변화시킨다는 사실은 알고 있다. 사랑을 잘하려면 다른 사람들에게 용서의 손을 내미는 것은 물론이고, 우리 자신의 과오를 인정하며 그 과오에서 벗어나야 한다.

누군가에게 상처를 주었다면 즉시 용서를 구하라. 그러지 못했다면, 그리고 상대방이 당신의 잘잘못을 가리기로 결심했다면, 현명하게 잘못을 인정하고 화해를 시도해야 한다. 잘못을 다른 사람 탓으로 돌리고 싶은 마음이 들거나 잘못을 인정하고 뉘우치고 싶은 마음이 생기지 않는다면, 당신과 상대방 사이에는 상처로 인한 장벽이 생긴다. 장벽을 세울 때마다 당신은 더욱 외로워진다. 다른 사람의 치유뿐 아니라 당신 자신의 치유를 위해서도 용서는 몹시 중요하다.

사과하지 않는 사람을 사랑하는 법

당신에게 상처를 준 사람을 사랑으로 대한다면 대개는 잘못을 인정하고 용서를 구할 것이다. 그러나 잘못을 부인하면서 당신의 지적에 모욕감을 느낄 수도 있다. 억지로 잘못을 인정할 수는 있겠지만 행동을 바꿀 생각은 하지 않을 것이다. 그렇다면 우리는 용서를 거부하는 사람들을 어떻게 대해야 할까?

습관으로 만들기: 당신에게 상처를 준 사람이 사과를 하지 않거나 할 수 없는 상황에서도 그 사람에 대한 화를 해소할 수 있다는 사실을 기억하라.

놓아주기

제이미는 2년 동안 피트니스 센터 지배인으로 일했다. 어느 날 그는 피트니트 센터 사장이 돈을 횡령하고 있으며 어린 시절 이야기부터 가족이나 재정 상태에 대해 모두 거짓말을 하고 있다는 사실을 알았다. 제이미가 센터의 미래를 생각하며 품었던 모든 기대와 사장에 대한 환상이 산산조각 나버렸다. 믿었던 사장이 배신을 한 것이다. 그가 끊임없이 거짓말을 하는 바람에 제이미는 정상적인 대화조차 할 수 없었다. 이런 와중에 암 치료와 예상치 못했던 업무량 증가까지 제이미를 덮쳤다.

제이미는 이렇게 말한다.

"처음에는 정말 화가 났어요. 그런데 어느 날 치료를 받던 중에 '지금 이 순간은 머릿속을 분노로 채우고 싶지 않아'라는 생각이 들었어요. 그날 내 몸의 암세포를 공격하는 치료법에 내 분노도 맡기기로 결심했죠. 실제로 내 몸에서 쓰라림이 빠져나가는 느낌이 들었어요."

누군가 당신에게 잘못을 저지르고 사과하지 않으려 하면, 당신이 할 일은 사과하지 않는 상대방을 용서하는 것이 아니라 상처나 분노와 더불어 그를 '놓아주는' 것이다. 상처를 준 사람이 잘못을 고백하고 긍정적인 변화를 시작하면 그때 용서해도 늦지 않다. 긍정적인 변화가 보이지 않더라도, 그는 자신의 행동 때문에 결국 당신에게 어떤 도움도 받지 못한다는 사실을 나중에라도 깨달을 것이다. 상대방을 놓아주는 것은 용서와 매우 다르다. 화해로 귀결되지는 않지만 당신은 감정적으로나 정신적으로 자유로워져서 원래 당신이 되어야 하는 모습대로 살 수 있다.

잘못을 인정하기

부당한 대우를 받은 탓에 생긴 고통과 분노에서 자유로워지는 두 번째 단계는, 그 상황에서 자신의 잘못도 있었다는 사실을 인정하는 것이다. 부당한 대우를 받았다면 화는 적절한 반응이다. 그러나 화는 거주자가 아니라 방문객이다. 화는 당신을 자극해서 잘못한 사람과 대면하고 화해하도록 만든다. 내면에 화를 붙잡고 품고 있으면, 그것은 쓰라림이 되고 나중에는 증오로 변한다. 이런 감정과 태도는 그것을 품고 있는 사람을 파괴한다. 심지어 상처를 준 사람에게 폭력까지 행사하게 만들 수도 있다.

분노에 사로잡힌 채 돌아와 상사나 동료를 총으로 쏜 사람들의 이야기를 모르는 사람은 없다. 더 자주 일어나는 일로, 우리는 모두 우리에게 잘못을 저지른 사람에게 말로 비난을 퍼부은 적이 있을 것이다. 우리 자신의 상처와 분노에만 집착하면 그런 엉뚱한 열정 때문에 결국에는 죄책감마저 느끼게 된다. 특히 친구나 가족 때문에 상처를 받은 경우라면 감정을 조절할 도움과 안내가 필요하다. 상처와 분노를 조절하지 못했다고 분명하게 인정하면, 더 심한 적개심을 예방할 수 있다.

악을 선으로 갚기

세 번째 단계는 엄청난 도약이 필요하다. 악을 선으로 갚는 것이다.

우리는 본성적으로 우리에게 잘해주는 사람에게 잘해준다. 우리를 사랑하는 사람을 사랑한다. 하지만 사랑을 잘하는 사람들은 자신을 괴롭히는 사람에게도 사랑을 표현한다.

엘리스는 어렸을 때 교회에 엄마와 앉아 있을 때면 엄마의 털외투에 머리를 기대고 싶었다는 이야기를 들려주었다. 엘리스는 뺨에 와 닿는 부드러움과 누군가 옆에 있다는 안도감이 참 좋았다. 하지만 엄격하고 냉담했던 엄마는 외투가 더러워지지 않도록 늘 엘리스를 밀어냈다.

엘리스는 어른이 되자 어렸을 때 받았던 상처를 해결하려고 몇 년 동안이나 노력했다. 나이 든 어머니에게 자신의 감정을 이야기해 보려고 하면 엄마는 말을 돌렸다.

아버지가 죽었을 때 엘리스는 어머니가 그 슬픔을 혼자서 감내하는 모습을 지켜보았다. 엘리스는 장례식에서 어머니가 가족석에 조용히 앉은 모습을 보고 곁에 앉아 어머니의 어깨를 감쌌다. 망연자실한 어머니는 아무런 말도 없이 엘리스의 어깨에 머리를 기대며 눈을 감았다. 엘리스에게 그 순간은 의미 있는 치유의 순간이었다. 스스로도 모르는 사이에 어머니가 자신에게 아이처럼 기대어 쉴 수 있게 해주었기 때문이다. 엘리스는 상처를 준 어머니에게 연민을 표하며 진정한 사랑을 보여주었다.

고통을 선용하기

당신에게 잘못을 저지른 사람을 놓아주고, 자신의 실수를 인정하고, 상대방을 사랑하려고 노력하면 당신은 계속 자유롭게 살 수 있고 건설적인 방식으로 시간과 에너지를 쓸 수 있다.

용서의 훼방꾼: 두려움

용서하기로 결심했든 아니든, 우리의 앞을 가로막는 두려움들을 파악해 두면 도움이 된다.

- 그 사람은 사과하지 않을 것이다.
- 내가 상처 받았다는 사실을 인정해야 한다.
- 나도 잘못이 있었음을 고백해야 한다.
- 내가 용서하면 그 사람은 계속 잘못을 저질러도 좋다고 여길 것이다.

이런 두려움이 있다는 사실을 인정하면, 다음과 같은 사실로 두려움에 맞설 수 있다.

- 그 사람이 사과를 하지 않아서 용서할 수 없더라도 나는 화를 놓아 보내기로 선택할 수 있다.
- 우리가 상처 받았다고 인정하면 상대방은 대부분 자신이 그 상처를 주었음을 인정한다.
- 잘못을 고백하면 용서의 위력을 배울 수 있으며, 사랑을 잘하려면 용서를 삶의 자연스러운 부분으로 여겨야 한다.
- 우리는 상대방이 우리의 용서에 어떤 반응을 보일지 조종할 수 없다. 다만 사랑을 잘하는 사람들은 용서할 기회가 생겼을 때 그 기회를 놓치지 않는다.

두려움은 용서의 훼방꾼이지만 사랑만큼 강하지는 않다. 우리를 힘들게 한 사람을 사랑하면 두려움에서 벗어나 이전과는 비교할 수 없는 즐거운 관계를 만끽할 수 있을 것이다.

빅토리아가 가해자를 향한 분노를 놓아 보내지 않았다면 그 젊은이가 더 나은 삶을 살게 해줄 수 없었을 것이다. 우리 각자의 삶에서 생기는 많은 이야기들처럼, 빅토리아의 고통과 용서에 관한 이야기는 인간의 잠재력을 보여준다. 다시 말해서 인간은 다른 사람들에게 상처를 줄 수도 있지만 더불어 분노를 놓아 보내고 다른 사람들을 돕는 데 시간과 에너지를 쓸 수 있는 능력도 있다.

용서하는 사람 되기

코트니는 학년 말이 되면 아들의 담임선생님을 위해 음식을 만들었다. 그러나 아들의 2학년 담임선생님과는 끊임없이 다투게 됐다. 아들은 1년 내내 학교에 가기를 무서워했는데, 선생님이 말을 매섭게 하고 화를 잘 냈기 때문이었다. 코트니는 선생님의 교육방식이 아들이나 다른 아이들에게 해롭다고 생각했다. 선생님은 코트니와 교장선생님을 수차례 만났음에도 한 치의 양보도 없이 자신의 교육방식을 고수했고 코트니가 아들을 너무 방만하게 키운다는 말만 계속했다.

코트니는 아들의 학교생활을 끔찍하게 만들어놓고 잘못을 인정하지 않는 이 여자에 대한 화를 놓아 보내려고 애썼다. 하지만 2학년 마지막 주에 코트니는 그녀가 끊임없는 요통에 시달려 왔고 집안 상황도 어려우며 채점 및 여러 서류 작업에 짓눌려 있다는 사실을 알게 되었다. 그래서 코트니는 간단한 음식을 만드는 대신 크고 깊은 그릇에 구운 닭고기와 으깬 감자를 담았다. 마지막 등교 날에 코트니는 그녀에게 요리를 가져다주면서 아들의 교육에 애써줘서 고맙다고 진심으로 말했다. 그녀의 말과 행동은 견디기 힘든 상황에서도 가장 좋은 선생님의 모습을 유지하려는 노력에서 나왔다는 사실과, 그녀 역시 힘든 1년을 보냈다는 사실을 깨달았기 때문이었다.

코트니는 비판 대신 용서를, 마땅한 정의 대신 자비를 보여주는 동시에 용서하는 사람의 특성도 보여준다. 용서하는 사람은 사과를 받지 못할 것 같아도 사랑하는 마음으로 잘못한 사람에게 먼저 손을 내밀며 용서해 준다. 용서하는 사람은 상처 속에 침잠하거나 분노를 폭발시키는 대신 화해하는 데 에너지를 쏟는다.

그렇다면 우리는 어떻게 용서하는 사람이 될 수 있을까?

자기 자신을 용서하라

오랫동안 나는 과거에 저지른 잘못 때문에 끊임없이 자책하는 사람들을 만나보았다. 자신을 비난하며 학대하는 것은 자신을 파괴할 뿐이다. "그런 짓을 왜 했을까? 정말 어리석었어. 왜 그렇게 생각이 없었지? 나는 가장 사랑하는 사람에게 상처를 주었어. 그런 짓을 저지른 내 자신을 용서할 수 없을 것 같아"라고 말하는 것은 자기고백으로는 알맞다. 그러나 한 번 용서를 받았다면 다시는 그런 말을 꺼낼 필요가 없다. 과거의 잘못이 다시 떠오르고 고통이 되살아나면, 다른 사람들이 당신을 용서했듯이 당신도 자기 자신을 용서해야 한다.

다른 사람에게 저지른 잘못을 사과하라

어느 젊은이는 나에게 이렇게 말했다.

"저는 늘 사람들이 너무 민감하게 군다고 생각했습니다. 저는 몇 년 동안 인종차별과 관련된 농담을 했어요. 별 생각 없이 그랬는데, 어느 날 제가 정말 좋아하는 아프리카계 미국인 동료가 저에게 제 농담 때문에 상처를 많이 받았다고 말하는 거예요. 정신이 번쩍 들었습니다. 그 친구에게 사과를 했고, 나중에는 부서 전체에 사과했습니다. 제 말과 행동이 미치는 영향을 훨씬 민감하게 인식하게 되었죠."

그 젊은이는 "요즘에는 예전보다 사과를 훨씬 많이 한답니다"라고 덧붙였다.

당신도 역시 성장 중이다. 이따금씩 다른 사람들에게 상처를 주거나, 친절하지도 사랑이 깃들지도 않은 말과 행동을 하더라도 놀랄 일이 아니다. 사과하기로 결심하는 것이야말로 용서하는 사람이 되기 위한 가장 첫 번째 단계다.

사과할 때는 이렇게 하자.

- 자신의 잘못을 기꺼이 책임지는 모습을 보여준다. "제가 잘못했습니다."
- 뉘우침을 표현한다. "당신에게 그렇게 깊은 상처를 주어 미안합니다. 제가 한 일에 저도 마음이 좋지 않네요."
- 보상하려고 노력한다. "제가 어떻게 해드리면 좋을까요?"
- 행동을 바로잡겠다는 진실한 바람을 표현한다. "다시는 그렇게 하지 않겠습니다."
- 용서를 구한다. "저를 용서해 주시겠습니까?"[5]

다른 사람들에게 용서를 구하고 용서를 받으면 화해의 기쁨을 누리게 된다. 다른 사람들이 용서해 주지 않으면 거부의 고통을 느끼게 된다. 두 경험 모두 누군가 당신에게 사과하면 용서해 줘야겠다는 자극제가 된다.

다른 사람들을 진정한 사랑의 태도로 대하라

당신은 용서하려고 노력하는데 상대방은 계속 잘못을 저지른다면 분노가 깊어질 것이다. 그러나 사랑을 잘하는 사람들은 스스로 용서가 솟아나는 샘물이 되려고 늘 노력한다. 그런 사랑은 매일 반복되는 일상생활을 통해 얻어진다. 언제든 관계를 회복할 마음이 있다는 사실을 태도로 나타내라. 사랑을 잘하려면 시간이 오래 걸리더라도 마음을 열고 용서하라.

"화를 낸다고 과거가 달라지지는 않습니다."

1991년 9월 21일 런던 화이트 하트 레인에서 마이클 왓슨(Michael Watson)이 크리스 유뱅크(Chris Eubank)와 대결했을 때, 권투계는 누가 슈퍼미들급 세계 타이틀전의 승자가 될지 숨죽이며 지켜보았다. 왓슨의 꿈은 세계 챔피언이었다. 그는 그 목표를 향해 전진하면서 '빠른 자동차, 비싼 옷, 여자'를 완비한 유명인사로 승승장구하며 즐겁게 살고 있었다. 그런데 11라운드가 끝날 무렵, 유뱅크가 날린 펀치로 인해 왓슨은 죽음의 문턱까지 갔다. 심판이 12라운드를 중지하려고 경기장으로 들어온 직후 왓슨은 쓰러졌다. 그는 40일 동안 혼수상태에 빠졌고 혈액응고 때문에 몸 한쪽이 마비되었다.

왓슨은 혼수상태에서 깨어나자 혼돈과 좌절 속에서 현실과 직면하기 위해 몸부림쳤다고 기록한다. 그런데 유뱅크가 무척 고통스러워할 것이고, 이 사고는 다른 경기에서도 일어날 수 있었다는 생각이 들었다. 왓슨은 미래에 초점을 맞추면서 다음과 같은 사실을 깨달았다.

"화를 낸다고 과거가 달라지지는 않습니다. 유뱅크에게 원한을 품었다면 나 역시 정신적으로나 육체적으로 망가졌을 것입니다. 그러면 어떻게 계속 살아갈 수 있겠습니까?"

왓슨은 정신적·육체적 치료를 받기 시작하면서 새로운 평화와 힘을 발견했다.

"이제는 새사람이 된 기분입니다. 지금 내 모습이 좋아요. 마음속에 사랑이 넘치니까요."

다른 사람을 용서하는 것은 우리가 불완전한 세상에서 사는 불완전한 사람들이라는 사실을 인식하는 방법이기도 하다. 용서해야 할 과거의 일들 가운데는 악의적으로 일어난 일도 있지만, 상당수는 단순히 인간의 연약함 때문에 생긴다. 부엌을 어질러놓은 배우자나 잘못된 처방을 내린 의사를 용서하든 하지 않든, 그 사실은 변함이 없다.

상처 입은 사람이 생기면 누구의 탓인지 가려내고 싶은 마음이 생기지만, 사실 누구에게 몇 퍼센트의 잘못이 있는지 따지기란 불가능하다. 단지 우리의 연약함이 해를 불러왔을지도 모른다는 사실을 인정해야 한다. 우리의 이런 행동을 보고 상대방도 비슷한 태도를 보일 수 있다. 우리로서는 어쩔 수 없었던 일을 사과하기란 어려운 일이지만, 사랑을 잘하려면 우리에게 상처를 주거나 우리 때문에 힘들어하는 사람과 화해해야 한다.

2003년에 마이클 왓슨은 런던 마라톤을 완주했다. 마라톤이 시작된 지 6일이 지난 뒤였다. 결승선에서 기다리고 있던 크리스 유뱅크가 마이클 왓슨을 맞이했다.[6]

자유로운 마음

학대는 다섯 살 때부터 시작되었다. 그 이야기를 꺼내는 것만으로도 케이티는 신체적인 고통과 구역질을 느낀다. 상담 후 몇 시간 동안 음식을 먹지 못한다. 케이티의 아버지는 케이티를 성적으로 학대하며 어린 시절 내내 죽이겠다고 위협했다. 친부모가 이혼한 뒤 양아버지 역시 케이티가 열다섯 살이 될 때까지 학대를 가했다. 두 남자 모두 다른 사람들까지 동참시켜 이 어린 소녀에게 말할 수 없이 끔찍한 짓을 저질렀다.

오랫동안 케이티는 자신이 학대받았다는 사실은 알았지만 아버지가 어떻게 했는지는 구체적으로 기억하지 못했다. 케이티는 지속적인 상담을 받으면서 어린 시절의 고통에 아버지가 얼마나 많은 부분을 차지하고 있는지 궁금해하기 시작했다. 때로는 주체할 수 없는 분노가 밀려왔다. 그러나 케이티는 자유를 갈망했기 때문에 끈기 있게 자신의 감정을 살펴보았다.

케이티는 아버지와 같은 도시에 살고 있었는데, 아버지는 과거를 전혀 인정하지 않았다. 케이티는 증오가 사라질 때까지 끊임없이 분노를 놓아 보내고 또 놓아 보냈으며, 생각과 감정에서 새로운 자유를 경험했다.

아버지가 암 말기 판정을 받았을 때 케이티는 아버지가 혼자 죽어가도록 내버려둘 수가 없었다. 케이티는 암세포가 서서히 퍼지며 아버지의 몸을 잠식하는 2년 동안 아버지가 병원에 가거나 입원을 하면 곁을 지켰다. 아버지가 척추에 생긴 종양으로 수술을 받았을 때, 케이티는 그가 오래 살지 못하리라는 사실을 알았다. 케이티는 일주일 동안 밤낮을 병원에서 보냈고, 때로는 케이티가 옆에 있다는 사실을 인식하지 못하는 아버지를 돌보고 사랑했다.

그러던 어느 금요일, 아버지는 지난날에 대해 이야기하기 시작했다. 자동차를 수리하려고 보닛을 열고 들여다보던 일, 고등학교 때 친구들과 어울리던 일…… 그리고 케이티를 학대한 일까지. 아버지는 일시적인 정신착란 증세를 보이며 지난 세월 자신이 저질렀던 모든 폭력을 욕을 섞어가며 끔찍하게 구체적으로 쏟아냈다. 만 하루 동안 케이티는 자신이 느꼈던 두려움의 실체를 참고 들어야 했다. 더 이상 들을 수 없게 되자 케이티는 집으로 돌아갔다.

케이티는 이렇게 말한다.

"다시 그 병실을 찾아갈 수 있을지 자신이 없었어요. 하지만 아버지에게 순수한 사랑을 줄 기회였죠. 이 고통에서 구원받을 기회 말예요."

36시간 후 병원으로 돌아갔을 때, 케이티의 마음속에는 깊은 아픔이 자리 잡고 있었다. 케이티는 병원에 누운 이 남자 때문에 들어가는 방마다 출구를 찾아 헤맸고 끔찍한 악몽에 시달렸다. 이 남자는 케이티의 결혼생활, 자녀들과의 관계, 신에 대한 생각에 나쁜 영향을 미쳤다. 하지만 케이티는 이미 몇 년 전에 아버지와 자신의 분노를 놓아 보내기로 결심했었다.

"그분은 제 아버지고, 전 그분을 사랑해요. 과거에 일어난 일을 모두 이해할 수는 없어요. 그저 지금 제가 아버지를 사랑한다는 사실만 알 뿐이죠."

그날, 케이티의 아버지는 자신이 쏟아냈던 이야기에 대해서는 아무

내색도 하지 않았다. 딸에게 이렇게 말할 뿐이었다.

"초콜릿이 정말 먹고 싶구나. 초콜릿을 먹을 수만 있다면 뭐든 할 텐데."

그는 척추 종양으로 인한 끔찍한 고통과 마비 때문에 나흘 동안 단단한 음식을 먹을 수 없었다. 케이티는 주저하지 않고 "아빠, 제가 초콜릿을 사다 드릴게요"라고 말했다. 그리고 사탕전문점에 가서 말랑말랑한 초콜릿 퍼지를 500그램 샀다.

케이티는 병원에 돌아와서 침대에 앉아 아버지가 그토록 원하던 초콜릿을 먹여주었다. 침대에 머리를 누인 채 웃는 아버지를 보고 케이티는 아버지의 불행 한복판에 기쁨을 가져다주었다는 사실을 알고 기뻐했다.

그 다음주에 아버지가 죽었을 때 곁에 있던 사람은 케이티뿐이었다. 케이티는 아버지가 호스피스 병동에서 마지막 나날을 보낼 때 마음을 진정시켜 주려고 몇 시간이고 자장가를 불러주었다.

아버지는 죽으면서도 케이티에게 사과하지 않았다. 그러나 자신에게서 많은 것을 빼앗아갔음에도 불구하고 케이티는 아버지에게 베푸는 사람이 되기로 결심했다. 사리에 맞지 않더라도 자비의 손길을 내밀기로 했다. 아버지는 정의의 심판을 받아야 마땅했지만 케이티는 사랑을 주기로 결심했다. 용서로 자유로워진 마음에서 조금씩 우러난 사랑이었다.

이렇게 하면 당신의 관계는 어떻게 달라질까?

- 분노와 사랑이 양립할 수 없다는 사실을 믿는다면?
- 화를 키우기보다 당신이 먼저 화해의 손길을 내밀려고 노력한다면?
- 당신에게 상처 준 사람을 용서하거나 놓아 보내는 방법과 때를 안다면?
- 자신의 잘못을 순순히 인정하며 상대방에게 용서를 베풀 기회를 준다면?
- 당신에게 상처 준 사람을 사랑으로 대하고, 용서를 생활방식으로 삼고 살아간다면?

삶에 적용하기

토론과 고찰을 위한 질문

1. 빅토리아 루볼로는 자신의 목숨을 앗아갈 뻔한 사람을 용서하고 법정에서 형벌을 감해달라고 부탁했다. 사리에 맞는 행동이라고 생각하는가? 그렇게 생각하는 이유는 무엇인가?
2. 일상생활에서 당신이 내리는 결정은 정의와 사랑 가운데 어느 쪽에 가까운가? 혹은 양쪽을 모두 보여주는 행동인가? 당신이 그렇게 행동하는 이유는 무엇인가?
3. 관계에서 악을 선으로 갚는 사람을 본 적이 있는가? 그 일은 관련된 사람들에게 어떤 영향을 미쳤는가?
4. 지난주에 상처를 받았거나 불편을 겪은 상황을 떠올려보자. 당신은 어떻게 반응했는가? 다시 그 상황으로 돌아간다면, 달리 어떤 식으로 반응하고 싶은가?
5. 누군가가 당신의 잘못을 지적하면 당신은 보통 어떤 반응을 보이는가?
6. 다른 사람에게 사과한 경험을 생각해 보자. 그 경험은 용서에 대해 어떤 가르침을 주었는가?
7. 우리는 사과하지 않는 사람을 사랑하는 네 단계를 살펴보았다.
   a. 놓아주기
   b. 잘못을 인정하기
   c. 악을 선으로 갚기
   d. 고통을 선용하기

   이 가운데 당신에게 가장 어려운 단계는 무엇인가? 그렇게 생각하는 까닭은 무엇인가?

적용은 이렇게

1. 다른 사람이 당신에게 저지른 잘못과 그로 인해 그 사람과의 사이에 생긴 장벽을 생각해 보자. 그 사람을 용서할 준비가 됐는가? 그 사람을 사랑으로 대면하고 화해를 시도하려면 어느 단계를 실행해야 할까?
2. 당신이 다른 사람에게 상처를 준 탓에 둘 사이에 벽이 생겼는가? 잘못을 고백하고 상대방에게 용서를 구하려면 어느 단계를 실행해야 할까?
3. 당신에게 저지른 잘못을 인정하지 못하거나 인정하지 않으려는 사람을 생각해 보자. 그 사람을 놓아 보내고 분노를 해소하면 어떻게 될까?

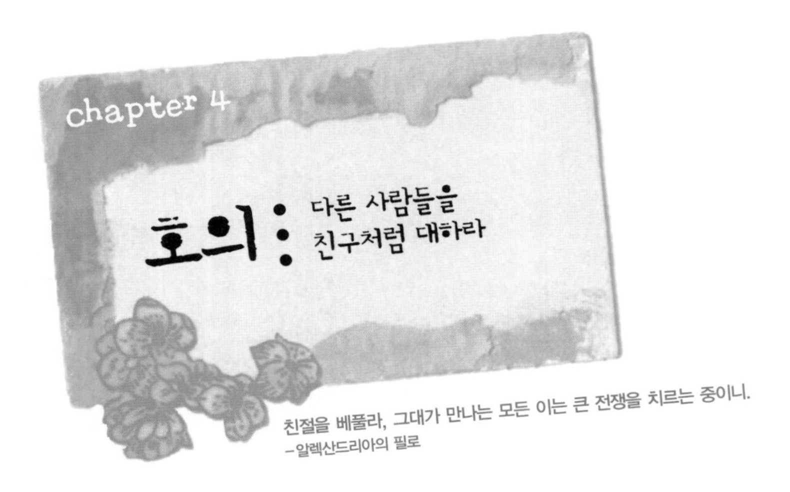

chapter 4

호의: 다른 사람들을 친구처럼 대하라

친절을 베풀라, 그대가 만나는 모든 이는 큰 전쟁을 치르는 중이니.
-알렉산드리아의 필로

앤드류 호너(Andrew Horner)는 일찍부터 회사를 차리는 꿈을 꾸었다. 그러나 1950년대의 댈러스에서 일자리를 찾기란 무척 어려운 일이었다. 호너는 아내와 함께 캐나다에서 미국으로 이민을 온 지 얼마 되지 않은 상황이었다. 면접에서 몇 번 떨어진 뒤 그는 S. C. 존슨앤드선에서 사람을 구하고 있다는 말을 들었다. 문제가 있다면, 지원 자격 가운데 학사학위 소지가 있었는데 호너는 고등학교를 중퇴했다. 그러나 호너는 단념하지 않고 지사장과 면접을 보았다. 지사장은 학사학위가 있는 다른 사람을 염두에 두고 있었지만 연락을 주겠다고 말했다.

호너는 이렇게 쓴다.

"내가 그 일을 감당할 수 있다는 사실을 알았다. 나는 면접을 보고 나오기 전에 사무실에 있던 모든 여직원들에게 내 소개를 했다. 그 후 지사장이 다른 사람을 고용했는지 알아보러 날마다 찾아갔는데, 그때마다 여직원들과 가족 이야기를 하면서 서서히 친해졌다. 일주일이 지났을 때 지사장은 여직원들에게 그들의 상사로 누구를 원하는지 결정하라고 했다. 여직원들은 만장일치로 '캐나다에서 온 젊은 신사분이오'라고 대답했고 나는 고용됐다."[1]

호너는 이 이야기를 즐겨 하는 이유가 "관계의 위력을 잘 나타내주기 때문"이라고 말한다.[2] 회사가 원하는 이력이나 학위는 없었지만 그는 사람들에게 주목하고 그들의 삶에 관심을 보이며 호의를 베풀었다.

그는 무슨 일을 하든지 관계를 가꾸기 위해 노력했다. 호너와 아내는 1985년에 텍사스 어빙에 주식회사 프리미어 디자인스를 설립했다. 모든 사람은 가치 있는 존재라는 것이 회사의 철학이었다. 오늘날 이 전국적인 보석상은 250명 이상의 직원에 연간 매출액이 2억 달러가 넘는다. 호의적인 태도가 없었다면 이 회사는 존재하지 못했을 것이다.

관계의 가치

호의란 모든 사람을 가까운 친구처럼 대하는 것이다. 모든 사람과 친구가 되지는 않지만 호의가 있으면 우리는 모든 사람을 친구처럼 '대할' 마음을 갖게 된다. 사실 많은 경우 호의는 우정으로 가는 첫걸음이다.

자기 점검: 나는 호의적인 사람인가?

아래의 질문에 1부터 5까지의 숫자로 답하라. 1은 "거의 그렇지 않다"이고 5는 "보통 그렇다"라는 뜻이다.

1. 사람들에게 생일 카드와 감사 카드를 보낸다.
2. 다른 사람에게 예의 바르게 대할 방법을 찾는 일이 즐겁다.
3. 누군가 나에게 내가 필요하지 않은 것을 주더라도 진심으로 감사를 표현한다.
4. 가장 가까운 사람들에게 호의를 베풀기 위해 하던 일을 중단한다.
5. 힘든 하루를 보낸 것처럼 보이는 사람들에게 호의를 베풀 방법을 찾는다.

대답으로 나온 숫자를 더해보자. 합계가 20부터 25 사이라면 당신은 호의를 잘 베풀고 있는 것이다. 점수가 더 낮다면 호의가 다른 사람들의 가치를 인정하는 방법임을 알려주는 이번 장의 조언에 고마워하게 될 것이다.

우리가 만나는 사람들은 모두 우리의 우정을 받을 가치가 있다. 누구든 외적인 모습 이면에 알 만한 가치가 있는 인격적인 존재가 있다. 이 사실을 믿는다면 호의는 가능할 뿐만 아니라 필연적인 것이다.

누군가에게 호의를 보이면 그 사람과 관계를 형성하고 싶은 소망을 나타내는 셈이다. 도로에서 다른 차를 끼워주는 경우처럼 짧은 순간일지라도 말이다. 무례함이란 그 순간 자기 자신이 세상에서 가장 중요한 사람인 듯 행동하는 것이다.

내 친구 앤지는 아침에 글을 쓰러 샌드위치 가게에 자주 간다. 앤지는 언제나 어떤 젊은 종업원이 앤지의 테이블을 치우고 세심하게 배려해준다는 사실을 알았다. 12월의 어느 아침, 앤지는 그 종업원에게 크리스마스 양초를 주며 지난 1년 동안의 서비스에 감사를 표했다. 3년이 지났지만 그녀는 앤지가 들어올 때마다 늘 웃음을 보인다. 때로 둘은 살면서 일어난 일에 대해 이야기를 나눈다. 이 두 여성이 서로에게 보인 호의는 우정을 맺게 해주었다. 두 사람은 가장 친한 친구는 되지 않을지도 모르지만, 함께 즐거운 시간을 보냄으로써 일상에서 기쁨을 만끽한다.

다른 사람들을 호의로 대하기

얼마 전 아이티의 가난한 사람들을 도우려고 청소년들과 여행을 했다. 어느 국내공항에서는 이쪽 터미널에서 저쪽 터미널로 가기 위해 버스를 타고 이동해야 했다. 나는 노인들이 버스에 타자 서너 명의 아이들이 즉시 자리를 양보한 반면, 다른 아이들은 주변이 노인들로 둘러싸였어도 그대로 앉아 있는 모습을 보았다. 자리를 양보한 아이들은 부모로부터 이런 호의를 베풀라고 배웠고 앉아 있는 아이들은 그렇지 않았을 거라고 짐작했다. 그리고 이 상황을 기억해 두었다가 팀 리더에게 단체회의 때 호의적인 행동을 토론 주제로 삼자고 제안했다.

호의가 사랑의 특성 가운데 하나이고 우리에게는 멋지게 사랑할 줄 아는 사람이 되고 싶은 소망이 있다면, 호의에 대해 자주 대화를 나눠야 하지 않을까? 사랑을 잘하는 사람들에게 호의는 생활방식이며 기쁨의 원천이다.

다른 사람들을 친구로 대할 기회를 찾기란 어렵지 않다. 그러나 호의의 '태도'가 아직 길러지지 않았다면 기회가 있어도 포착하지 못할 것이다. 이 사랑의 태도를 계발할 방법을 몇 가지 살펴보자.

다른 사람들의 존재나 노력을 인정해 주라

호의란 다른 사람들의 존재나 노력을 인정해 주는 것이다. 지금 우리가 습관적으로 하는 것보다는 확실히 더 많이 말이다. 최근에 나는 서른 명으로 구성된 어느 집단에 내 책을 한 권씩 주었다. 그리고 그 다음 2주 동안 감사하다는 쪽지를 세 개 받았다. 내 아내는 이렇게 결론을 내렸다.

"10퍼센트의 사람들만 어머니로부터 감사 쪽지를 쓰라고 배웠네요."

아내의 말이 옳을지도 모르지만, 나는 10퍼센트 이상의 사람들이 다른 사람들에게 호의를 베풀며 산다고 믿고 싶었다. 그렇더라도 나는 소수의 사람들이라도 시간을 내서 감사를 표현해 준 사실에 감사했다. 나를 돈을 받고 강연한 사람이 아니라 친구로 대해주었기 때문이다.

호의는 생일이나 기념일을 기억하거나 아픈 사람에게 회복을 바란다는 카드를 보내는 것처럼 간단한 일일 수도 있다. 기쁜 때나 슬픈 때 당신에게는 무엇이 가장 의미 있었는가? 당신은 당신이 사랑받고 싶은 방식으로 다른 사람들을 사랑할 수 있다. 그 사실을 기억하라.

양보하는 운전자가 되어라

자동차 두 대가 빈 주차 공간으로 접근하고 있을 때, 당신은 자리를 양보하는 운전자인가 아니면 터치다운이라도 하듯 잽싸게 그 장소를 차지하는 운전자인가? 어떤 사람들은 운전대만 잡으면 다른 사람들을 모두 적으로 여기는 것 같다. 경주에 이기려고 나왔으니 어떤 계략을 써도 정당하다. 앞 차에 바싹 따라붙고, 경적을 울려대고, 불쾌한 몸짓을 보내고, 다른 차에게 끝내 자리를 양보하지 않아도 모두 정당한 행동으로 보인다.

호의적인 행동이 유난히 부각되는 장소가 바로 도로 위다. 식당 주차장에서 혼잡한 도로로 진입하도록 기다려주는 운전자를 만나면 언제나 감사한 마음이 가득 차오른다. 그 친절한 운전자도 기분이 좋을 것이다. 우리 모두 다른 운전자들을 가까운 친구로 대하면 이 나라의 거리와 주차장에서는 어떤 일들이 벌어질까?

선한 이웃이 되어라

호의는 선한 이웃이 되는 것과 동의어다. 선한 이웃이란 이웃에게 필요한 것을 인식하고 그들의 삶에 긍정적인 영향을 미치는 사람이다. 옆집 사람이 입원하면 잔디를 손질해 주거나, 여행 중인 이웃의 우편물을 모아주거나, 물건을 빌려주는 일 모두 호의다.

이렇게 간단한 행동이 공동체에 중요한 영향을 미칠 수도 있다. 말콤 글래드웰(Malcolm Gladwell)의 《티핑 포인트》에 따르면, 뉴욕의 공동체 활동가들이 말다툼이나 동네 청소처럼 '작은' 일에 초점을 맞추고 노력하자 강간과 살인 등 강력 범죄가 감소했다. 당신이 베푼 호의가 당신이 속한 공동체에 얼마나 큰 영향을 미칠지 누가 알겠는가?

휴대전화를 받지 마라

휴대전화의 확산은 호의와 무례함에도 새로운 장을 열었다. 그 현실을 처음 느낀 때를 절대 잊지 못할 것이다. 내담자와 한창 상담 중이었는데 그의 휴대폰이 울렸다. 그는 "죄송합니다"라고 말하며 휴대전화를 받더니 5분 동안 통화를 했다. 통화가 끝난 다음에도 그는 "죄송합니다"라고 말했고 우리는 아무 일도 없었다는 듯 상담을 진행했다. 나중에 나는 이 일이 실제로 일어났다는 사실을 믿으려고 애써야 했다. 하지만 그 후 비슷한 경험을 자주 했다. 상담실에서는 물론이고 개인적인 대화를 나눌 때나 공공장소에서도 마찬가지였다.

휴대전화는 무례함의 원천이 되었고 7월은 '휴대전화 예절의 달'로 선포되었다. 그러나 별 도움이 되지는 못했다. 최근 조사 결과에 따르면, 응답자의 91퍼센트가 '공공장소에서의 무분별한 통신장비 사용' 때문에 피해를 봤다고 대답했다. 흥미롭게도 같은 조사에서 응답자의 83퍼센트가 그런 행동을 할 때 전혀 혹은 거의 죄책감을 느끼지 않는다고 대답했다.[3] 우리는 다른 사람들의 무례한 행동은 알아차리지만 우리 자신의 무례한 행동은 인식하지 못한다.

식당에서 두 사람이 마주 보고 앉았는데 한 사람은 창밖을 내다보고 다른 사람은 휴대전화로 통화하는 모습은 정말 흔한 장면이 아닌가? 눈앞에 있는 사람보다 전화를 걸어온 사람이 더 중요하다는 생각이 어디에서 비롯됐는지 알 수가 없다. 물론 응급상황이라든가 항상 대기해야 하는 직업 등 예외는 있을 수 있다. 하지만 일상적인 상황에서는 다른 사람과 대화중이라면 전화를 받지 말아야 한다. 이것이 호의의 규칙이다.

서로 만족스러운 선택을 하라

나는 무척 많은 시간을 비행기에서 보낸다. 그리고 나란히 앉고 싶어하는 부부나 모녀에게 호의를 베풀 기회가 어김없이 생긴다. 솔직히 나는 통로 쪽 좌석이 더 좋다. 그러나 부탁한 사람이 내 친구라면 어떻게 할까? 다른 사람들의 여행을 즐겁게 해주었다는 사실에 마음이 흐뭇해지면 가운데 좌석도 그리 나쁘지는 않다.

텔레마케터와 관련된 문제도 있다. 특히 저녁식사를 방해하며 벽돌집에 어울리는 플라스틱 외벽을 팔려고 할 때 그렇다. 텔레마케터를 함부로 대하지 말고 "저는 플라스틱 외벽이 필요 없지만 당신이 열심히 일하는 모습을 보니 기쁘군요. 즐거운 하루 보내세요!"라고 말하면 어떨까? 화를 내는 것보다 친절하고 예의 바르게 대하는 편이 시간과 에너지가 덜 든다. 그리고 그렇게 호의를 보이면 그 순간이 지나간 뒤에도 기분이 좋다.

감사히 받으라

친절을 감사히 받아들이는 것도 호의를 베푸는 방법이다. 외국에서 결혼과 가족을 주제로 강연했던 일이 생각난다. 체류 기간이 끝날 무렵, 주최자 한 명이 나에게 선물을 주었다. 나는 그 선물이 비싸다는 사실을 알았다. 주최자가 그 선물을 살 만한 형편이 못 된다는 사실도 알았다. 그것은 희생과 사랑에서 나온 선물이었다. "난 이 선물이 별로 필요 없지만 당신은 돈이 필요합니다"라는 말이 목구멍까지 차올랐다. 하지만 그 말이 극도로 무례한 말임을 알았다. 나는 감사한 마음으로 그 선물을 받았다.

다른 사람들이 당신을 위해 어떤 일을 하거나 사랑의 표시로 뭔가를 줄 때, 그 성의를 거절하는 것은 무례한 행동이다. 받는 것도 사랑을 표현하는 한 방법이다.

나쁜 소식을 전할 때도 호의를 베풀라

많은 사람들은 경영자로서 재정 형편이나 다른 이유 때문에 직원들을 해고해야 하는 입장에 처할 때가 많다. 이 경우에도 호의를 보여야 한다. 제임스 M. 브로드는 이런 이야기를 들려준다.

"제가 아는 가장 예의 바른 사람은 제 첫 직장에서 저를 해고한 분입니다. 그분은 저를 불러서 이렇게 말씀하셨죠. '이보게, 자네 없이 우리가 어떻게 일을 해나갈 수 있을지 모르겠네. 하지만 월요일이 돌아오면 노력해 볼 걸세.'"[4]

달갑지 않은 소식을 전할 때도 호의를 베푸는 방법은 있게 마련이다.

미안하다고 말하라

얼마 전 재미있는 이야기를 읽었다.

> 오리를 조각하다가 그것이 조각판에서 미끄러져 옆 사람의 무릎 위로 떨어졌을 경우에는 어떤 말이 적절할까? 매우 공손하게 말하라.
> "그 오리가 폐를 끼친 건 아닌지요?"[5]

최근 내 친구가 식당에 갔는데 종업원이 어깨 위로 음식 접시를 떨어뜨렸다. 음식이 친구의 셔츠와 바지로 떨어졌다. 종업원은 "이런, 죄송합니다"라고 말한 후 키친타월을 가져와 친구의 옷에서 음식을 털어냈다. 종업원은 한 번 더 "죄송합니다"라고 말했다. 그러나 무료로 식사를 제공하겠다거나 세탁비를 지불하겠다거나 옷을 갈아입도록 도와주겠다는 말은 하지 않았다. 친구는 그 뒤로 다시는 그 식당에 가지 않았다. 물론 그 일은 실수였다. 그러나 "죄송합니다"라는 말만으로는 내 친구를 다시 식당으로 이끌 수 없었다. 그 종업원이 지배인에게 알리고 지배인이 무료로 식사를 제공하거나 세탁과 관련된 보상을 해주었더라면, 내 친구는 다시 그 식당을 찾았을지도 모른다.

누구나 실수를 한다. 호의적인 사람은 상대방의 입장에서 가장 애정 어린 방식으로 사과하는 사람이다.

관심을 기울이라

러시아 황제 니콜라스 1세가 리스트에게 궁전에서 피아노 연주를 해달라고 청했다. 이 위대한 음악가는 첫 곡을 연주하다가 황제를 보았는데, 황제는 옆 사람에게 이야기를 하고 있었다. 리스트는 연주를 계속했지만 화가 났다. 그러나 황제가 그 행동을 멈추지 않자 결국 연주를 중단했다.

황제는 전령을 보내서 왜 연주를 하지 않는지 물었다. 리스트는 "황제가 말씀하실 때는 모든 사람들이 조용히 해야 하기 때문입니다"라고 대답했다. 그 후로 그 음악회에는 어떤 방해물도 없었다.[6]

관심을 기울이는 것도 호의를 베푸는 한 방법이다. 다른 사람의 자녀가 주인공인 피아노 독주회에 참석했을 때 속마음은 집에 가고 싶더라도 음악에 온전한 주의를 기울이라는 뜻이다. 상대방이 당신이 이미 알고 있는 내용을 말하더라도 들어보라는 뜻이다. 당신이 말을 자르며 "네, 이미 알고 있어요"라고 말하면 상대방이 중요한 뭔가를 나눌 기회

변화를 찾아서

대다수 사람들은 일상생활에서 호의가 더욱 필요하다고 생각하는 것 같다. 정책 연구 기관인 퍼블릭 어젠더는 최근 전 국민을 대상으로 미국인들이 거리나 식당, 직장 등에서 무례한 행동을 보면 어떻게 느끼는지 조사를 실시했다. 결과는 다음과 같다.

- 79퍼센트는 존중과 호의의 결여가 심각한 국가 문제라고 생각한다.
- 73퍼센트는 미국인들이 과거에는 서로에게 인정을 훨씬 많이 베풀었다고 믿는다.
- 62퍼센트는 무례하고 교양 없는 행동을 목격하며 괴로워할 때가 많다.
- 49퍼센트는 휴대전화로 크게 통화하는 사람 때문에 짜증이 난다고 말한다.
- 44퍼센트는 상스러운 말을 듣는다(그 가운데 56퍼센트는 그 말을 듣기 싫다고 대답했다.)
- 41퍼센트는 스스로도 무례하고 교양 없이 행동했다고 고백한다.[7]

를 박탈하는 셈이다. 호의를 베풀면 당신에게 이야기하는 사람의 삶을 풍요롭게 만들 수 있으며, 그것이야말로 사랑이다.

호의적으로 말하기

호의는 듣고 말하는 방식에서 가장 잘 드러난다. 말은 날마다 우리에게 관계의 중요성을 깨달을 기회를 준다.

논쟁 문화

서구 사회는 사회언어학자 데보라 태넌(Deborah Tannen)이 말한

'논쟁 문화'에 엄청난 영향을 받아왔다. 태넌 박사의 논지는 이렇다. 우리는 "사람들과 대화를 할 때나 성취하고 싶은 대상을 대할 때도 언제나 싸움에 임하는 태도로 접근한다. (……) 무자비한 싸움의 틈바구니에서 우리의 정신은 서서히 파괴된다. (……) 누군가와 논쟁을 할 때, 당신의 목표는 듣고 이해하는 것이 아니다. 오히려 당신은 상대방의 말꼬리를 잡는 것은 물론이고 생각해 낼 수 있는 모든 계책을 사용한다. 그 논쟁에서 이기기 위해서 말이다."[8]

어떤 토론 프로그램을 보더라도 태넌 박사가 한 말을 쉽게 확인할 수 있다. 사람들은 중간에 상대방의 말을 끊고, 부드러운 말보다는 큰 목소리가 더 설득력이 있다는 듯 목소리를 높이며, 상대방의 의견보다는 상대방 자체를 공격하고, "네" 혹은 "아니오"로만 대답하라며 상대방을 추궁하고, 마침내는 상대방을 바닥으로 내리꽂는다. 상대방의 관점에서 귀를 기울여보려는 사람은 거의 없다. 목표는 논쟁에서 이기는 것이지 시청자의 생각을 일깨우는 것이 아니다. 이런 식으로 과연 관계를 맺을 수 있을까? 물론 직선적인 말이 필요할 때도 있지만, 무례하게 말하면 논쟁에서 이길 수 있을지는 몰라도 관계를 잃게 된다.

호의가 몸에 밴 사람은 상대방을 친구처럼 여기며 대화를 시작한다. 최우선의 목표는 관계를 유지하는 것이지 논쟁에서 이기는 것이 아니다. 상대방과 헤어지는 순간에도 상대방과 생각은 다르지만 상대방을 인격적으로 존중한다는 사실을 알려주고 싶을 것이다.

습관으로 만들기: 상대방을 친구처럼 여기고 대화를 시작하라.

우정을 위한 공간 만들기

우리는 보통 예의 바르게 말하는 사람에게 예의 바르게 답한다. 그러나 예의에도 예의로 화답하지 않는 사람이 있다. 그러나 이 경우에도 사랑을 잘하는 사람들은 호의적으로 대한다.

롭은 직장에서 간부에게 업무 평가를 받고 있었다. 간부는 롭이 만족스러운 성과를 내지 못했다고 여겨지는 부분 두 군데를 지적했다.

롭은 나중에 나에게 말했다.

"그 사람은 직접 나를 관찰하는 직위에 있지 않았기 때문에 다른 사람과 이야기를 한 다음 결론을 내렸다는 사실을 알았습니다. 처음에는 '다른 사람의 말만 듣고 저를 판단하다니 부당한 처사입니다'라고 말하고 싶었죠. 하지만 '상대방을 친구로 여기고 말하라'는 선생님의 말이 머릿속에서 맴돌았어요. 그래서 저는 이렇게 말했죠. '그렇게 말씀해 주셔서 감사합니다. 솔직히 제 생각은 좀 다릅니다만, 그런 결론을 내리신 데는 그만한 이유가 있겠죠. 그 결론을 존중합니다. 그러면, 이제 제가 좀더 효과적으로 그 일을 완수하도록 해주실 말씀은 없으십니까? 부탁드립니다.' 그때부터 대화 분위기는 더할 나위 없이 좋았습니다. 저는 자리를 떠나며 말했죠. '즐거운 대화였습니다. 유익한 지적에 감사드립니다. 저에게 해주신 제안을 참고로 더욱 노력하겠습니다. 앞으로도 어떤 의견이든 말씀해 주십시오. 시간을 내주셔서 감사합니다.' 그 이후로 그와의 대화는 언제나 긍정적이었습니다. 그 경험을 통해 상대방을 친구로 여기고 말하면 상대방 역시 저를 친구로 여길 수 있다는 사실을 배웠죠."

사랑하는 마음으로 말하기

호의적으로 말한다는 것은 무슨 뜻일까? 좀더 구체적으로 이야기해 보자.

- 대화의 문을 먼저 열라. 본래 말을 잘하는 사람들에게는 쉬운 일이지만 내성적인 사람이라면 어려울 것이다. 그러나 만나는 모든 사람을 잠재적인 친구로 여기면 상대방을 알고 싶은 마음이 생긴다. 대화를 시작하는 것은 '당신은 알 만한 가치가 있는 사람입니다. 당신을 인격적으로 존중합니다'라는 뜻을 전해준다. 물론 우리가 친절한 대화의 문을 열어도 화답하지 않는 사람들이 있다. 이 경우에는 그들의 선택을 존중하는 것이 호의다. 호의는 다른 사람들에게 호의를 베풀라고 강요하지 않는다. 때로는 다른 사람에게 뭔가를 부탁하면서 대화를 시작할 수 있다. 어떤 부분에 출중한 능력을 보이는 사람이 있다면 필요한 경우 그에게 도움을 요청하라. 그것이 그 사람을 친구처럼 대하는 행동이며 앞으로 발전될 대화를 위한 바탕이기도 하다. 친근한 관계는 종종 이렇게 도움을 부탁하는 데서 시작한다.
- 온전한 관심을 기울이라. 복도에서 누군가와 이야기를 나누는 중에 다른 사람들이 지나가더라도, 앞에 있는 사람에게서 눈을 돌리지 마라. 혼잡한 식당에서 함께 식사 중이라면, 같이 음식을 먹고 있는 사람에게만 집중하라. 이렇게 온전한 관심은 '이 순간에는 당신이 세상에서 가장 중요한 사람입니다. 나는 당신이 하는 말을 중요하게 여깁니다'라는 뜻을 전해준다. 상대방과 계속 눈을 맞추면 다른 문제로 정신이 산만해지지 않을 수 있고, 상대방도 당신이 대화에 집중한다는 사실을 알게 된다.

평화를 소망하며

예전에 대학생들의 토론을 지도한 적이 있다. 미국 학생들이 대부분이었지만, 이스라엘에서 온 유대교 청년과 이집트에서 온 이슬람교 청년도 있었다.

이슬람교 학생은 미국인들이 중동의 긴장 상태에 대해 어떻게 생각하느냐고 질문을 던졌다.

우선 나는 이렇게 대답했다.

"나는 모든 미국인들을 대신해서 말할 수는 없고 내 생각만 말할 수 있을 뿐이라네. 그러나 훌륭한 질문일세."

나는 결론을 내리지 않고 학생들에게 토론을 맡겼다. 몇몇 학생들이 의견을 말했다. 일부는 이스라엘 편이었고, 일부는 아랍 편이었다.

나는 이렇게 정리했다.

"내가 보기에 우리는 유대교와 이슬람교의 종교적·문화적 차이가 매우 현실적인 문제이며, 이 두 집단의 역사를 바라보는 관점도 상당히 다르다는 이야기를 하고 있네. 양편 모두 부당한 대우를 받았고 서로를 오해한다는 점에는 모두 동의하는 것 같군. 우리의 희망은 새로운 세대가 서로의 이야기에 귀를 기울이며 양 집단이 존경과 위엄을 표하는 만남의 장을 열도록 노력하는 거야. 결국, 이 토론에서 우리가 바라는 점도 그것이 아닐까?"

그 토론이 끝난 다음 유대교 학생과 이슬람교 학생이 개인적으로 나에게 찾아와 자신들의 입장을 이해해 주어 고맙다고 했다.

이슬람교 학생은 이렇게 말했다.

"지금까지 참여한 대부분의 토론에서, 사람들은 유대인이나 아랍인 가운데 한쪽 편을 들며 상대편을 존중하지 않았습니다. 제 생각에 중요한 것은 존중이며, 서로의 이야기에 귀를 기울이는 것만이 문제를 해결해 줄 희망입니다."

나도 그의 말에 찬성했다. 호의적인 대화가 세계의 문화적·종교적 갈등을 모두 해결할 수 있다는 말은 아니다. 그러나 문제가 아니라 해결을 원한다면 호의적으로 말하는 법을 익혀야 한다.

• 판단이 아니라 이해를 목적으로 들으라. 사람은 원래 상대방이 하는 말을 판단하는 경향이 있다. 상대방의 의견에 찬성하든지 반대하든지 자신의 의견을 표현하기 전에 상대방의 의견을 정확히 이해하는 것이 호의다. 대화 초기부터 반대의 뜻을 밝히면 대화의 흐름이 끊긴다. 대답을 하기 전에 시간을 갖고 상대방이 무엇을 말하려고 하는지 알아보라. 그렇게 하지 않으면 부적절한 대응을 할 수도 있다.

또한 의견에 반대할 때는 적이 아니라 친구에게 하듯 표현하라.

"당신이 한 말을 이해합니다. 상당 부분 맞는 말입니다. 제 생각은 약간 다른데, 말씀드리고 싶군요."

그런 다음 당신의 생각을 말하라. 자신의 생각을 말하기 전에 상대방의 의견을 존중한다고 표현하면 적대적인 분위기를 완화하고 친근하게 대화를 나눌 수 있다.

의견 차이는 언제나 나타나게 마련이라는 사실을 기억하라. 의견이 다른 사람들과는 친근한 대화를 하지 않으려 한다면 우리가 사귀는 친구의 범위는 점점 줄어든다. 반대로 호의적으로 말하는 법을 터득하면 친구의 범위가 넓어진다. 다른 사람에게 당신의 생각에 동의하라고 강요하지 마라. 그리고 기억하라. 당신의 목적은 논쟁에서 이기는 것이 아니라 관계를 맺는 것이다.

• 목소리를 높이지 마라. 험담하지 말고, 큰 소리로 거칠게 말하지 말고, 독설을 내뿜지 마라. 목소리를 높이고 비난을 퍼부으면 상대방과 그 대화를 듣는 사람들은 당신이 말하는 내용이 아니라 당신의 태도에 주목하게 된다. 그런 광대 짓은 적을 만들 뿐이며 당신의 말에 담긴 진실도 주목을 받지 못한다.

- 거절할 때는 인정을 베풀라. 관계를 유지하고 싶다는 점을 언제나 분명히 하라. 예를 들어 이렇게 말할 수 있다.

  "귀한 의견 감사합니다. 개인적으로는 그것을 사실로 받아들일 수 없지만, 당신을 인격적으로 존중합니다. 이 문제에 의견이 다르다고 해서 우리 관계가 손상되지 않기를 바랍니다. 당신은 저에게 가르쳐줄 것이 많고 저 역시 그럴 테니까요."

  의견은 거부하더라도 사람을 거부하지는 마라.
- 필요하다면 사과하라. 사실 우리는 종종 무례하게 말하곤 한다. 그렇다고 관계를 끝장낼 수는 없다. 우리가 자발적으로 사과하면 상대방은 선뜻 우리를 용서해 주며, 관계는 지속된다. 진심 어린 사과는 관계를 더 견고하게 해준다.

어떻게 하면 호의적인 사람이 될 수 있을까?

솔직히 우리를 짜증나게 하는 사람들도 있다. 그러나 훈련을 하면 짜증이 나도 호의를 베풀 수 있다. 그렇다면, 아침식사 때 옆에서 너무 크게 껌을 씹는 사람이나 마구 끼어드는 운전자에게 호의를 베풀려면 어떻게 해야 할까? 다음 세 가지 사실을 마음 깊이 새기면 자연스럽게 호의적인 태도를 보일 수 있을 것이다.

당신이 만나는 모든 사람은 소중하다

2007년 1월 12일 금요일, 아침 8시가 채 안 된 시간이었다. 청바지에 티셔츠를 입고 야구 모자를 쓴 청년이 지하철역과 바로 연결된 워싱턴 D.C.의 랑팡 플라자로 들어가더니 케이스에서 바이올린을 꺼냈다. 그는 발치에 케이스를 열어둔 채 몇 달러를 던져넣고는 지하철 입구를 바쁘게 오가는 직장인들을 향해 연주를 시작했다.

63명이 이 바이올리니스트를 지나쳐간 뒤, 어떤 남자가 걸어오다 잠깐 머리를 돌렸다. 몇 초 뒤 어떤 여자가 처음으로 공연 관람료를 냈다. 1달러였다. 연주가 시작되고 6분이 지나자 어떤 사람이 근처 벽에 몸을 기대고 귀를 기울였다. 연주를 시작한 지 43분이 지날 무렵에는 7명이 1분 이상 멈춰 서서 연주를 들었고 27명이 바이올린 케이스에 돈을 넣었다. 1,070명은 그 바이올리니스트가 보이지 않거나 연주 소리가 들리지 않는다는 듯 종종걸음으로 지나갔다.

이 바쁜 행인들이 몰랐던 사실은 그것이 세계적인 바이올리니스트 조슈아 벨(Joshua Bell)이 연주하는 놀랄 만큼 아름다운 곡들을 무료로 감상할 기회였다는 사실이다. 그것도 1713 스트라디바리우스로 말이다. 〈워싱턴 포스트〉는 일종의 실험으로 그 공연을 기획했다. 사람들은 바쁜 출근 시간의 혼잡함 속에서 아름다움을 알아보고 멈출 것인가? 연주에 귀 기울이는 사람들보다 훨씬 더 많은 사람들이 복권을 사려고 근처 매점에 줄을 서 있었다.

벨은 웃으면서 말한다.

"기분이 이상했어요. 사람들은 사실 저를 '무시'했죠."

그날 벨이 45분 동안 연주를 해서 번 돈은 37달러 17센트였다. 보통 때라면 1분에 1천 달러까지 벌어들일 수 있는데 말이다.[9]

일터를 향해 바쁘게 움직인 사람들은 세계적인 바이올리니스트의 가치를 무심히 지나쳤다. 일 때문에 주위 사람들의 가치를 알아보지 못할 때가 얼마나 많은가? 그러나 시간을 내서 보고 듣기만 한다면 모든 사람들에게서 무한한 가치를 발견할 수 있다. 회사 직원이나 가게 점원, 또는 보도에서 앞을 막는 사람에게 무례하게 군다면 귀마개를 하고 세계적인 바이올리니스트를 지나쳐버리는 일이나 다름없다.

당신이 만나는 모든 사람들은 몸부림치고 있다

영화감독 스탠리 크레이머(Stanley Kramer)는 〈바람과 함께 사라지다〉의 스칼렛 오하라로 유명한 비비안 리가 1965년 마지막 작품 〈바보들의 배*Ship of Fools*〉를 찍을 당시의 이야기를 들려준다.

"어느 날 아침 그녀는 촬영장에서 아침 촬영을 하려고 화장을 하고 있었습니다. 그런데 분장대 앞에서 꾸물거리며 약 2시간 반 동안 모든 분장사들을 무척 불쾌하게 만들었죠."

크레이머가 분장실로 들어가자 비비안 리는 그를 보면서 "스탠리, 나 오늘은 못하겠어요"라고 말했다. 우울증과 폐결핵(2년 뒤 그녀의 목숨을 앗아간다) 때문에 쇠약해진 비비안 리는 자비를 구하고 있었다. 그녀가 죽은 뒤 서던캘리포니아 대학교에서 열린 비비안 리 추도회에서 크레이머는 이렇게 말했다.

"저는 그녀가 병에 걸렸고 연기를 할 수 없다는 사실을 알았습니다. 그때 그 표정, 우리 시대 최고의 여배우의 얼굴에 나타난 그 표정을 잊지 못할 것입니다. 그때부터 저는 (……) 이해심과 인내를 발휘하려고 최선을 다했습니다. 그녀는 아팠지만 용기를 내어 계속 전진했습니다. (……) 그런 상황에서 무슨 말을 할 수 있겠습니까?"[10]

모든 사람의 얼굴 뒤에는 몸부림치는 영혼이 있다. 때로 그 몸부림은 육체적인 고통이나 질병 때문에 생긴다. 때로는 고통스러운 관계나 어려운 재정 때문에 발생한다. 오늘 우리가 만나는 모든 사람은 어떤 이유로든, 어떤 식으로든 몸부림치고 있다.

롱펠로는 이렇게 말했다.

"모든 사람에게는 세상이 알지 못하는 은밀한 슬픔이 있습니다. 때로 우리가 차갑다고 말하는 사람은 그저 슬픈 것뿐입니다."

어느 날 밤, 나는 도서관 사서가 어떤 이용자에게 정리할 책도 많은데 폐관 시간이 다 되어서 오면 어떡하느냐며 퉁명스럽게 말하는 소리를 들었다. 그 이용자는 방어나 분노로 대응하지 않고 "긴 하루를 보내신 모양이에요"라고 말했다. 사서는 곧바로 말투를 온화하게 바꾸고 웃으며 책 더미를 스캐너로 찍기 시작했다.

"정말 긴 하루였어요. 저기 책을 빌려가려고 기다리는 사람들 보이시죠? 이렇게 늦게들 오시면 저희는 9시 반이 되어도 퇴근을 못한답니다."

"왜 집에 가고 싶어하시는지 알겠네요! 다음번에는 좀더 일찍 올게요."

그 이용자가 책을 넣은 가방을 들고 떠나자 사서는 훨씬 부드러운 목소리로 다음 사람을 불렀다.

무례하거나 적대적이거나 냉담한 행동을 보면, 우리는 본능적으로 화를 내며 맞서려고 한다. 그러나 그 행동 뒤에 숨은 몸부림을 생각해 보면, 그 사람에게 호의적인 반응을 보이기가 훨씬 쉬워진다. 역시 짜증은 나겠지만, 눈에 보이는 모습 너머를 볼 수 있다면 호의적으로 대하고 싶은 마음이 생긴다.

습관으로 만들기: 누군가가 특히 무례하거나 냉담하게 대하면, 눈에 보이는 모습 이면에 어떤 사정이 있을지 잠깐만 생각해 보라.

호의적인 행동은 다른 사람의 삶을 풍요롭게 만든다

내가 대학원에 다닐 때, 캐롤라인과 나에게는 시간이나 돈이 별로 없었다. 둘 다 일을 했고 나는 학업으로 인한 부담에 완전히 짓눌려 있었다. 학생 기숙사에서 살던 우리는 위층에 사는 존과 제인 부부와 좋은 친구가 되었는데, 1년 뒤 제인의 부모님이 와서 일주일 동안 묵게 되었다. 우리는 그분들이 도착한 날 잠깐 만났고, 제인은 우리를 자신의 '절친한 친구들'로 소개했다. 며칠 후 제인의 아버지가 내 차를 세차하고 윤까지 낸 것을 보고 나는 내 눈을 믿을 수가 없었다. 감사를 전하러 갔더니 제인의 아버지는 "제인의 친구면 내 친구이기도 하네"라고 말했다. 오늘날까지도 나는 그분을 떠올릴 때마다 기분이 좋아진다. 그분은 그저 잠깐 인사를 나눴을 뿐인 나를 친구로 대하며 사랑하는 모습을 보여주었다.

호의를 받고 싶지 않은 사람은 없다. 상대방에게 호의를 보이면 의심할 여지없이 그의 하루를 밝게 만들어줄 수 있다. 그의 짐을 가볍게 해주고, 그가 다른 사람에게도 호의를 베풀도록 할 수 있다. 당신은 친구 같은 마음으로 행동했으니 기분이 좋고, 상대방은 누군가 자신을 존중해 주었다는 사실에 기분이 좋아진다.

호의는 집에서 시작된다

최근 배턴루지라는 도시를 방문했을 때 23세의 젊은이가 공항으로 마중을 나왔다. 나를 호텔로 데려다주는 동안 내 질문에 대한 그의 대답은 모두 "네, 선생님"이나 "아닙니다, 선생님"이라는 사실을 깨달았다. 처음에는 그가 최근까지 군대에 있었나보다고 생각했지만, 틀린 생각이었다.

다음날 어떤 여자가 그에게 말을 걸었는데 그때도 대답은 역시 "네, 부인"이나 "아닙니다, 부인"이었다. 그가 고향인 남부에서 자라면서 이런 보편적 예의를 익혔다는 사실이 분명해 보였다. 남자에게는 "선생님"이라고 부르고 여자는 "부인"이라고 부르는 것이다. 이 남자의 말에서는 자연스럽게 호의가 배어나왔다.

모든 문화에는 나름의 '보편적 예의', 다시 말해서 모든 사람이 당연하게 여기는 예의가 존재한다. 보통 이런 예의는 집에서 가르치고 배운다. 사우스이스트의 중산층 가정에서 내가 배운 보편적 예의의 일부는 다음과 같다.

- 누군가 칭찬을 하거나 선물을 주면 언제나 "감사합니다"라고 말해라.
- 입 속에 음식을 담고 말하지 마라.
- 누나의 장난감을 가지고 놀기 전에는 허락을 받아라.
- 닭고기를 먹을 때 가장 큰 조각을 가져가면 안 된다.
- 음식을 먹을 때는 거절하기 전에 먼저 맛을 본 다음 "괜찮네요. 감사합니다"라고 말해라.

- 노크 없이 다른 사람의 방에 들어가서는 안 된다. 노크를 한 뒤 "들어가도 될까요?"라고 말해라.
- 야구를 하기 전에 집안일부터 해라.
- 어머니나 아버지가 뭔가를 하는 모습이 보이면 언제나 "도와드릴까요?"라고 물어봐야 한다.
- 스쿠터를 탈 때는 네 차례를 기다려라.
- 젤다 고모가 오시면 문가에서 껴안아드려라.
- 조니와 밖에서 놀고 싶으면 현관문을 두드리고 조니의 엄마에게 "조니랑 밖에서 놀아도 돼요?"라고 물어봐야 한다. 조니의 엄마가 "지금은 안 돼"라고 말하면 "감사합니다"라고 대답하고 돌아와라.
- 부모님이나 누나에게 소리 지르면 안 된다.
- 다른 사람이 말할 때는 끼어들지 마라.
- 방에 들어오면 모자를 벗어라.
- 말을 할 때는 상대방의 눈을 쳐다봐라.
- 저녁 식탁에서 소금이 필요하면 "소금 좀 건네주세요"라고 말해라.
- 저녁 식탁에서 일어날 때는 "먼저 일어나도 돼요?"라고 물어라.

이 모든 보편적 예의의 목적은 가족과 이웃에게 존중을 표하는 것이다. 이 가운데 몇몇은 상당히 일반적이기 때문에 당신의 부모님이 예의라고 여긴 행동과 비슷할 것이다.

자녀에게 호의 가르치기

어른인 우리는 어릴 때 배웠던 보편적 예의를 인정하거나 거부한다. 예를 들어 나는 어릴 때 식탁에서 노래를 부르면 안 된다고 배웠다. 아내 역시 똑같은 가르침을 받았다. 우리는 자녀들을 위한 지침을 정할 때 '식탁에서 노래 부르지 말 것'도 항목에 포함시켰다.

어렸을 때, 아이들은 식탁에서 갑자기 노래를 부르는 일이 많았다. 우리는 즉시 식탁에서 노래를 부르면 안 된다고 저지했다. 곧 아내는 나에게 "노래를 부르면 안 된다는 규칙이 아이들을 답답하게 하는 것 같아. 기쁨을 표현하라는 말과 일관성이 없어"라고 말했다. 그 후로 우리 아이들은 입에 음식이 없는 한 자유롭게 식탁에서 노래를 부를 수 있었다.

어릴 때 배웠던 예의는 어른인 당신의 행동에 여전히 큰 영향을 미치고 있을지도 모른다. 보편적 예의를 가르친 가정에서 자란 사람들은 사랑을 잘하는 사람이 되는 데 순조로운 출발을 한 셈이다. 이 사실을 염두에 두고, 자녀들에게 가르쳐주고 싶은 보편적 예의는 무엇인지 곰곰이 생각해 보라. 그러면 당신의 가르침 목록에서 뭔가를 더하거나 빼고 싶을 수도 있을 것이다.

아이들은 우리가 서로를 존중해야 하며 따라서 해야 할 일과 하지 말아야 할 일이 있다는 사실을 배워야 한다. 아이들이 부모와 형제를 존중하는 법을 배우면, 집 밖에 나가서 선생님과 다른 어른들을 존중하기도 쉬워진다. 부모에게 고함을 지르는 십대 아들은 나중에 아내에게도 소리를 지르기 쉽다.

당신이 보편적 예의를 특별히 강조하지 않는 가정에서 자랐다면, 다른 부모들이 자녀에게 어떤 예의를 가르치고 있는지 그들과 대화해 보라. 그런 다음 당신 나름의 목록을 작성하고 자녀들이 점차 다른 사람들을 사랑하도록 도와주어라.

가장 가까운 관계에서의 호의

낯선 사람에게 호의의 손길을 내미는 것이 어려운 만큼, 가장 가까운 사람들에게 호의를 베푸는 것도 사랑을 시험할 기회가 될 수 있다. 친한 친구들, 배우자, 가족과의 관계에서도 보편적 예의는 반드시 필요하다.

아내와 내가 오랫동안 실천해 온 호의적인 행동 몇 가지를 소개한다. 우리는 이것을 결혼이라는 상황에 맞췄지만, 다른 가까운 관계에 적용해도 좋다.

- 서로를 대신해서 대답하지 않는다. 누군가 나에게 내 아내의 생각이나 바람, 욕구에 대해 물어보면 나는 이렇게 대답한다. "아내에게 직접 물어보세요. 제가 대신 대답해 드릴 수는 없습니다." 또는 "아내에게 물어보고 돌아와서 말씀드릴 수 있으면 좋겠네요"라고 말한다. 다른 사람을 대신해서 대답하는 것은 그 사람의 인격을 존중하지 않는 것이다.
- 서로의 말에 귀를 기울이라. 나는 아내의 말에 귀를 기울일 때 아내의 말뿐 아니라 감정까지 이해하려고 노력한다. 이 목표를 달성하기 위해, 나는 아내의 말을 끊지 않으며 내가 아내의 말과 감정을 분명히 이해했는지 알아보려고 질문을 던진다.

  "당신 말은, 나에게 쓰레기를 버리라고 세 번이나 말을 해야 해서 화가 났다는 거로군. 내 말이 맞소?"

이런 사려 깊은 질문은 판단이 아니라 이해에 중점을 둔다. 캐롤라인이 내가 자신의 마음을 충분히 이해했다고 말하면 그때서야 나는 그 문제에 대한 내 생각을 나누며, 아내 역시 집중해서 내 말을 들어줄 것이다. 서로를 이해하면 문제를 해결할 수 있다. 결혼 초기에 우리는 서로의 말을 집중해서 듣는 법을 몰랐고, 그래서 많은 시간을 다투며 보냈다.

- 바라는 것을 솔직히 말하라. 얼마 전에 어떤 여성이 나에게 "남편이 제 생일에 특별한 선물을 해주면 좋겠어요"라고 말했다. 나는 "남편에게 바라는 것을 말했습니까?"라고 물었다. 그녀는 "아니에요. 남편에게 말해서 받는다면 별 의미가 없잖아요"라고 대답했다. 나는 "오래 사셔야겠네요. 왜냐하면 남편이 당신의 마음을 읽는 경우는 정말 드물 테니까요. 신은 대부분의 남자들에게 독심술이라는 재능은 주지 않으셨습니다"라고 말했다.

바라는 것을 요청하는 방법을 익히라. 상대방이 그 요청을 들어준다면 그 행동 역시 사랑이다. 누구든 상대방이 원하는 것을 반드시 들어줄 의무는 없기 때문이다. 그러니 그 행동을 선물로 받아들이라.

- 갈등이 생기면 이기려고 하지 말고 문제 해결에 초점을 맞추라. 내가 이기면 내 아내는 진다. 패배자와 함께하는 삶은 별로 즐겁지 않다. 갈등을 해결하려면 서로의 생각을 존중한 다음 서로를 향한 사랑을 확인해 줄 해결책을 찾아야 한다. 캐롤라인과 내가 둘 다 만족할 수 있는 결론이 가장 좋은 해결책이다.

- 요구가 아니라 부탁을 하라. 아내에게 요구를 하면 나는 노예 감독자가 되고 아내는 노예가 되어버린다. 다른 사람에게 조종당하기를 원

하는 사람은 없다. 사람들은 진심 어린 부탁에 마음을 연다.

- 변화를 촉구하기 전에 두세 가지 칭찬을 하라. 칭찬을 하면 "당신을 좋아해요. 당신에게 고마워요. 당신을 존중해요"라는 뜻을 전할 수 있다. 아내에게 고마운 점을 말하면, 아내는 존중과 감사를 받는다고 느끼고 부탁을 받아들이기 쉬운 상태가 된다.
- 잘못을 고백했고 내가 용서했다면 다시는 그 문제를 꺼내지 마라. 잘못을 지울 수는 없지만 용서할 수는 있다. 한 번 용서를 했으면 그 문제는 다시 꺼낼 가치가 없다. 내가 과거의 잘못을 끄집어내 캐롤라인을 비난한다면 그것은 아직 그녀를 용서하지 않았다는 증거다. 과거의 경험으로 내가 무엇을 할 수 있는지 배워야 하지만, 그 과정을 한번 거쳤다면 그냥 과거인 채로 묻어둬야 한다.

이런 보편적 예의들을 실천하면서 우리의 부부관계는 무척 풍성해졌다. 당신도 가까운 관계에서 이런 예의를 찾아낼 수 있을 것이다. 가족들과 함께 서로에게 베풀어온 보편적 예의의 목록을 작성해 보라. 그런 다음 그 목록에 덧붙이고 싶은 내용을 적어보라.

가족 내에서 서로를 호의적으로 대하는 법을 터득하면 집 밖에 나가서도 호의를 베풀기가 훨씬 쉽다. 호의는 정말로 집에서 시작된다.

변장한 친구

저명한 흑인 교육자인 부커 T. 워싱턴(Booker T. Washington)은 남

호의의 훼방꾼: 분주함

최근 다른 사람에게 호의를 보일 기회가 있었는데 그 기회를 잡지 못했다면 언제였는가? 그 기회를 흘려보낸 까닭은 무엇인가? 짐작하건대 당신은 너무 바빠서 호의를 베풀 기회를 놓쳤다고 말할 것이다.

그 1월의 아침 조슈아 벨을 지나친 직장인들처럼 우리도 매일매일 정신없이 살아간다. 이 분주한 세상에서, 다른 사람들의 가치를 알아주는 것보다는 일을 마무리 짓는 것이 훨씬 더 중요하다.

작가 이블린 언더힐(Evelyn Underhill)이 썼듯이, "공연한 소란·야단법석·걱정·긴장·편협함·변덕·비관주의·동요·온갖 서두름·근심…… 이 모든 것은 우리의 영혼이 제멋대로 일을 만들고 제멋대로 굴러간다는 표시다."[11]

바쁜 사람은 자기 자신에게만 집중한 탓에 자신의 문제는 보지 못하고 다른 사람들의 무례함만 본다. 우리는 무례한 자신의 행동을 일회성 사건으로 여긴다. 우리는 어딘가로 가는 중이거나 머릿속이 생각으로 꽉 차 있거나 할 일이 많기 때문이다.

여기까지 이 책을 읽었다면 누구도 언제나 100퍼센트 사랑을 잘할 수는 없다는 사실을 깨달았으리라 믿는다. 그것은 인간의 약점 때문에 불가능하다. 그러나 원대한 행동으로든 '작은' 방식으로든 다른 사람을 사랑하는 것을 언제나 목표로 삼을 수는 있다.

호의를 계발하면, 사람들이 무엇을 잘하는지 늘 관심을 두게 된다. 업무와 마감에 시달리느라 옆 사람의 가치를 깨닫지 못하는 일은 없을 것이다. 호의를 베푸는 일은 사실 시간이나 에너지가 많이 들지 않는다. 태도만 바꾸면, 우리는 얼마든지 호의를 베풀 수 있고 사랑을 잘할 수 있다.

북전쟁 이후 인종 간 관계 향상을 위해 우정을 강조하며 열심히 노력했다. 그의 노력 덕분에 20세기 초 미국 남부에는 5천 개 이상의 학교가 세워졌다. 그리고 그의 자서전 《노예에서 해방되다*Up from Slavery*》는 미국 역사상 가장 영향력 있는 책으로 손꼽히고 있다. 많은 존경을 받았던 워싱턴은 당대의 가장 부유한 사람들과 유명한 지도자들, 정치인들과도 교분을 나눴다.

앨러배마의 터스키기 기술학교 교장직에 취임하고 얼마 되지 않은 어느 날이었다. 워싱턴은 길을 걷다가 부유한 백인 여성에게 붙들렸다. 워싱턴 박사를 알아보지 못한 그녀는 몇 달러를 줄 테니 나무를 베어줄 수 있느냐고 물었다. 할 일이 따로 없었던 워싱턴은 웃으면서 소매를 걷어 올리고 나무를 베었다. 일을 끝내고는 그녀의 집으로 통나무를 운반해 난로 옆에 쌓아주었다. 어린 소녀가 그를 알아보고 나중에 그 여자에게 워싱턴의 정체를 가르쳐주었다.

다음날 아침, 당황한 여자는 기술학교 사무실로 찾아와서 사과를 멈추지 않았다. 워싱턴은 이렇게 대답했다.

"부인, 정말로 괜찮습니다. 저는 가끔 몸을 쓰는 일을 즐긴답니다. 더군다나 친구에게 뭔가를 해줄 수 있다는 건 언제나 즐거운 법이죠."

그녀는 워싱턴과 따뜻하게 악수를 나눴고 워싱턴의 호의와 자비로운 태도로 인해 워싱턴과 그가 하는 일에 깊이 감동했다는 사실을 분명히 표현했다. 오래 지나지 않아 그녀는 자신의 감동을 행동으로 나타냈다. 주위의 부자들을 설득해서 터스키기 기술학교에 수천 달러를 기부하는 데 동참시켰던 것이다.

워싱턴이 자유롭게 이 여성에게 호의를 베풀 수 있었던 까닭은 그녀를 성가시게 생각하지 않고 친구로 여겼기 때문이다. 우리도 그렇게 산다면, 작은 호의가 얼마나 큰 영향력을 미치는지 알게 될 것이다.

이렇게 하면 당신의 관계는 어떻게 달라질까?

- 모든 사람을 잠재적인 친구로 대한다면?
- 운전할 때, 통화할 때, 여행할 때, 이웃과 만날 때, 모든 사람이 소중하다는 사실을 표현한다면?
- 작은 호의도 큰 감사의 마음으로 받아들인다면?
- 당신의 의견에 반대하는 사람에게도 호의적으로 말한다면?
- 가장 사랑하는 사람들을 보편적 예의로 대한다면?

삶에 적용하기

토론과 고찰을 위한 질문

1. 지난 일주일 동안 당신에게 무례한 말이나 행동을 한 사람이 있는가? 그렇다면 당신은 어떤 반응을 보였는가?
2. 상대방의 호의로 인해 기분이 달라진 경험이 있는가?
3. 지난주에 다른 사람에게 호의를 베풀고 기분이 좋았던 때를 떠올려보자. 호의를 베풀고 싶은 마음이 생긴 까닭은 무엇인가?
4. 지난주에 당신이 다른 사람을 무례하게 대했던 때를 떠올려보자. 그 상황에서 어떤 호의를 베풀면 좋았을까? 사과하기에 아직 늦지 않았는가?
5. 당신은 언제 가장 무례해지는가? 자동차 안에서, 전화할 때, 직장에서, 업무를 마칠 때쯤, 아니면 가족과 함께 있을 때? 왜 그렇게 되는 걸까?
6. 다른 사람이 당신의 의견에 찬성하지 않을 때 당신은 보통 어떻게 반응하는가?
7. 어릴 때 배웠던 보편적 예의에는 무엇 무엇이 있는가?

적용은 이렇게

1. 다음 다섯 문장에 동의하는가?
   a. 누구나 가치 있는 존재다.
   b. 나는 누구와도 긍정적인 관계를 맺을 수 있다.
   c. 누구나 몸부림치고 있다.
   d. 누구나 사랑이 필요하다.
   e. 누구나 호의를 경험하면 삶이 풍성해진다.

   색인카드에 이 5가지 사실을 적어보면 어떨까? 그런 다음 정기적으로 만나지만 사랑하기 어려운 사람을 한 사람 떠올려보자. '누구나/누구와도' 대신 그 사람의 이름을 넣고, 그 사람을 만날 때는 이 5가지 사실을 떠올리라.
2. 이번주에 잘 모르는 사람과 대화를 시도해 보라. 직장 동료일 수도 있고, 이웃 사람이나 공공장소에서 만난 사람이 될 수도 있다. 대화를 시도하는 것은 호의적인 관계를 맺는 데 중요한 단계다.
3. 부모나 자녀, 배우자, 룸메이트 등 함께 사는 사람이 있다면, 집에서 실천하면 좋을 보편적 예의 목록을 작성해 보라.

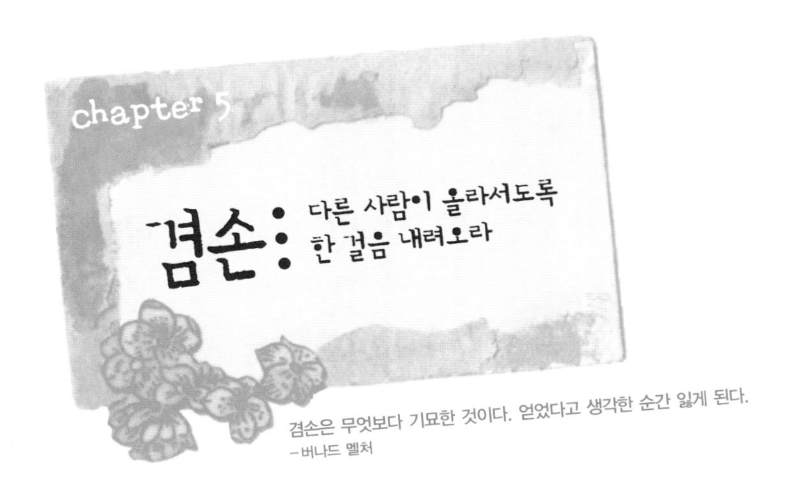

겸손은 무엇보다 기묘한 것이다. 얻었다고 생각한 순간 잃게 된다.
–버나드 멜처

작가 짐 콜린스(Jim Collins)는 미국에서 가장 성공한 기업들의 비밀을 연구하며 놀라운 사실을 발견했다. 콜린스의 책 《좋은 기업을 넘어 위대한 기업으로》는 좋은 기업을 위대한 기업으로 바꿔준 요소를 자세히 설명한다. 또 좋은 기업에서 위대한 기업이 된 회사 CEO들의 리더십 스타일에 대한 연구도 포함돼 있다.

"우리는 좋은 기업을 위대한 기업으로 바꾼 리더십에 어떤 특징이 있는지 발견하고 깜짝 놀랐다. 사실 충격을 받았다. 신문 머리기사를 장식하고 유명인사가 될 정도로 통이 크며 세간의 주목을 받는 리더들과 비교하면, 좋은 기업을 위대한 기업으로 바꾼 리더들은 화성에서 온 사람들 같았다. 표면에 나서지 않고 조용하며 내성적이고 심지어는 소심하기까지 했다. 이 리더들은 개인적인 겸손과 직업적 열의가 역설적으로 융합된 모습이었다."

이런 CEO들의 겸손은 특히 자기 자신에 대해 말하는 모습, 아니 오히려 자기 자신에 대해 말하지 '않는' 모습에서 드러났다.

"위대한 기업의 리더들과 면담하는 동안, 그들은 우리가 원하면 회사나 다른 임원들의 노고에 대해 이야기했다. 그러나 자신들의 기여에 대해서는 말을 꺼내려고 하지 않았다. 본인에 대해 이야기해 달라고 부탁하면, 그들은 '사실 저는 그렇게 대단한 사람은 못됩니다'라거나 '이사회에서 그렇게 훌륭한 후임자를 뽑지 않았다면, 아마 여러분이 오늘 저와 이야기하는 일도 없었을 겁니다'라고 말했다. 또는 '제가 큰 역할을 했냐고요? 아, 그건 너무 이기적인 말이죠. 제 공로가 크다고 생각하지는 않습니다. 놀라운 사람들을 만났으니 복이 많았습니다'라고 말했다."

이 CEO들은 눈에 띄게 겸손했지만 사실 모두 놀라운 업적을 이뤘다. 15년간 회사에 전체 주식 시장의 7배에 가까운 누적 주식 수익률을 안겨준 것이다. 이 CEO들이 겸손에 대해 많이 생각해 본 것 같지는 않다. 대신 그들은 건전한 사업 관행을 고수하고 직원 및 고객과 깊은 신뢰를 쌓는 데 집중했다.

많은 사람들은 겸손을 약한 속성으로 여긴다. 직장에서 성공하기 위해 가족들이 터뜨리는 원망을 참고 견딜 때나 필요한 특성이라고 생각한다. 그러나 사랑을 잘하는 사람들에게 겸손은 선택 사항이 아니다.

자기점검: 나는 겸손한 사람인가?

추상적인 겸손은 의미가 없다. 우리는 일상생활에서 사랑하는 사람들에게 활력을 주기도 하고 그들을 절망에 빠뜨리기도 한다. 그런 일상에서 얼마나 겸손하게 행동하느냐가 중요하다. 실생활에서 교만과 겸손 가운데 하나를 선택해야 하는 상황이 닥쳤을 때 어떻게 대처할지 곰곰이 생각해 보면 도움이 된다.

1. 다른 사람이 자신이 이룬 성과에 대해 말하면 나는 보통……

a. 그의 이야기를 끊고 훨씬 감동적인 내 이야기를 한다.
b. 말은 하지 않지만 몸짓으로 별 흥미가 없다는 뜻을 나타낸다.
c. 관심을 보이며 질문을 던진다.

2. 직장에서 상사들이 옆에 있으면 나는 보통……

a. 좋은 인상을 남기려고 다른 사람의 공을 내 것처럼 말하기도 한다.
b. 기회가 생기면 내가 회사에서 하는 일만 간단히 말한다.
c. 내 행동을 통해 내가 어떤 사람인지 자연스럽게 알려지리라 믿고 다른 사람들의 노고를 알려준다.

3. 가까운 친구의 가족이 내가 돋보이고 싶던 분야에서 성과를 거두면 나는 보통……

a. 그 사람의 성과를 깎아내리며 관심을 나에게로 유도한다.
b. 그 사람의 성과를 본체만체한다.
c. 그 사람을 축하하며 다른 사람들에게도 그 사람의 성과를 알려준다.

4. 내가 싫어하는 사람이 실패하면 나는 보통……

a. 그의 실패가 나에게 어떤 도움이 될지 생각해 본다.
b. 무심코 다른 사람에게 그 사실을 말해버린다.
c. 그를 격려해 줄 방법을 찾는다.

5. 내 자신의 결함이나 잘못을 깨닫게 되면 나는 보통……

a. 누구 때문에 이렇게 됐는지 생각한다.
b. 그 사실을 아예 생각하지 않는다.
c. 그 잘못을 수정하려고 조치를 취한다.

대답한 항목 가운데 a는 0점, b는 1점, c는 2점이다. 점수가 높을수록 진정한 겸손에 가까이 이른 것이다.

평화로운 삶

대형 마트에서 계산을 기다리는 사람들을 가만히 살펴본 적이 있는가? 대다수는 피로한 얼굴로 '왜 이렇게 오래 걸려? 여기서 빨리 나가고 싶은데'라고 생각하며 조바심을 낸다. 우리는 제일 짧은 줄로 카트를 밀어 넣고는, 단 10초 차이로 뒤늦게 온 다른 사람 앞에서 우리가 차지한 자리가 일종의 권리인 듯 행세한다. 동시에 다른 계산대가 열려서 제일 먼저 그곳으로 이동할 기회가 생기지나 않을까 싶어눈을 쉬지 않는다. "먼저 계산하세요. 저는 천천히 해도 됩니다"라고 말을 하는 경우는 거의 없다. 1등이 되고 싶은 우리의 욕망은 다른 사람들에게 양보하자는 생각을 잠식한다.

1등이 되고 싶은 욕망이 깊이 뿌리 박혀 있는데 우리는 정말로 겸손을 배울 수 있을까? 사실 겸손한 마음은 저절로 생기지 않으므로 배워야 한다. 갓 걸음마를 뗀 아이가 겸손한 행동을 하는 것을 본 적이 있는가? 태어난 순간부터 원하는 것을 얻으려고 하는 것이 인간의 본능이다.

겸손을 배우면 우리는 거짓 자기의 분노·야망·이기심을 참 자기의 평화로 바꿀 수 있다. 자신의 참 모습으로 흔들림 없이 살아갈 수 있다. 자신의 가치는 물론이고 다른 사람들의 가치를 인정하며, 따라서 다른 사람들의 성공에 기뻐할 수 있다. 겸손이란 다른 사람의 가치를 인정해 주기 위해 자기 자신은 한걸음 내려설 수 있는 평화로운 마음이다.

이름도 없이

'익명의 알코올중독자 모임'인 AA의 중요한 원칙은 그 모임의 이름에서 알 수 있듯이 익명으로 참여하는 것이다. AA에서는 지위고하가 없다. 모두가 똑같이 알코올의 노예가 된 사람들이며 알코올중독에서 벗어나려고 노력하는 사람들이다. 이런 이야기에 당신은 1930년대에 AA를 창설한 빌 윌슨(Bill Wilson)이 겸손의 대가였으리라고 생각할지도 모르겠다. 그는 겸손의 대가였다. 나중에는 말이다. 하지만 그렇게 되기까지는 오랜 시간이 걸렸다.

전기 작가 수전 치버(Susan Cheever)는 《내 이름은 빌*My Name Is Bill*》이라는 책에서 빌 윌슨이 명예욕과 싸운 생생한 일화를 들려준다. AA를 창설하고 중독 치료 12단계를 확립하고 몇 년이 지나자, 예일 대학교에서 윌슨의 업적을 기리기 위해 명예학위를 수여하고 싶다는 뜻을 전했다. 윌슨은 그 학위를 받고 그에 따르는 명예를 얻고 싶었다. 그러나 그때의 윌슨은 이미 "자신이 세운 원칙에 통달한 상태라서 그 제안을 수락하는 것이 어찌됐든 잘못이라는 사실을 알고 있었다."

그는 익명이라는 원칙이 "사회적 지위보다 원칙을 우선시해야 한다는 사실, 진정한 겸손을 실제로 실천해야 한다는 사실을 일깨워준다"고 썼던 사람이었다. 또한 "우리는 익명 정신에 입각하여 나 자신을 내세우려는 원초적인 욕망을 포기하기 위해 노력한다"라고도 말했다. 수전 치버의 기록에 따르면 윌슨은 "욕망과 싸우면서 겸손해지려고 노력했다."

예일 대학교에 어떤 답을 해야 할지 혼란스러워진 윌슨은 AA의 운영이사회에 조언을 구했다. "윌슨은 한 사람을 제외한 모든 이사들이 그가 학위를 받아야 한다고 생각한다는 사실을 알고 힘을 얻었다." 반대한 이사는 전직 대통령 테오도어 루스벨트의 아들인 아치볼드 루스벨트였다. 그는 아버지가 스스로의 권력욕을 염려하여 노벨상을 제외하고는 어떤 개인적인 영예도 받아들이지 않기로 결심했었다고 설명했다. 결국 윌슨은 학위를 거절하고(예일 대학교에서는 그의 이름을 모두 표기하지 않고 W.W.라고만 표기하겠다고 제안했지만) 그 영예를 AA라는 단체에 달라고 요청했다. 예일 대학교는 거절했다.

"나중에 윌슨은 〈타임〉의 편집자들이 뒷모습만이라도 좋으니 표지 모델을 해달라고 부탁했지만 거절했다. 또한 6개 이상의 다른 명예학위와 노벨상 위원회의 수많은 제의도 거절했다."

윌슨에게는 우리 모두와 마찬가지로 명예와 지위가 높아지고 싶은 본능이 있었다. 그러나 자신이 설립한 단체에서 익명성의 유익함을 보았기 때문에 더 큰 명성을 안겨줄 길을 버리고 겸손한 길을 선택했다. 그 덕분에 윌슨은 평생을 바쳐 섬겼던 동료 알코올중독자들 사이에서 신망과 감화력을 잃지 않았다.

다른 사람들의 인정을 받는 일이 잘못되었다는 말을 하려는 것이 아니다. 상과 표창을 받는 일은 사람들에게 감동을 주고 좋은 일을 하도록 장려할 수도 있다. 그러나 윌슨은 명예가 야기할지도 모르는 혼란을 염려했다. 겸손과 명예가 언제나 서로 반대편에 있는 것은 아니지만, 명예만 계속 추구한다면 사람들을 제대로 사랑할 수 없게 될지도 모른다. 마음속에 야망이 가득 차면 남에게 좋은 인상을 남기기 위해 사용하는 에너지를 관계를 맺는 데 쓸 수도 있다는 사실을 망각하게 된다.

겸손한 사람은 다음과 같은 특성을 갖는다.

- 세상에서 자신이 있어야 할 곳을 안다.
- 희생이 필요하더라도 다른 사람들을 우선시할 기회를 놓치지 않는다.
- 약한 모습이 아니라 강한 모습을 보여준다.
- 다른 사람들의 욕구가 우리 자신의 욕구만큼 중요하다는 사실을 인식한다.
- 다른 사람들의 가치를 인정해 준다.
- 교만·원한·분노로 에너지를 낭비하지 않는다.

이런 사실을 염두에 두고, 겸손한 마음가짐으로 다른 사람들을 사랑하는 것이란 무엇인지 알아보자.

자기 자신 인식하기

짐은 인도에 있는 비영리단체의 촉망 받는 지도자로서, 호탕한 웃음소리와 견고한 소신, 다른 사람들을 도우려는 위대한 열망을 갖고 있었다. 짐은 자신을 키워준 할머니가 이런 이야기를 했다고 말한다.

"기억해라. 너보다 잘난 사람은 없단다. 이 사실도 기억해라. 너보다 못난 사람은 없단다."

진정한 자신의 모습보다 부족하지도 넘치지도 않게 살려면 겸손이 필요하다. 겸손해지려면 우선 자신이 교만하다는 사실을 깨달아야 한다.

다른 사람들보다 더 중요하고 잘난 사람이 되고 싶어하는 자신의 욕구를 인정해야 다른 사람들을 자유롭게 사랑할 수 있다. 스스로를 필요 이상으로 대단하게 생각하고 싶은 유혹이 생긴다면, 우리가 다른 사람들에게 상처를 주는 능력이나 다른 사람들과 마찬가지로 실수를 저지르는 능력이 탁월하다는 사실을 기억하라.

인정받고 싶은 욕구 자체는 교만이 아니다. 교만이란 사랑이 넘치는 삶과는 상관없이 갈채를 받고 싶은 마음이다. 그러나 겸손해지면, 더도 말고 덜도 말고 삶의 목적에 걸맞게 살고 싶은 마음이 생긴다.

겸손을 방해하는 것은 교만뿐이 아니다. 자기 자신의 가치를 인식하지 못하면 다른 사람들을 사랑할 수 없다.

빌 윌슨은 이런 글을 썼다.

"우리는 죄책감과 자기혐오라는 늪에 빠지기 쉽다. 그 지저분한 늪에서 뒹굴며 보기 흉하고 고통스러운 기쁨을 얻기도 한다. (……) 이것이야말로 역전된 교만이다."[1]

진심으로 겸손한 사람은 자기 자신을 멸시하지 않는다. 사랑은 다른 사람들의 가치뿐 아니라 자기 자신의 가치도 인정하게 만든다.

가끔 낮은 자존감 때문에 진정한 사랑을 주고받지 못하는 모습이 보인다. 시애틀에 사는 삼십대 남성 콜린은 절망과 고독으로 몸부림쳐야했지만 그를 열렬히 사랑하는 유능한 젊은 여성과 약혼을 했다. 하지만 콜린은 약혼녀에게 사랑을 제대로 표현하지 못했고 파혼까지 했다가 다시 그녀를 만나기로 했다. 그는 열두 명의 직원을 감독하는 중간관리자였지만 직장에서 진정한 친구를 사귀지는 못했다. 사람들과의 관계란 그에게 기쁨보다는 고통인 듯했다.

내 상담실에서 이야기를 나누면서, 우리의 대화는 콜린의 어린 시절로 흘러갔다. 내가 만난 많은 사람들처럼 콜린도 비난이 난무하고 칭찬이 인색한 집에서 자랐다. 성인이 되어서도 그의 귀에서는 비난의 말이 맴돌았다.

"너는 무책임하고 무식하고 못생기고 뚱뚱하고 쓸모가 없어."

대화를 나눌수록 콜린이 자신의 가치를 깨달을 때까지는 다른 사람들을 진심으로 사랑할 수 없다는 사실이 분명해졌다. 다시 말해서 자신이 사랑받을 만한 가치가 있다는 사실을 알기 전까지 콜린은 겸손이나 다른 방식으로 사랑을 표현하기가 불가능했다.

콜린과 같은 사람들이 사랑을 향한 첫걸음을 떼려면, 무엇보다 먼저 자신의 가치를 인식해야 한다. 자기 자신의 모습, 자신이 지닌 자질과 재능에 감사해야 한다는 뜻이다. 우선 자기 자신을 높이며 어린 시절에 들은 이야기가 거짓임을 인정해야 자신을 낮출 수도 있게 된다. 자신의 가치를 인정해야 진정한 겸손을 배울 수 있는 것이다.

습관으로 만들기: 당신이 관심을 받아야 마땅한 사람이라는 생각에 사로잡힐 때는 태도를 바꿔서 상대방에 관한 질문을 던지고 그 대답에 귀를 기울이라.

자발적인 희생

수년 동안 개인 면담을 통해 관찰한 결과, 겸손이 없는 한 사람은 자신이 1등이 되지 못하게 방해하는 존재가 있으면 그 대상이 사람이

든 사물이든 화를 낸다. 목표를 향해 전진하지 못할 때는 낙심하고 절망하며 다른 사람에게 잘못을 덮어씌우려고 한다.

이런 경향은 특히 직장에서 나타난다. 내가 만난 사람들 가운데 직장에서 고전하고 있는 거의 모든 사람들이 누군가 자신의 평판을 떨어뜨리는 말을 했고 그 말이 상사의 귀에 들어가 승진에서 탈락했다고 이야기했다. 그들은 이제 자신에게 맞지 않는 너무 낮은 직책에 머무르게 됐다고 생각한다. 정상을 향해 솟아오르려던 자신을 누군가 방해했다는 생각 때문에 오랫동안 분노가 사라지지 않는다.

그런 자기중심적인 태도와, 대학을 갓 졸업한 뒤 대기업에 취직한 조시의 통찰력을 비교해 보자. 어느 날 아침 상사가 방으로 조시를 불러 말했다.

"자네가 관심이 있을 만한 자리가 생겼어. 자네와 팀을 놓고 고민 중이야. 내가 보기엔 자네가 더 가능성이 있지만 경험으로 보자면 팀이 한수 위거든. 자네들을 한 사람씩 불러서 각자가 승진해야 하는 이유를 들어보는 중이네."

"팀이 몇 살이죠?"

"마흔다섯쯤일 거야."

"그렇다면 팀에게 그 자리를 주세요. 저에게는 또 다른 기회가 찾아오겠지만 팀에게는 이번이 마지막 기회일지도 모릅니다. 회사에서 쌓은 팀의 경력을 존중해 주셔야 한다고 생각합니다."

조시의 겸손과 희생 덕분에 팀은 승진을 했다. 그 결과 조시는 팀과 멘토 관계를 형성하고 많은 것을 배우게 되었다. 그 후 몇 년 동안 팀과 조시는 의미 있는 우정을 나눴고 덕분에 개인적으로나 업무 면에서

나 두 사람 모두 유익함을 누렸다.

부부관계에서 겸손이란

이런 희생의 태도는 결혼생활을 바꿔놓을 수도 있다. 성격과 우선순위, 기질이 다른 두 사람이 한 집에서 같이 살게 되었다면 각자는 서로를 위해 어느 정도 희생을 해야 한다.

브로드웨이 배우인 브루스 쿤은 헤티를 만나자 꿈에 그리던 여인을 찾았다고 생각했다. 다만 브루스는 배우였기 때문에 전국을 돌아다녀야 한다는 문제가 있었다. 화가인 헤티는 네덜란드에 살았다. 헤티의 고객층은 바다 건너에 있었다. 그래서 중년의 나이에 네덜란드어는 한 마디도 몰랐던 브루스는 네덜란드로 이사를 갔고, 헤티는 그곳에서 자신의 일을 계속할 수 있었다. 이제 브루스는 빡빡한 일정에서 벗어나, 종종 대서양을 오가며 일을 하면서 아내와 함께 두 자녀를 키운다.

브루스는 이렇게 말한다.

"예술적인 야망이 제 우주의 중심이었습니다. (그러나) 저는 '당신을 저보다 먼저 생각하려고 노력할 것입니다'라고 말하게 되었고, 아내도 같은 말을 했습니다. (……) 아내는 자신의 일을 희생할 만큼 제 일을 존중하고 존경합니다. 그리고 저와 마찬가지로 예술가로서의 삶에 전념하고 있습니다."

브루스는 배우로서 일정을 조정하고 대륙을 넘나드는 일이 쉽지 않았다고 인정한다. 그러나 그런 희생으로 기쁨을 발견했다는 사실은 분명하다.

결혼생활에서 겸손이란 일이나 미리 생각해 둔 주말계획, 또는 단순히 말다툼에서 이기고 싶은 욕구를 희생하는 것이다. 몇 년도에 그랜드 캐니언에 갔었느냐와 같은 사소한 문제에서도 배우자가 당신의 말에 동의하도록 몰아세우고 싶은 유혹이 생길 것이다. 겸손한 사람이라면 관계를 위해 때로는 자신의 정당성을 입증하고 싶은 욕구를 희생해야 한다.

기꺼이 희생하겠다는 마음

겸손하게 다른 사람을 사랑할 때 반드시 희생이 수반되어야 하는 것은 아니다. 그러나 다른 사람들의 삶을 풍요롭게 해줄 수 있다면 기꺼이 희생하겠다는 마음은 필요하다. 겸손은 식당에서 가장 좋은 자리를 양보하거나, 중요한 면접을 준비하는 배우자를 1시간 동안 도와주거나, 상사에게 좋은 인상을 줄 기회를 희생하는 행동일 수도 있다. 모든 것이 처음부터 우리에게 주어진 '선물'이었다는 사실을 깨닫는다면, 그것에 집착하며 에너지를 쓰는 대신 그 선물을 다른 사람들에게 나눠줄 수 있다.

조시나 브루스 쿤의 선택은 당장 세속적인 성공으로 이어지지는 않았지만, 그들의 결심은 관계가 자랄 수 있는 여지를 만들어주었다. 다른 사람에게 진정한 사랑을 표현하고 싶다면 그 사람과의 관계를 위해 가치 있는 뭔가를 희생해야 한다.

겸손의 위력 발견하기

역사가들에 따르면, 1783년 미국 혁명군이 해산하기 전에 뉴욕 뉴버그에서 야영 중이던 일부 장교들은 그때까지도 남아 있던 체불임금에 화가 났다. 그들은 의회와 맞서며 임금을 달라고 요구했다. 연방정부 무력 점거도 일어날 수 있는 상황이었다. 워싱턴 장군은 그들의 처지에 공감했지만 이 반란이 새로운 나라의 민주주의를 손상시킬 수도 있다는 사실을 알았다. 3월 15일 그는 회의를 소집해 분노에 찬 장교들과 대면했다.

워싱턴은 정부의 재정 상황에 대해 간략히 이야기한 뒤 주머니에서 편지를 한 통 꺼냈다. 그 편지는 제2차 대륙회의 참석자들이 아직 지불되지 못한 임금을 지불하려고 애쓰고 있다는 내용이었다. 그러나 워싱턴은 그 편지를 즉시 읽지 않고 말없이 만지작거렸다. 그런 다음 주머니에서 안경을 꺼내 썼다.

워싱턴은 말했다.

"여러분, 여러분은 내가 이 안경을 쓰는 것을 허락해 줄 것입니다. 나는 흰 머리도 늘어났을뿐더러 이 나라를 섬기는 데는 맹인이나 다름없었기 때문입니다."

당시 워싱턴은 51세였는데 그는 43세의 나이에 미군을 통솔했었다. 8년 반 동안 그의 명령을 따랐던 군인들 앞에서 자신의 약함을 드러낸 순간, 그 자리의 긴장감은 허공으로 사라져 버렸다. 장교들은 워싱턴이 장교들만큼, 아니 어쩌면 장교들보다 훨씬 더 나라를 위해 희생했다는 사실을 떠올렸다.

워싱턴이 그 방을 나온 뒤 장교들은 대의를 위한 충성을 재차 다짐했다. 워싱턴이 권력을 이용해 허세를 부리지 않고 겸손하게 자신의 약함을 드러낸 덕분에 군인들은 온순해졌다. 어느 목격자는 이렇게 기록했다.

"그분의 호소에는 매우 자연스럽고도 진심 어린 뭔가가 있어서 가장 정교한 웅변술을 능가할 정도였다. 그래서 듣는 사람들의 마음을 파고들었다."[2]

겸손은 바로 이런 역할을 한다. 마음을 파고드는 것이다. 약점을 드러내는 행동은 사실 강한 성품을 보여주는 것이다. 자신의 역량을 보여주고 싶을 때도 도움이 필요하다는 사실을 인정한다는 뜻이다. 이는 직장이나 집처럼 다른 사람들이 우리가 성공적으로 의무를 다하는지 지켜보고 있는 상황에서는 특히 힘들다.

시어머니에게 잘 보이려고 시어머니가 처음 찾아온 날 공을 들여 요리를 하고 디저트를 만든 에이미의 경우를 생각해 보자. 에이미의 아들이 태어나고 3주가 지난 뒤의 첫 손님 방문이라 에이미는 매우 지쳐 있었다. 그러나 아기에게 젖을 먹이고 잠을 설치는 중에도 에이미는 완벽한 여주인이 되기 위해 최선을 다했다. 에이미는 주방 일을 도와주겠다는 시어머니의 제안을 거절하며 모두 자신이 할 일이라고 고집을 부렸다.

시어머니가 묵은 지 사흘째 되던 날, 에이미는 자신이 도움을 거절한 탓에 시어머니의 마음이 상했다는 사실을 깨달았다. 또한 더 이상 이렇게 무리를 할 수 없다는 사실도 알았다. 그날 저녁 에이미는 시어머니에게 말했다.

"사실 도움이 필요해요. 저녁식사 준비를 도와주시면 정말 좋을 거예요. 재료는 조리대에 모두 꺼내놓았어요."

시어머니는 선뜻 승낙했고 시어머니가 음식을 만드는 동안 두 여자는 부엌에서 수다를 떨었으며 에이미는 며칠 만에 처음으로 아무 일도 하지 않고 앉아 있었다. 그날 저녁, 식사가 준비된 것은 물론이고 에이미와 시어머니는 함께 있는 시간을 즐기며 더욱 가까워졌다.

우리는 본능적으로 과오를 감추고 더 나은 모습을 보이려고 애쓴다. 하지만 진정한 모습을 그대로 보여주는 것이 겸손이며, 겸손은 관계에 혁명을 일으킨다.

다른 사람의 필요를 포착하기

낯선 사람들보다 가까운 사람들을 겸손하게 대하기 어려운 법이다. 남편이나 아내가 서로에게 화를 내는 까닭은 각자가 '나는 원래 받아야 하는 격려를 받지 못하고 있어. 저 사람은 나를 도와주기는커녕 나에게 상처를 주고 있어. 그런데 왜 내가 잘해줘야 해?'라고 생각하기 때문이다. 이런 태도를 지닌 부부들은 분노를 폭발시키며, 사랑하는 사이가 아니라 서로 적이 된다. 사랑보다는 자신의 욕심을 채우는 것이 더 중요해진다. 진정한 겸손이란 자신의 관심사를 내려놓고 상대방의 입장에서 상황을 가늠해 보는 것이다.

뎁과 케빈은 몇 년 전에 결혼한 젊은 직장인 부부다. 최근 뎁은 주말에 스키장에서 부모님을 만날 계획을 세우느라 여념이 없었다. 뎁은 케빈도 가고 싶어하리라고 생각하며 무심히 그 계획을 말했다. 그러나 케빈은 직장에서 영업회의를 마치고 너무 피곤한 나머지 집에서 조용한 주말을 보내려고 했었다. 사실 떠들썩한 스키장 리조트에서 처가 식구들과 코코아를 마시며 수백 달러를 쓰는 것이야말로 케빈이 가장 피하고 싶은 일이었다. 뎁이 네 사람이 머물기에 딱 좋은 콘도를 발견했다며 신나서 이야기하자 케빈은 드디어 자제력을 잃고 말았다.

"왜 당신은 늘 나에게 어디론가 '가자고' 하는 거지? 우리집이 어때서? 내 일이 얼마나 힘든지는 생각도 안 해? 아니면 내 상사처럼 멍청한 거야?"

뎁은 깜짝 놀랐다.

"난 '언제나' 어디론가 가길 바라지는 않았어. 하지만 가끔씩 여행을 가면 좋잖아! 가족들과 편안한 주말을 보내고 싶다는데 왜 못하게 하는 거야?"

뎁은 화가 나서 집 밖으로 나와 자동차에 탔다. 어디로 가야 할지 몰랐지만 몇 시간은 떨어져 있고 싶었다.

뎁과 케빈은 서로 떨어져 분을 삭이는 동안 점차 상대방의 입장을 생각하게 되었다.

'케빈은 무척 열심히 일해. 그리고 사실 여행을 가자고 미리 물어보지도 않았지. 요즘에는 우리 둘이서만 보낸 시간도 많지 않았고…….'

'뎁은 내가 좋아하리라 여기고 주말 계획을 짰어. 그녀도 열심히 일하니까 그렇게라도 쉬고 싶었던 거야…….'

집으로 돌아오면서 뎁은 스키를 타러 갈 만한 다른 때를 천천히 찾아보자고 생각했다. 지금은 둘이서 의미 있는 시간을 보내는 것이 더 중요했다. 한편 케빈은 스키장 근처에 자리 잡은 오붓한 민박집을 찾아냈다. 케빈에게는 평화를 주고 뎁에게는 부모님과 보낼 시간을 줄 수 있을 것 같았다.

뎁과 케빈은 겸손하게 상대방의 사랑을 받아들일 줄 알았다. 두 사람은 상대방의 입장에 서면서 겸손을 보여주었다.

습관으로 만들기: 부당한 비난을 받았다는 생각이 들어도 곧바로 받아치지 마라. 시간을 갖고 비난 뒤에 숨은 진실을 파악하라.

진짜 겸손과 가짜 겸손

'겸손을 성취하는 방법'이라는 제목으로 책을 쓰고 싶은 사람이 있다면, 겸손에 대한 책이 아니라 오히려 '교만을 겸손으로 위장하는 법'에 대한 책을 쓰는 셈이다. 겸손은 행동이 아니라 태도에 달려 있으며, 무엇보다도 사랑하려는 열망이 있어야 생긴다.

겸손은 보답을 바라지 않는다

유치원에 다니는 아이가 친구와 크레파스를 나눠 쓴다거나 선생님이 시키지 않아도 장난감을 치울 때, 그 아이는 '제가 하는 거 보셨죠? 저한테 뭘 주실 거예요?'라고 말없이 묻는 셈이다. 아이들은 착한 행동을 하면 상을 받는다는 사실을 안다.

겸손이 몸에 밴 사람은 단순히 다른 사람이 우리의 사랑을 받을 만큼 귀중한 존재이기 때문에 착한 일을 한다. 다른 사람들이 우리의 '겸손한' 행동을 인정해 주기를 바라기 때문이 아니다. 이런 말을 들어본 적 있을 것이다. 스무 살 때는 세상 사람들이 나를 어떻게 생각할까 걱정하고, 서른이 되면 누가 나를 어떻게 생각하든 개의치 않으며, 마흔이 되면 어쨌거나 아무도 나를 생각하지 않는다는 사실을 깨닫는다. 성숙한 사람은 아무도 우리의 행동에 갈채를 보내지 않을까봐 염려하지 않는다.

사랑을 잘하는 사람들은 자신의 야망을 채우기 위해서가 아니라 사랑 자체를 위해 사랑한다. 겸손한 행동을 할 때는 스스로 이렇게 질문하라. '나는 보답을 바라고 이 일을 하고 있는가?' 우리의 겸손한 행동이 존경을 받을 수도 있지만 그것이 우리의 동기가 되어서는 안 된다. 다른 사람들의 관심을 얻기 위해 겸손으로 여겨지는 행동을 하는 것은 교만의 또 다른 형태일 뿐이다.

겸손은 자기 자신에 대해 말하지 않는다

누군가 "나는 아무것도 아냐"라거나 "내 생각은 중요하지 않아. 나는 상관하지 마"라고 말하면서 돌아다닌다면 처음에는 겸손해 보일지 몰라도 사실은 교만한 행동이다. 진정으로 겸손한 사람은 자기 자신에 대해 이야기하지 않는다. 대신 다른 사람들에게 진심으로 관심을 기울이며 다른 사람들의 이야기를 듣고 싶어하고 그들이 어떤 생각을 하는지, 어떤 면에서 뛰어난지 알고 싶어한다. 사람들은 그런 사람 곁에 있고 싶어하게 마련이다. 겸손한 사람은 자신이 얼마나 겸손한지 생각하지 않으며 더구나 다른 사람들에게는 그런 이야기를 꺼내지도 않는다. 어쩌면 자기 자신에 대해서는 전혀 생각하지 않을 수도 있다.

최고의 동기

겸손은 어떤 행동이 다른 사람들에게 가장 도움이 될지 민감하게 포착한다. 음식을 포기해서 다른 사람들을 먹일 수 있다면 그렇게 하고, 잠을 멀리해서 다른 사람들이 더 평화롭게 잘 수 있다면 그렇게 한다.

세계적인 작가이자 가톨릭 사제인 헨리 나우웬(Henri Nouwen)은 하버드 대학교 교수 자리를 내놓고 캐나다 토론토 근교에 있는 지적장애인 공동체로 들어갔다. 그는 자신이 얼마나 겸손한 사람인지 증명하려고 그렇게 한 것이 아니었다. 진정으로 겸손한 사람이었기 때문에 그렇게 했다. 나우웬은 이렇게 말했다.

"사제로서 25년을 지낸 뒤, 제가 기도도 제대로 못할뿐더러 다른 사람들과 동떨어져서 시급한 문제에만 골몰하며 산다는 사실을 깨달았습니다. (……) 어느 날 잠에서 깼을 때 제가 매우 어두운 곳에서 살고 있으며 '탈진'이라는 심리학적인 용어가 사실은 영적인 죽음을 뜻한다는 사실을 깨달았습니다."[3]

나우웬에게 라르쉬 공동체는 고향이나 다름없었다. 그는 공동체 내의 한 집에 살면서 중증 장애인인 아담 아르넷을 도와 옷을 입히고 목욕을 시키고 아침에 면도를 해주었다. 나우웬의 책 《아담*Adam, God's Beloved*》은 아담이 어떻게 나우웬의 친구이자 스승이며 안내자가 되었는지를 그리고 있다. 나우웬은 겸손한 마음으로 자신이 돕는 사람에게서 배움을 얻었다.

겸손은 우리의 사회적 지위와는 아무런 관련이 없다. 지위가 낮고 마음이 교만한 사람이 있는가 하면, 지위가 높고 겸손한 사람도 있다. 진정으로 겸손한 사람은 유명한 대학교에서 강의를 하든지 장애인을 돕든지 언제나 한결같다. 어느 경우에든 진정한 사랑을 보여준다.

겸손을 생활방식으로

진정으로 겸손하게 살기 위해서는 3가지 사실을 반드시 생각해야 한다.

첫째, 지금 우리가 가진 것 가운데 누군가에게 받지 않은 것은 없다. 교만해지려는 우리의 기질을 인정하면서 겸손을 향해 첫걸음을 내디뎠다면, 이미 두 번째 걸음을 내디딜 준비가 된 셈이다. 당신이 가진 것 가운데 받지 않은 것이 없다는 사실을 잊지 마라. 삶 자체는 당신의 선택이 아니었다. 태어난 뒤 몇 년 동안은 다른 사람이 당신의 신체적 욕구를 채워준다. 당신의 뇌와 신체 기능은 당신이 발달시켜야 하는 선물들이다. 몸이 제 기능을 하도록 해주는 피는 당신이 노력한다고 흐르지는 않는다. 무엇을 성취했든지 다른 존재의 도움이 있었다.

둘째, 우리의 지식은 한계가 있다. 우리 가운데 가장 현명한 사람도 손톱만큼의 지식을 갖고 있을 뿐이다. 인간의 지성사에서 가장 위대한 인물로 인정받는 뉴턴은 이렇게 말했다.

"나는 바닷가에서 노는 어린 소년과 같다. 이따금씩 더 반질거리는 조약돌이나 더 아름다운 조개껍데기를 주우며 기분 전환을 하지만 내 앞에는 진리의 대양이 미지의 상태로 펼쳐져 있다."[4]

뉴턴의 말은 우리 모두에게 적용된다. 공기역학에서 박사학위를 딴 사람이 인간관계에 대해서는 무지할 수도 있다. 심리학으로 유명한 사람은 물리학에 대해서는 문외한일 수도 있다. 우리는 우주의 작은 단면에 대해서 엄청난 지식을 발전시킬 수도 있지만 지식의 거대한 바다에 비하면 여전히 무지하다. 우리의 엄청난 무지를 생각한다면, 교만

할 근거가 어디에 있단 말인가?

셋째, 우리는 우리 외의 존재에게 의존하며 살아간다. 우리가 가진 모든 것은 선물이며 우리가 내쉬는 모든 숨결도 마찬가지다. 나는 신이 우리를 창조하셨으며 그분 덕분에 우리의 삶이 유지된다고 믿는다.

당신이 신을 믿지 않는다 해도, 누구도 혼자 삶을 꾸려나갈 수 없다는 사실에는 동의할 것이다. 삶에서 성공을 거두는 것은 물론이고 지구에서 살아남는 것조차 혼자 힘으로는 해낼 수 없다. 우리는 모두 어떤 식으로든 다른 존재에게 의지한다.

슈바이처 박사는 자신의 이름을 알리려고 아프리카에 간 것이 아니었다. 물론 1952년 노벨 평화상을 받았지만 말이다.

슈바이처는 "다시 태어난다면 뭘 하시겠습니까?"라는 질문에 이렇게 대답했다.

"다시 태어나도 같은 길을 선택하겠습니다. 이 길이 제 운명이기 때문입니다. 제 삶은 평탄하지 않았습니다. 어려움이 많았지요. 하지만 저는 어린 시절 품었던 이상에 따라 살 수 있는 특권을 누린 소수의 사람입니다. 그 점에 깊이 감사하고 있습니다."[5]

슈바이처는 평생토록 환자 한 사람 한 사람에게 관심을 기울이며 조용히 살았다. 수술을 하기 전이면 "당신은 잠이 들 것입니다. 그리고 잠시 후 깨어나면 고통은 사라져 있을 것입니다. 겁내지 마세요"라고 설명했다. 몇 시간이 지나면 어두운 기숙사에서 슈바이처는 환자가 깨어나는 모습을 지켜보았다. 환자가 고통을 없애준 의사에게 고마워하면, 슈바이처는 자신이 한 일이 아니라고 대답했다. 슈바이처를 아프리카에 데려온 것은 사랑이었다. 사랑이 다른 사람들에게 약과 붕대를

겸손의 훼방꾼: 상처

아니타는 전혀 알아차리지 못했지만, 이제 사십대가 된 자매들과 함께 있을 때면 어린 시절에 몸에 밴 습관이 나왔다. 둘째였던 아니타가 보기에 언제나 언니는 '지도자'로 주목을 받고 동생은 '재담꾼'으로 귀여움을 받는 듯했다. 아니타는 가족 안에서는 무시당하기 일쑤였다. 아니타는 그렇게 믿었다. 이런 사실을 인식하지 못한 채 아니타는 자신을 닦달하면서 보상을 받으려고 했다.

가족 모임에서 세 자매가 다시 만났을 때, 아니타는 표창을 받았다거나 지역 극장에서 공연을 했는데 평가가 좋았다거나 자녀들이 학교에서 뛰어난 성적을 받았다는 이야기로 관심을 끌려고 노력했다. 무시당한다는 느낌으로 괴로웠기 때문에 자기 자신에게만 집중하게 된 것이다.

아니타는 자매들과의 거리감을 가족들이 자기를 따돌린다는 증거로 받아들였지만, 그 거리감을 조성한 장본인이 자기 자신이라는 사실을 깨닫지는 못했다. 자기 자신을 내세우기에 급급한 나머지 자매들과 돈독한 관계를 맺지 못하고 오히려 거리를 만들었던 것이다. 자기 이야기만 하지 않고 자매들에게 관심을 보였다면 돈독한 관계를 가꿀 기회를 찾을 수 있었을 것이다.

과거의 상처는 겸손해지려는 우리의 노력을 방해하기 쉽다. 아니타의 경우처럼 과거에 가족관계에서 일어난 일 외에도 우리에게 상처를 주는 일은 많다. 직장에서 승진에 탈락했을 때, 친구와의 사이가 멀어질 때, 다른 사람에게 끌린 배우자를 결국 잃었을 때도 고통이 생긴다. 어떤 상황이든, 다시 상처 받고 싶지 않다는 생각 때문에 우리는 스스로를 포장하며 자신을 방어하려고 한다. 즉 우리는 겸손의 미덕을 잊어버리고 교만해진다.

사랑의 다른 6가지 특성에 의지하면서 상처를 치유하려고 노력해야만 자기 자신만 생각하는 태도에서 해방되어 사랑하는 사람들에게 더욱 깊은 관심을 기울일 수 있다.

주게 했고 슈바이처와 그의 아내를 아프리카에 머물게 했다. 슈바이처에게 겸손은 생활방식이었다.

교만한 사람은 자신의 힘만 의지한다. 하지만 겸손한 사람은 자신이 다른 사람들의 힘에 얼마나 의지하고 있는지 인정하며 살아간다.

진정한 우정

오늘날 우리는 메리웨더 루이스(Meriwether Lewis)와 윌리엄 클락(William Clark)을 19세기 초 미국 서부의 상당 부분을 탐험한 비범한 인물로 동등하게 생각한다. 탐험대원들도 두 사람을 동등한 위치의 대장으로 우러러보았다. 그러나 루이스 대장의 희생적인 행동이 없었다면 그 탐험은 '루이스와 클락의 탐험대'가 아니라 '루이스의 탐험대'가 되어 역사 속으로 사라졌을지도 모른다.

1803년 토머스 제퍼슨 대통령은 총애하는 보좌관 루이스에게 미지의 땅인 미국 서부로 탐험대를 이끌고 가라는 사명을 주었다. 루이스는 즉시 친한 친구 클락에게 편지를 써서 준비 중인 탐험에 대해 설명했다. 어느 역사가가 기록하듯이 "루이스는 계속해서 가장 비범한 제안을 했다. 클락이 함께 간다면 그에게 탐험대장의 권한을 주겠다고 약속한 것이다. 루이스는 이미 대통령과 대화를 나누고 장교를 한 명 더 데려가도 좋다는 허락을 받은 상태였다. 그러나 대통령은 중위 한 명을 부대장으로 삼아 데려갈 모양이라고 생각했고, 정확히 말해서 루이스에게 탐험대장을 임명할 권한을 준 것은 아니었다."[6]

클락은 루이스가 임명할 권한이 없었던 그 자리를 수락했다. 몇 주가 지나자 루이스는 육군성에서 클락을 중위로 임명했다는 사실을 알았다. 그 상황에서 가장 쉬운 해결책은 루이스가 친구에게 이런 혼선을 빚은 데 대해 사과하고 탐험대 부대장 자리를 맡아달라고 부탁하는 것이었다. 클락은 탐험대장이 되고 싶은 마음이 강했지만 친구의 부탁대로 부대장 역할을 수락했을 터였다. 그러나 루이스의 계획은 그것이 아니었다.

루이스는 클락에게 편지를 써서 "우리 대원이나 다른 사람들에게 직급에 대해서는 알리지 않는 것이 가장 좋은 방법이라고 생각하네"라고 말했다.[7] 클락은 감사한 마음으로 그 제안을 받아들였다. 그래서 공식적으로는 클락이 부관으로서 서부를 향해 갔지만, 클락과 루이스 모두 클락을 대장으로 칭했고, 탐험대원들은 모두 의심하지 않고 그렇게 불렀다. 위험한 6,500킬로미터의 황야를 탐험하는 동안 루이스는 계급을 이용해 클락에게 명령을 강요할 수도 있었지만 그렇게 하지 않았다.

이렇게 메리웨더 루이스는 역사에 유일한 대장으로 기록되며 위대한 영광을 누릴 기회를 포기했다. 두 사람의 이름은 미국 역사상 가장 위대한 탐험의 지휘관인 '루이스 대장과 클락 대장'으로 영원히 함께 전해지며, 또한 역사상 가장 믿음직한 우정을 나눈 사례로 회자되고 있다.

진정한 겸손이 주는 기쁨은 바로 이런 것이다.

이렇게 하면 당신의 관계는 어떻게 달라질까?

- 다른 사람에게 유익할 경우 당신의 '권리'를 선뜻 포기한다면?
- 권위의 자리보다 섬길 수 있는 자리를 찾는다면?
- 당신의 재산·능력·지위로 다른 사람들이 성공하도록 돕는다면?
- 당신의 재능·시간·신분 등을 선물로 여긴다면?
- 다른 사람들이 자기 자신을 우선시하더라도 화를 품지 않는다면?

삶에 적용하기

토론과 고찰을 위한 질문

1. 지난달을 돌아봤을 때, 다른 사람들의 행동에서 보았던 겸손한 태도에는 어떤 것들이 있는가?
2. 다른 사람의 손실 덕분에 이익을 봤던 경우는 언제인가?
3. 겸손이란 다른 사람들의 가치뿐 아니라 자기 자신의 가치를 인식하는 것이다. 무엇이 당신을 가치 있게 만드는가?
4. 당신이 희생하기 가장 어려운 일은 무엇인가?

적용은 이렇게

1. 당신이 자기 자신보다 먼저 생각해 주기 가장 힘든 사람은 누구인가?
2. 이번 주에 다른 사람이 올라서도록 당신이 한걸음 물러날 수 있는 일이 하나 있다면 무엇인가?
3. 이번 주에 일상적인 장소, 즉 슈퍼나 부엌, 휴게실을 찾아가서 "도와드릴까요?"라고 물어보라. 상대방이 승낙하면 필요한 도움을 주어라.
4. 정기적으로 만나는 사람을 떠올려보라. 오늘 그 사람에게 사랑을 표현할 가장 좋은 방법은 무엇일까? 당신이 희생해야 할 부분은 어떤 것일까?

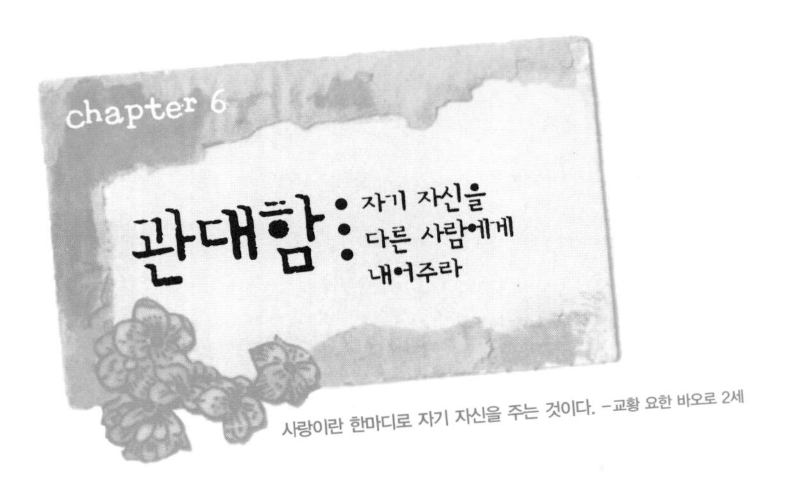

잭 맥코넬(Jack McConnell) 박사는 웨스트버지니아 탄광촌의 '골짜기 깊숙이 자리 잡은 집'에서 자랐다. 아버지의 월수입은 150달러를 넘지 못했고 집에는 자동차도 없었지만, 맥코넬의 부모는 세계 대공황 중에도 하루에 40명에서 50명에 달하는 사람들에게 점심을 대접했다. 기차를 타고 온 떠돌이들은 맥코넬 집 대문에 있는 표시를 보고 그곳에서 음식을 얻을 수 있다는 사실을 알았다.

"음식이 많지는 않았지만 뜰이 넓어서 사람들이 옥수수나 토마토를 땄고, 우린 어딘가에서 닭을 가져와 모두를 위해 식사를 준비했습니다."[1]

맥코넬은 아버지가 저녁 식탁에서 일곱 명의 자녀들에게 즐겨 물었던 질문 하나를 기억한다.

"오늘 다른 사람을 위해 뭘 했니?"[2]

현재 은퇴한 맥코넬 박사는 사우스캐롤라이나의 힐튼헤드아일랜드에 진료소를 열어 형편이 어려운 사람들을 위해 무료로 의료 서비스를 제공한다. 맥코넬 박사는 '건강이 좋지 못한 친구들과 이웃들' 수천 명을 돕는 데 시간을 바치며 다른 지역의 은퇴한 의사들과 간호사들에게도 시간을 내라고 열심히 권한다.[3] 이런 '의료 자원봉사'의 성공으로 미국 전역에 유사한 진료소가 50군데 이상 생겨났다.[4] 무료로 하는 일인데 뭐가 그렇게 즐겁냐는 질문에 맥코넬 박사는 이렇게 대답했다.

"저는 날마다 100만 달러씩 버는걸요. 이 진료소에서 얻은 것은 돈을 주고 살 수 없답니다."[5]

가치 있는 명분에 돈을 기부하거나 거리를 떠도는 사람에게 음식을 사주는 것 역시 관대한 행동이지만, 관대함은 재정적인 지원에만 국한되지 않는다. 사랑을 잘하는 사람들은 무슨 일을 하든지 관대한 태도를 보인다. 잠자리에 들 준비를 마쳤지만 십대 아들과 밤늦도록 이야기하는 것도 관대함이다. 친구가 부탁하지 않더라도 병원에 태워다주고, 옆집 미혼모가 주말마다 뜰을 가꿀 때 약간이라도 도와주는 것 역시 관대함이다.

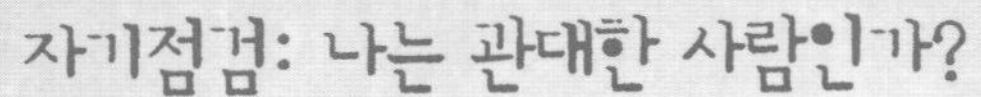

자기점검: 나는 관대한 사람인가?

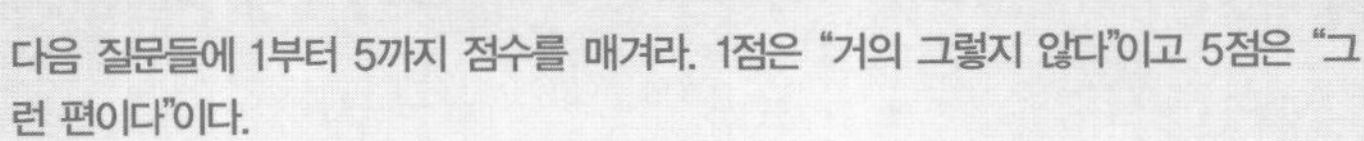

다음 질문들에 1부터 5까지 점수를 매겨라. 1점은 "거의 그렇지 않다"이고 5점은 "그런 편이다"이다.

1. 나는 가족과 함께 시간 보내기를 즐긴다.

2. 나는 다른 사람들을 돕기 위해 의식적으로 내 능력을 활용한다.

3. 다른 사람과 이야기할 때는 그 사람에게 완전히 집중한다.

4. 나는 돈을 기부하는 일이 즐겁다. 다른 사람들이 스스로가 가치 있는 존재임을 깨닫는 데 도움이 된다고 믿기 때문이다.

5. 내 물건이 없어지거나 부서지거나 도둑을 맞으면, 감정적으로 그것을 포기하기까지 시간이 오래 걸리지 않는다.

대답의 점수를 합산하라. 20점에서 25점 사이라면 당신은 여러 가지 관대한 행동으로 다른 사람을 사랑하는 법을 잘 알고 있을 것이다. 그보다 점수가 낮다면 시간·능력·돈을 나누는 데 최선을 다하고 있는지 점검하라.

자기 자신을 선물로 주기

얼마 전 30년이 넘게 같이 살아온 부부의 이야기를 들었다. 결혼 초기에 피터는 일 때문에 아내 샤론과 어린 두 자녀를 집에 두고 출장을 다닌 적이 많았다. 대부분 짧은 출장이었지만 학교도 들어가지 않은 자녀들을 혼자 돌보는 일이 얼마나 힘든지는 젊은 부모라면 모두 아는 사실이다. 그 시절에 샤론도 절망과 불안과 싸웠다. 피터가 없을 때는 그날의 괴로움과 피터의 안전에 대한 염려에 시달렸다.

그러던 어느 날 피터는 샤론과 아이들이 일어나기도 전에 떠났다. 5일 일정의 뉴욕 출장이었는데 이른 아침에 비행기를 타야 했다. 피터가 공항에서 샤론에게 전화를 걸었을 때 샤론은 딸들에게 아침을 먹이는 중이었다. 샤론은 피터가 아침 인사를 하려고 전화를 걸었다는 사실을 알았고 명랑하게 대답하려고 노력했다. 하지만 그녀는 혼자서 또 일주일을 견뎌야 한다는 사실에 낙심한 마음을 숨길 수가 없었다.

피터가 염려하자 샤론은 "괜찮아, 정말로 괜찮아"라고 말했다. 그녀가 자주 쓰는 슬로건이었다. 샤론은 전화를 끊고 우유와 진득진득한 이유식으로 뒤덮인 식탁에 앉아 울었다.

30분 뒤 그녀는 아이들이 옷 입는 것을 도와주고 있다가 차고 문이 올라가는 소리를 들었다. 이윽고 피터가 방으로 들어왔다.

"뭐하는 거야? 회의는 어쩌고! 회사에서 쫓겨나겠어!"

샤론은 당황한 기색으로 바닥에 놓인 피터의 여행 가방을 보았다.

피터는 이렇게 말했다.

"뉴욕보다는 당신에게 내가 더 필요해. 상사한테 전화를 걸어서 며칠 쉬어야겠다고 말했어. 괜찮을 거야."

샤론은 피터가 무릎을 꿇고 딸들의 옷을 입혀주는 모습을 가만히 지켜보았다. 샤론은 남편이 무엇을 해주었는지 깨달았다. 두 사람의 관계가 얼마나 소중한지 보여주려고 중요한 일을 포기한 것이다. 피터와 샤론은 딸들을 공원에 데리고 갔다가 앉아서 함께 담소를 나눴다. 피터는 아내와 딸들에게만 집중했다. 수십 년 후 샤론은 그날 일을 마치 어제 일어난 일인 것처럼 상세하게 기억했다. 피터의 '과감한' 관대함은 영원히 잊지 못할 방식으로 샤론이 귀중한 존재라는 사실을 알려주었다.

관대함이란 물질에 국한된 것이 아니다. 관대함이란 관심·시간·능력·돈·연민을 아낌없이 다른 사람들에게 주는 것이다. 특히 부부는 서로를 당연시하기가 쉽다. 우리가 사랑하는 사람들을 관대하게 대한다는 것은 그들이 말할 때 완전히 집중하는 것이다. 그들의 욕구를 최대한 채워주려고 노력하는 것이다.

시간이라는 선물

대학교 2학년 때였다. 놀랍게도 해롤드 가너(Harold Garner) 교수가 내 생일에 함께 점심을 먹자며 초대했다. 사흘 뒤, 추운 1월의 어느 날 우리는 캠퍼스에서 세 블록 떨어진 멋진 식당에 갔다. 뭘 먹었는지, 무슨 대화를 나눴는지는 기억나지 않지만 그가 내 가족에 대해 물어본 것은 생각난다. 그러나 무엇보다도 나를 인격적으로 대하며 진실한 관심을 보여준다고 느꼈다는 사실은 기억할 수 있다. 그날 이후 나는 가너 교수의 수업에 훨씬 집중하게 되었다.

대학교와 대학원을 통틀어 나를 점심식사에 초대한 교수는 가너 교수뿐이었다. 오늘날까지도 그는 내 마음속에서 특별한 자리를 차지하고 있다. 나에게 시간이라는 귀한 선물을 주었기 때문이다.

오늘날의 문화에서 시간은 우리가 다른 사람에게 줄 수 있는 가장 귀중한 것에 속한다. 다른 사람에게 시간을 주는 것은 삶의 일부를 주는 것이다. 골프를 치거나 집을 청소하거나 이메일에 답장을 보내며 쓸 수 있는 1시간을, 처음으로 학교에 간 날에 대해 이야기하는 아이에게 투자할 수도 있다. 아이는 당신의 희생을 알지 못하겠지만 당신이 준 시간은 강력한 사랑의 표현이다.

시간을 갖고 알아가라

사람들을 사랑하려면 기꺼이 시간을 투자해서 사람들을 알아가야 한다. 폭력단이 들끓는 동네에 살았던 할머니 루스의 이야기를 들어보자. 루스는 강도를 당한다고 걱정하며 말리는 친구들의 말을 듣지 않고 날마다 혼자 산책을 나갔다. 하지만 루스에게는 독특한 전략이 있었다. 불량한 아이들을 피하지 않고 오히려 함께 어울렸다. 루스는 아이들에게 다가가서 이름을 묻고, 아이들의 엄마와 아빠, 할머니와 할아버지, 이모나 삼촌 그리고 이웃사람들에 대해 이야기를 들려주었다.

거리의 아이들은 루스가 자신들을 좋아한다는 사실을 알았고, 그래서 루스는 자신의 안전을 염려하지 않았다.

"사실 이 아이들은 모두 인정받고 존중받기를 원해. 폭력단은 이 아이들의 가족이나 공동체가 줄 수 없는 것을 주지. 나는 기회가 생길 때마다 아이들을 인정하고 존중해 주려고 노력한단다. 아이들에게는 그것이 꼭 필요하거든."[6]

시간을 내서 가족관계나 적성, 관심 분야, 건강 등에 대해 물으면 상대방은 당신이 자신에게 관심이 있다고 느낀다. 그리고 사람들과 함께 시간을 보내면 그들의 욕구와 갈망을 알게 된다. 그때야 비로소 다른 방식으로도 사랑을 표현할 수 있다. 시간을 갖고 알아가기 전에는 돕기 어렵다. 길에서 지나치는 사람들이나 전철에서 맞닥뜨리는 사람들 모두에게 시간이라는 선물을 주기는 어렵다. 그러나 날마다 한두 사람에게 시간이라는 선물을 줄 수는 있다.

질문하라

다른 사람에게 좋은 질문을 하는 것은 관계를 맺기 위한 가장 사랑이 넘치는 방법인 동시에 가장 보람 있는 방법이다. 리처드 스톤(Richard Stone)은 《이야기의 의술*The Healing Art of Storytelling*》에서 나이 든 사람들에게 진주만이나 한국전쟁, 쿠바 미사일 사태 같은 역사적 사건에 대해 말해달라고 하는 것이 정말 중요하다고 말한다. 그 역사적 사건이 일어났을 때 그분들이 어디에 있었는지를 듣거나 처음 사랑에 빠졌을 때, 처음 바다를 보았을 때, 처음 취직을 했을 때 기분이 어땠는지 들어보면 많은 것을 배울 수 있다.

인쇄술이 발달하기 전에는 공동체에서 이야기를 들려주는 것이 일반적인 현상이었다. 이야기는 대대손손 전해졌고 후손들은 그 전통을 이었다. 이제 이메일과 문자 메시지의 세상에 사는 우리는 날마다 말의 홍수 속에 살면서도 다른 사람들의 경험에 진정으로 공감하지 못할 때가 많다.

회사 점심시간이나 배우자가 일과를 마치고 집에 돌아왔을 때나 친구가 안부 전화를 걸었을 때, 좋은 질문을 던지면 상대방이 소중한 존재라는 사실을 알릴 수도 있고 관계를 돈독히 할 수도 있다.

습관으로 만들기: 다른 사람에게 사랑을 표현할 방법을 모를 경우에는 그 사람에 대한 질문을 해보라.

귀를 기울이라

갓난 아들이 죽었을 때, 카라는 결코 그 슬픔을 떨칠 수 없으리라고 생각했다. 아이가 죽고 몇 달 후 카라의 친구 어머니인 소피는 암으로 남편을 잃었다. 카라와 소피는 서로를 잘 몰랐지만 카라는 가족을 여읜 상황에서 맞는 명절이 얼마나 고통스러운지 알았기 때문에 그해 추수감사절 아침에 소피에게 전화를 걸었다. 두 사람은 30분가량 통화를 한 뒤 12월에 만나기로 했다. 곧 두 사람은 정기적으로 만나기 시작했고, 소피의 결혼 앨범과 카라가 간직하고 있었던 아기 앨범을 함께 보기도 했다. 둘은 서로에게 질문을 하며 힘든 날이면 통화를 하고 마음 아픈 추억이 깃든 기념일에는 밖에서 같이 점심을 먹었다. 두 사람은 서로에게 시간이라는 선물을 준 덕분에 치유를 받았다.

우리가 만나는 대부분의 사람들은 어떤 이유에서든 몸부림을 치고 있다. 악화된 건강이나 깨진 관계, 일로 인한 스트레스, 혹은 낮은 자존감이나 우울증 등 문제는 여러 가지다. 이런 사람들에게 귀를 기울이면 놀랍게도 희망과 도움을 줄 수 있다. 카라와 소피가 깨달았듯이, 상처 입은 사람들에게 시간을 내주는 행동의 가장 큰 장점은 다른 사람을 도우면서 우리 스스로도 도움을 받는다는 사실이다.

가족과 함께 시간을 보내라

지난 몇 해 동안 내 상담실에 찾아온 수많은 기혼 남녀들이 저마다의 방식으로 표현했던 말은 최근 어떤 여성이 나에게 했던 이야기와 일맥상통한다.

"제가 남편에게 중요한 존재가 아니라는 느낌이 들어요. 남편은 어떤 것에든 시간을 내지만 저에게는 시간을 내주지 않아요. 가게 운영에 관한 이야기를 빼면 우리 사이에는 대화도 거의 없어요."

이 부부관계는 죽어가고 있다. 아내가 가장 원하는 것은 남편과의 알찬 시간이지만 남편은 아내가 얼마나 사랑을 필요로 하는지 모르고 있기 때문이다.

매일 보는 얼굴인데 굳이 함께 시간을 보내자는 얘기를 꺼낼 필요가 있느냐는 의문이 생길 수도 있다. 그러나 가족들에게 시간을 내주는 것은 나눔의 중요한 단계다. 자녀들은 부모가 그렇게 사랑을 표현해 주기를 무척이나 바란다. 최근 어떤 청년이 나에게 "저희 부모님은 아이를 갖기 힘들 정도로 바쁩니다. 왜 저를 낳았는지 모르겠습니다"라고 말했다. 그 말을 들으니 아버지와 시간을 보내고 싶은 아들의 이야기를 담은 애절한 노래 '요람 속의 고양이'가 떠올랐다. 아버지가 비행기를 타거나 청구서를 지불하는 동안 아들은 아버지가 언제 집에 올지 궁금해한다. 아버지는 확실히 알 수 없다고 말한다.

그러나 그때가 되면 함께 지낼 수 있을 거야.
그때가 되면 함께 좋은 시간을 보낼 거야.

'그때'는 아들이 자라고 자신의 가정을 꾸려 바빠질 때까지 오지 않았다. 아버지가 전화를 걸자 성인이 된 아들은 아버지를 만날 시간이 없다고 대답했다. 아버지는 아들이 자신과 꼭 닮은 모습으로 자랐다는 사실을 깨닫는다.

우리는 종종 이번 여름만 지나면, 이번 마감만 끝나면, 이번 손님들만 치르면, 그래서 '그때가 되면' 시간을 다르게 쓸 수 있다고 생각한다. 그러나 "우리가 날마다 보내는 시간이 곧 우리의 삶이다."[7] 오늘 가장 가까운 사람들에게 시간을 얼마나 어떻게 투자했느냐를 보면, 우리가 평생 시간을 어떻게 쓸지 짐작할 수 있다.

누구도 가족을 완벽하게 사랑하지는 못할 것이다. 그러나 관대한 마음을 가꾸면, 가장 급해 보이지는 않더라도 가장 중요한 것에 시간을 투자해야 한다는 사실을 알 수 있다. 가장 급한 일이 가장 중요한 일은 아닐 수도 있다.

시간을 희생하기

당신은 이렇게 생각할 수도 있다.

'다 멋진 말이야. 하지만 지금 당장 내 삶에 뭔가를 더 추가할 수는 없어. 사람들과 더 많은 시간을 보내고 싶지만 돈도 벌어야 하고 집안일도 해야 해.'

그 모두를 할 수 없다는 생각이 든다면, 그 생각이 옳다. 친구와 가족, 일과 휴식 사이에서 '균형'을 잡기란 어려운 일이다. 인간관계와 삶이 그렇게 단순한 문제가 아니기 때문이다.

진정한 관대함에는 희생이 필요하다. 관점의 변화가 필요하다. 내가 아는 어느 젊은 엄마는 하루에 해야 할 일들이 너무 부담스럽게 느껴지는 지경에 이르면 스스로에게 "지금 당장 안 하면 안 되는 일이 뭐지?"라고 질문을 한다고 한다. 당신은 스스로 생각하는 것보다 당신의 하루를 훨씬 멋지게 바꿀 수 있다. 직장에서 연장 근무를 하면 올해에 더 멋진 휴가를 갈 수 있겠지만 나이 든 부모님을 돌볼 수 있는 시간은 줄어들 것이다. 그 문제를 두고 생각을 좀 해볼라치면, 유치원생인 아이가 늦게까지 잠자리에 들지 않는다. 저녁에 30분만 여유가 있었더라도 틈을 좀 낼 수 있었을 텐데 말이다. 당신과 당신의 배우자는 밤에 대화를 나누는 대신 텔레비전을 보는 습관에 길들여졌을지도 모른다.

금융가 J. P. 모건은 "돈을 얼마나 벌어야 충분할까요?"라는 질문에 "조금만 더 벌면 됩니다"라고 빈정거렸다.[8] 많은 사람들이 시간에 대해서도 같은 말을 한다. 바라는 만큼 혹은 필요하다고 느끼는 만큼 시간이 넉넉하지는 못할 것이다. 우리가 관계를 우선시하지 않는다면 우리에게 있는 '여분'의 시간은 모두 그날의 업무에 잠식되고 만다.

수입이나 능력은 저마다 달라도 누구나 하루에 똑같은 양의 시간을 받는다. 그 가운데 잠자는 시간을 빼면 다른 사람들에게 선물로 줄 수 있는 시간이 얼마나 되는지 계산할 수 있다. 물론 그 시간 가운데 상당 부분은 일이나 공부에 써야 한다. 그러나 그런 상황에서도 사람들에게 온전히 집중하고 그들의 행복에 관심을 표현할 기회는 있다.

변화가 필요하다

당신의 시간을 어떻게 쓸지 결정할 사람은 당신뿐이다. 여기 담긴 내용을 실천하려면 시간 사용에 급진적인 변화를 일으켜야 할 수도 있다.

콜롬비아 국제대학교 총장이었다가 아내에게 치매 증상이 나타나자 총장직을 사임한 로버트슨 맥퀼킨(Robertson McQuilkin)이 생각난다. 그의 아내는 남편이 집에 있을 때만 평온을 느꼈다. 맥퀼킨에게 사임은 어려운 결정이 아니었다.

그는 이렇게 말했다.

"지난 세월 동안 아내는 빈틈없이 그리고 희생적으로 나를 돌봐줬습니다. 내가 앞으로 40년간 아내를 돌본다고 해도 아내에게 진 빚을 갚지 못할 겁니다. (……) 그러나 또 다른 이유가 있습니다. 나는 아내를 사랑합니다."

그 후 13년 동안 그는 아내를 돌보며 시간이라는 선물을 주었다. 아내가 죽은 뒤에야 자신만의 목표를 추구했다.[9]

많은 사람들에게 시간에 대한 태도를 바꾸는 것은 이 정도로 급진적이지는 않을 것이다. 날마다 최소한 한 사람과 의미 있는 대화를 나누기로 목표를 설정하는 것처럼 간단한 변화일 수도 있다. 그 대화는 짧을 수도 있고 길 수도 있지만 날씨나 운동 경기에 대한 이야기보다는 더 깊이 있을 것이다. 시간이라는 선물은 강력한 사랑 표현이며, 많은 사람들이 그 선물을 받고 싶어한다.

능력 나누기

1월의 추운 금요일이었다. 나는 교외 지역에서 부부관계 세미나를 이끌고 있었다. 아내에게 전화를 걸어 안부를 묻자 아내는 난방기 표시등이 꺼졌고 집 안이 추워지고 있다고 말했다. 나는 친구 래리에게 전화를 걸어서 집으로 와 도와줄 수 있는지 물어보라고 했다. 30분 뒤 다시 전화를 걸었더니 캐롤라인은 "집이 따뜻해지고 있어요"라고 말했다. 래리는 캐롤라인의 요청에 즉시 응답해서 우리집에 온기를 되찾아 준 것이다. 래리는 캐롤라인에게는 없는 자신의 능력을 활용해서 사랑을 표현했다. 공교롭게도 래리에게는 재능이 많아서 쿠키를 굽거나 요리를 하는 재주도 있다. 그는 여름마다 청소년 캠프에 요리사로 자원봉사를 하러 가거나 다른 사람들에게 자신이 만든 음식을 나눠주면서 정기적으로 재능을 활용한다.

나는 음식을 만들거나 쿠키를 구울 줄 모른다. 그리고 완전히 솔직하게 말해서, 나였다면 래리가 했던 것보다 훨씬 오래 걸려서 우리집 가스난로를 고쳤을 것이다. 요리 솜씨나 기계를 다루는 실력으로 말하자면 나는 무능하기 짝이 없는 사람이다. 당신은 래리와 비슷할 수도 있고 나와 비슷할 수도 있다. 어쨌거나 좋은 소식은 우리 모두 뭔가를 할 수 있는 능력이 있고 그 능력으로 사랑을 표현할 수 있다는 사실이다.

보람된 일을 찾으라

언어병리학자인 앤 웽거는 54세에 척수성 소아마비에 걸려 잘 걷지 못하게 되었다. 앤은 집에 들어앉아 문을 걸어잠그는 대신 언어치료가 필요한 자녀를 둔 부모들을 초대했다. 치료비도 받지 않고 어린이들의 삶에 시간을 투자하고 자신의 능력을 사용했다. 나는 앤처럼 큰 행복과 보람을 느끼는 여성을 만나본 적이 없다. 그녀는 자신의 능력을 나누며 다른 사람들을 사랑할 때 찾아오는 기쁨을 알고 있었다.

몇 년 전 나는 2004년 쓰나미 때 갖은 수고를 했던 활동가들을 격려하기 위해 동남아시아를 방문했다. 그때 85세의 게리와 81세의 이블린을 만났다. 게리는 농업전문가로 교육을 받고 이블린과 함께 카리브해에 있는 안티구아 섬에서 12년 동안이나 삶을 투자했다. 65세가 되어 정년퇴임할 때에 이르자, 두 사람은 다른 나라에 있는 사람들을 도울 기회를 찾기 시작했다. 그들은 동남아시아로 갔고, 영어를 배우려는 갈망이 있는 사람들을 발견했다. 둘은 신속히 제2언어로 영어를 가르칠 수 있도록 훈련을 받았다. 얼마 지나지 않아 두 사람은 불교 사원과 국립병원 및 여타의 곳에서 영어를 가르쳐 달라는 초청을 받았다.

게리와 이블린은 20년이 넘는 세월 동안 영어 교재를 수없이 만들고 펴냈다. 그리고 그 책을 사용하고 싶어하는 사람이 있으면 누구에게나 주었고 저작권 사용료도 없이 복사해 쓰도록 허가했다. 나는 그들이 어떻게 자금을 조달했는지 궁금했다.

"사회보장제도와 이전 직장에서 받은 약간의 퇴직금 덕분입니다."

"이 일을 언제까지 하실 생각이십니까?"

"기력이 남아 있을 때까지 해야죠."

이 부부는 단순한 능력, 즉 영어를 제2언어로 가르칠 수 있는 능력을 수천 명에게 사랑을 표현하는 방법으로 활용하며 기쁨을 발견했다.

물론 관대한 사랑을 실천하기 위해 누구나 해외로 나갈 필요는 없다. 다른 사람들을 사랑하기 위해 자신의 능력을 사용하는 것은 생각보다 훨씬 간단하고 보람찬 일이다.

사랑의 소명을 인식하라

빌은 요양원에 들어와서 계좌를 관리하거나 돈의 쓰임새를 결정할 능력이 떨어지자 자신의 재산이 어떻게 되지는 않을까 염려했다. 빌의 딸은 빌이 지내는 요양원의 많은 사람들과 일한 경험이 있는 지역 은

행원 케이샤를 불렀다. 케이샤는 빌의 재정 관리에 대해 빌이나 빌의 딸과 몇 시간씩 대화를 나눴고, 케이샤의 조언 덕분에 빌의 가족은 수천 달러를 절약할 수 있었다.

빌은 너무 쇠약해져서 방을 나설 수 없게 되자 카탈로그에서 옷과 정원 장비와 기타 여러 가지 도구를 주문하기 시작했다. 물건은 모두 빌의 사서함으로 배달되었고 은행에서 누군가 빌이 주문한 물건을 가져와야 했다. 케이샤는 빌이 그런 식으로 돈을 쓰는 데 대해서나 자신의 시간을 빼앗는다는 이유로 빌을 나무라지 않고 오히려 물건을 반드시 빌이 지내는 방 문 앞에 배달되도록 조치를 취했다. 빌이 새 재킷을 주문하자 케이샤는 특별히 요양원까지 와서 그가 상자를 여는 모습을 지켜보았다. 빌이 설레는 마음으로 재킷을 기다려왔다는 사실을 알았기 때문이다.

몇 년이 지나 빌이 죽은 뒤에도 케이샤는 자신의 능력을 활용해서 빌의 가족들이 나머지 재정적 문제를 처리하도록 도움을 주었다. 그녀는 의무 이상의 몫을 감당했다. 자신의 소명, 즉 다른 사람을 사랑하는 소명을 인식하고 있었기 때문이다.

직업은 소명이다

'직업(vocation)'은 달리 말해 '소명(calling)'이다. 우리의 최우선적인 소명은 사랑을 삶의 가장 중요한 목적으로 여기고 다른 사람들의 삶을 풍요롭게 해주는 것이다. 이 책이 말하려는 바도 바로 그것이다.

소명은 물론이고 삶 자체도 원래 신성한 것이다. 대부분의 경우 저마다의 소명을 완수하려고 능력을 사용하면 경제적인 보상도 받는다.

그 돈으로 가족을 부양하고 다른 사람들을 돕는다. 그러나 직업은 다른 사람들의 갈망을 채워준다는 점에서 그 자체로 사랑의 표현이다. 따라서 사랑하며 사는 사람들이 추구할 수 없는 직업이 있는데, 세 가지 범주로 나뉜다. 첫째, 다른 사람들에게 해를 입히는 직업(예를 들어 마약 상인). 둘째, 사회에 전혀 보탬이 되지 않는 직업. 셋째, 그 자체로는 무방하지만 특정인에게 해가 되는 직업(예를 들어 알코올중독자가 술집 지배인을 할 경우). 이런 이유로 어떤 사람들은 사랑의 길을 걷다가 성숙해지면 기존의 직업을 버리고 다른 직업을 선택한다. 다른 사람들의 삶에 보탬이 되지 않는 직업에 삶의 대부분을 투자하는 사람은 얼마나 애처로운지! 그렇게 하는 것은 우리에게 주어진 능력을 낭비하는 일이다.

다른 사람들을 신체적·감정적·정신적인 면에서 돕는 직종에 종사한다면 그 직업 자체가 이미 사랑의 표현이다. 그렇다고 모든 사람이 목사나 랍비, 간호사나 교사처럼 전통적으로 돕는 역할을 하는 직업을 가져야 한다는 뜻은 아니다. 현재의 직업이 무엇이든 그 직업으로 사랑을 표현할 수 있다. 현재의 직장이 마음에 들지 않거나 소명보다는 그저 생계유지 수단일 뿐이라면 언젠가는 이직할 수도 있다.

직장에서 속도를 늦추거나 완전히 직장을 떠나거나 가족 혹은 노부모를 돌보는 것이 지금 당신이 감당해야 할 소명일 수도 있다. 어쩌면 배우자가 자신의 소명을 추구하도록 해외로 따라가야 할 수도 있다. 그 사람과의 관계를 위해 사랑하는 마음으로 행동하면 그 역시 관대함이다.

당신의 능력이 필요하다

우리 모두에게는 직업에 국한되지 않고 다른 사람들을 위해 능력을 사용할 기회가 있다. 내가 아는 어떤 남성은 교사가 직업이지만 자신의 능력을 활용해 저소득층 아이들에게 몇 시간씩 공부를 가르쳐준다. 또 은퇴한 뒤 일주일에 한 번씩 아침에 모여 노숙자들을 위해 퀼트를 만드는 여성들도 있다. 어떤 여성은 매일 밤늦게까지 남편의 학위논문을 타이핑해 준다.

자신의 능력을 활용해 다른 사람들을 돕는 가장 일반적인 방법은 집에서 찾을 수 있다. 요리·청소·기저귀 갈기·컴퓨터 고치기·잔디 깎기·전구 갈아 끼우기 등은 모두 우리의 능력으로 배우자와 자녀, 룸메이트나 부모님을 사랑하는 방법이다.

자기 자신의 가치를 아는 것이 중요한 이유는 스스로의 가치를 알아야 다른 사람들을 위해 자신의 능력을 사용할 방법을 민감하게 포착할 수 있기 때문이다. 능력을 나누고 싶다면 자신이 세상에서 중요한 역할을 한다는 사실을 믿어야 한다. 다른 누구도 당신의 자리를 대신해 줄 수 없다. 당신의 능력이 필요하다.

돈 나누기

빌 게이츠가 1994년 자선단체를 설립하고 기본자금으로 9,400만 달러를 기부하자 신문들은 대서특필을 했다. 그 이후로 게이츠와 그의 아내는 아프리카에 식수를 공급하거나 에이즈를 퇴치하는 등 좋은 일에 160억 달러 이상을 기부해 왔다. 2006년에는 워렌 버핏이 게이츠재단에 300억 달러어치 이상의 주식을 기부하겠다고 밝혔다. 이 일이 또다시 미국 전역에서 신문의 1면을 장식한 것은 당연한 일이었다.

이 일을 펜실베이니아 피츠버그에서 구두를 닦는 지적장애인 앨버트 렉시의 행동과 비교해 보자. 구두 닦기 한 번에 3달러를 받는 렉시는 그 일로 1년에 고작 1만 달러를 벌뿐이지만 날마다 많은 사람들에게 더 좋은 삶을 만들어준다.

1980년대 초에 렉시는 피츠버그 어린이병원에서 어린이들의 치료를 위해 돈을 모금하는 '무료의료기금'에 대해 들었다. 렉시는 가진 것이 별로 없었지만 일주일에 두 번씩 어린이병원을 찾아가 구두를 닦고 그렇게 모은 돈을 의료기금에 기부했다. 그때부터 그가 어린이 의료기금에 기부해 온 금액은 10만 달러가 넘었다.

렉시의 행동은 게이츠나 버핏이 중요한 자선사업에 기부한 것과 마찬가지로 의미 있는 것이다. 인류의 역사를 살펴보면 사람들이 선한 마음으로 날마다 다른 사람들에게 준 선물이 전 세계에 병원과 대학, 노숙자 쉼터 등을 세웠다. 우리가 소유하고 즐기는 모든 것과 마찬가지로 돈은 우리에게 주어진 선물이다. 돈을 나눌 때 느끼는 기쁨은 돈의 많은 혜택 가운데 하나일 뿐이다.

얼마나 나누어야 할까

어떤 사람들은 수입이 늘어나면 좋은 일에 더 많은 돈을 쓸 수 있을 거라고 말한다. 그러나 돈의 양보다는 돈에 대한 태도나 관계에 임하는 태도가 더 중요하다. 작가 W. S. 플러머(W. S. Plumer)의 말처럼,

"현재 가진 것으로도 자유롭지 못하면서 더 많이 가지면 더 자유로워질 거라고 생각한다면, 그것은 자기기만이다." 다시 말해서 지금 가진 '적은 것'도 주지 못하면 '많이' 있어도 주지 못한다.

어떻게 보면 관대한 마음으로 주기만 한다면 얼마나 주느냐는 중요하지 않다. 그러나 더 관대한 사람이 되기 위해 구체적인 목표를 정하면 도움이 된다. 그런 의미에서 나는 누구나 수입의 10퍼센트를 나누는 것이 최소한의 목표가 되어야 한다고 믿는다. 모든 사람들이 끊임없이 이렇게 나눈다면 일부러 모금활동을 할 필요가 없을 것이다.

유명한 재정 전문가가 내 의견을 뒷받침해 준다. 《자동으로 부자되기》 시리즈의 저자 데이비드 바크(David Bach)는 독자들에게 수입의 10퍼센트를 다른 사람들을 위해, '다시 말해서' 부의 축적을 위해 쓰라고 권한다.

"더 많이 나눌수록 더 부자가 된 기분이 듭니다. 그리고 그것은 단지 기분만이 아닙니다. 상당히 이상하게 보이겠지만 사실 그 돈은 돈을 준 사람에게 더 빨리 돌아옵니다. 왜 그럴까요? 나누는 사람들의 삶에는 결핍보다는 풍요가 찾아오기 때문입니다."[10]

또 다른 재정 전문가는 매달 수입의 일부를 다른 사람에게 주려고 떼어놓으면 남은 90퍼센트를 더 신중하게 쓰게 되고 장기적으로는 결국 더 많은 돈을 모으게 된다고 지적한다. 많이 나눌수록 진정한 재산이 늘어나는 것이다.

《나니아 연대기》 시리즈의 저자 C. S. 루이스는 이렇게 썼다.

"얼마를 주어야 하느냐의 문제에 정답이 있다고는 생각하지 않는다. 안타깝지만 유일한 규칙은 베풀 수 있는 것보다 더 많이 주라는 것이다. 다시 말해서 안락함·쾌락·만족을 누리는 데 쓰는 비용이 소득 수준이 비슷한 사람들의 기준에 맞춰져 있다면, 너무 적게 주고 있는 셈이다. 자선활동을 하는데도 생활에 불편함이 전혀 없다면 너무 적게 주고 있다는 뜻이다. 자선에 돈을 쓰느라 빠듯해서, 하고 싶지만 할 수 없는 일이 생겨야 한다."[11]

수입이 아주 적다면 다른 사람들만큼은 못 나누어도 얼마 정도는 나눌 수 있다. 내가 아는 가장 관대한 사람들 가운데는 최소한의 돈으로 시작한 사람들도 있다. 지난 세기 최고의 부자에 손꼽히며 현대 자선사업의 본보기가 되었던 존 D. 록펠러는 첫 수입의 10퍼센트를 기부했고 그 이후 기부액을 점차 늘려갔을 뿐이라고 한다. 모든 사람이 가진 것의 10퍼센트를 나눈다면 얼마나 어마어마한 자선이 될지 생각해 보라!

다른 사람들에게 깊은 관심을 기울이면 가진 것을 모두 그 관계에 투자하고 싶어질 것이다. 그러나 우리의 마음이 자기 자신에게만 쏠려 있다면 최대한 모든 것을 자기 자신을 위해 축적하려고 할 것이다. 그렇다고 통장을 모두 내다버리라는 뜻은 아니다. 현재를 즐기고 관대한 마음으로 미래를 설계하라는 뜻이다. 불필요하게 돈을 쌓아두지 말고, 도움이 필요한 가까운 사람이나 다른 사람들을 사랑하는 마음으로 계획을 세우고 나누라는 뜻이다.

습관으로 만들기: 다른 사람들을 경제적으로 돕기 위해 올해 책정한 예산이 얼마든지 내년부터는 그 금액을 해마다 1퍼센트씩 늘리라.

나누지 않는 돈의 위험

록펠러가 석유사업으로 부를 축적하자, 한 측근이 말했다.

"록펠러 씨, 당신의 재산은 눈사태처럼 마구 불어나고 있습니다! 잘 따라잡아야 합니다! 재산이 불어나는 것보다 더 빠르게 나눠야 합니다! 그러지 않으면 재산은 당신과 후손들을 압사시키고 말 겁니다."[12]

돈이 얼마가 됐든 관계가 발전하는 데 도움이 되지 않고 우리와 다른 사람들을 가로막는다면, 보탬보다는 해가 될 가능성이 더 많다. 돈을 자기 손에만 쥐고 있으면 물질적으로는 안락한 생활을 누릴 수 있겠지만 편협한 마음 때문에 고통스러울 것이다.

미국 역사상 가장 악명 높은 구두쇠는 록펠러와 동시대에 살았던 헤티 그린(Hetty Green)일 것이다. 그린은 돈을 상속받고 부자와 결혼했으며 약삭빠른 투자로 엄청난 돈을 벌었지만, 얼마나 인색했던지 그 덕분에 전설이 됐다. 그녀는 돈을 아끼려고 집에 난방도 하지 않고 온수도 쓰지 않았다. 낡은 드레스가 다 닳을 때까지 그 옷 한 벌로 버텼다. 다리가 부러졌는데도 병원 치료를 받지 못하게 한 결과, 아들은 괴저로 다리를 잘라야 했다. 남편이 죽고 자녀들이 집을 떠나자, 그린은 세금 공무원들의 주목을 받을지도 모르는 주거지를 만들지 않으려고 여러 주로 이사를 다니며 작은 아파트들을 전전했다. 그녀는 나이가 들어 탈장으로 고생했지만 치료를 거부한 탓에 결국 수술비용으로 150달러를 써야 했다. 그린이 죽었을 때 그녀의 순자산은 약 2억 달러나 되었고 덕분에 당대 세계 최고의 부유한 여성으로 등극했지만 그녀의 영혼은 궁핍함에 시달렸다.

그린이 그 많은 돈으로 가까운 사람들이나 가난한 사람들에게 해줄 수 있었던 일들을 생각해 보라! 그러나 그녀는 그 모든 것을 혼자만 가졌고, 그 돈은 이 땅에 사는 동안 그녀를 행복하게 해주지도 못했다. 게다가 죽으면 두고 갈 재산 때문에 마음의 평화와 사람들과의 관계를 희생했다. 우리가 록펠러나 그린처럼 많이 가졌든지 구두닦이 렉시처럼 적게 가졌든지, 돈을 손아귀에 틀어쥐고 있는 태도는 관계를 피폐하게 만든다.

느슨하게 쥐기

데니스는 차를 샀다. 생전 처음으로 판매상에게서 직접 넘겨받은 새 차였다. 그는 자신이 원하는 자동차를 조사하며 옵션도 여러 가지를 추가했다. 차를 산 첫 번째 주말에는 어머니를 만나러 갔다. 어머니와 함께 있는 동안 데니스의 누나와 조카들이 트럭에 아동용 자전거를 싣고 찾아왔다. 그들이 도착한 지 얼마 지나지 않아 데니스는 "삼촌의 새 차를 조심해!"라는 고함소리를 들었다. 그런 뒤 조카 한 명이 '바닥에 닿을 정도로 아랫입술을 내밀며' 들어와서는 자전거로 데니스의 새 차에 흠집을 냈다고 고백했다. 데니스는 "괜찮아. 사실대로 말하다니 기특하구나"라고 말한 다음 흠집을 살펴보았다. 자동차 옆면이 쫙 긁힌 상태였다. 어쩔 수 없이 수리를 받아야 했다.

몇 주 뒤, 데니스는 친구네 집 진입로에 주차를 해두었다. 그런데 집으로 돌아오던 친구의 아내가 차를 잘못 몰아서 데니스의 자동차 조수석 쪽을 들이받는 바람에 자동차의 외관이 심각하게 손상되고 말았다.

이제 데니스는 이렇게 말한다.

"두 경우 모두 별로 화가 나지 않았어요. 그 차를 무척 아꼈지만 그

어떻게 나눔을 시작할까?

재정적으로든 다른 방식으로든 기부를 시작할 좋은 장소는 믿을 만한 지역단체, 즉 노숙자 쉼터·학교·병원·식량 지원 프로그램·종교단체 등이다. 어느 여성이 지적장애인이었던 아들이 죽기 전에 다녔던 유치원에서 자원봉사를 한다는 이야기를 읽은 적이 있다.

"아이는 유치원에서 가장 행복해했어요. (……) 지적장애인을 자녀로 둔 부모의 심정을 알기 때문에 저는 도움이 될 수 있답니다."

이 여성은 나중에 도움이 필요한 다른 가족들을 돕기 위해 전문 치료사 교육을 받았다.

돈을 기부하고 싶은데 어떻게 시작해야 할지 모르겠다면 자선단체들을 알아보고, 돈을 기부하기 전에 국세청 홈페이지에서 정보를 수집하라.

냥 자동차일 뿐이었죠."

데니스는 자신의 소유물을 느슨하게 쥐고 있었기 때문에 관대함이라는 사랑의 특성을 보여줄 수 있었다. 그는 자신이 가진 것보다 관계를 더 소중히 여겼으며 그 우선순위에 따라 살아간 덕분에 자유를 경험했다.

작가 쉘던 베너컨(Sheldon Vanauken)은 아내 데이비와 처음으로 자동차를 산 이야기를 썼다. 부부는 새로운 교통수단을 갖게 된 사실에 전율을 느꼈지만, 자동차를 집으로 몰고 와서 제일 처음 한 일은 차를 망치로 때린 것이었다. 차가 편안해 보이도록 말이다. 베너컨은 어떤 것도 사랑하는 사람들을 갈라놓기를 바라지 않았으며, 지나치게 중시되는 재산은 (……) 짐이 되며 소유자를 소유한다"라고 결론을 내렸다. 관대한 사람은 세속적인 재산을 필요 이상으로 중요하게 여기지 않는다.[13]

우리는 생각보다 가진 것이 많다

윈스턴 처칠은 이런 말을 했다.

"우리는 돈을 벌어 생계를 꾸리지만 돈을 나누며 삶을 꾸려나갑니다."

돈을 기부하면 그럼에도 불구하고 우리에게 얼마나 많은 것이 남았는지 깨닫게 된다. 이것은 진정한 사랑으로 살아갈 때 생기는 많은 역설 가운데 하나다.

웨스트민스터 사원에 있는 크리스토퍼 채프먼의 묘비에는 1680년이라는 날짜와 함께 다음과 같은 말이 새겨져 있다.

내가 준 것이 내가 가진 것
내가 쓴 것이 내가 가졌던 것
내게 남은 것은 내가 다른 사람에게 주지 않아 잃은 것

나눔의 기술을 익히면 우리가 생각보다 더 많이 가졌다는 사실을 깨닫게 된다.

나눔의 기쁨

앰버 코프먼의 엄마는 집 근처 노숙인 쉼터에서 자원봉사를 해야겠

다는 생각이 들자 여덟 살짜리 딸을 함께 데려가기로 결심했다. 엄마와 딸은 매주 집 없는 아이들, 부모들과 함께 보냈고 앰버는 다른 사람들의 사연을 알게 되는 기쁨과 고통을 배웠다. 앰버는 노숙인 공동체에서 사람들과 만나며 관대하게 살고 싶다는 소망을 품게 됐고, 3년 뒤인 1993년 열한 살이 되었을 때는 볼티모어의 극빈자들을 돕기 위해 '노숙인을 돕는 행복한 사람들'이라는 프로그램을 발족했다. 앰버는 또래 아이들을 모아 토요일 아침마다 자신의 집에서 샌드위치를 만들어 노숙인들에게 나눠주었다. 앰버 코프먼은 자신이 설립한 단체를 운영하면서 지금까지 3만 명 이상을 도왔고 국내외에 비슷한 프로그램을 49개나 파생시켰다. 볼티모어에 가면 매주 600여 명의 노숙인들이 점심을 제공받는 모습을 볼 수 있다.

한 사람 한 사람씩

세계적으로 이름을 날릴 만한 일로 수천 명의 사람들을 돕는다면 그것은 관대함이 아니다. 관계를 소중히 하는 것이 관대함이다. 앰버의 엄마는 딸에게 관대한 마음을 물려주는 것을 중요하게 여겼고, 앰버는 만나는 모든 사람들을 소중히 여겼다.

관대한 마음으로 수많은 사람들에게 치유와 평화를 가져다준 마더 테레사는 이렇게 썼다.

"나는 수많은 사람들을 돌봐야 한다는 생각은 하지 않는다. 그저 한 사람을 돌볼 뿐이다."[14]

모든 사람들, 특히 도움이 필요한 가족이나 직장에 있는 사람들 때문에 부담스러울 때는 그 말을 떠올리자. 우리는 수많은 사람들이 아니라 우리 앞에 있는 그 한 사람에게 관대해야 한다. 관대한 마음은 생각보다 더 많은 사람들을 치유해 준다. 한 번에 한 사람씩 말이다.

창의력을 발휘하라

뉴멕시코 로스웰 주민들은 지역 아이들을 돕기 위해 함께 모여서 많은 의견을 쏟아냈다. 그런데 어느 중년 부인이 손을 들고 말했다.

"우리집 뒷마당에 4천 평방미터 정도의 뜰이 있는데 저는 우리 지역 어린이들과 어른들이 그곳에 함께 모여 뜰을 가꿀 날을 늘 꿈꿔왔어요. 식물을 가꾸면 마법 같은 일이 일어나죠. (……) 평생 지속될 생명을 함께 심는 일이니까요."[15]

그녀가 말을 마쳤을 때 방 안은 조용했다. 너무나 단순하면서도 진심 어린 의견이었다. 잘될 것 같았다.

당신의 시간과 돈과 능력을 나눌 창의적인 방법을 찾아보라. '다른 사람들에게 없는 것이 나에게 있다면 그게 뭘까?'라는 질문으로 시작하라. 반드시 아이를 입양할 필요는 없지만 다른 사람들이 입양하는 데 보탬이 되도록 돈을 기부할 수는 있다. 돈이 없다면 입양을 결심할 부부를 위해 인터넷을 통해 모금활동을 추진할 수도 있다. 당신에게 어떤 능력이 있다면 그것을 선물로 여기고 다른 사람들과 나누어라. 그렇게 사고의 틀을 바꾸면 관대함을 베풀 여러 가능성이 열린다.

함께하기

창의적으로 생각하다 보면 친구나 직장 동료와 색다른 방식으로 시간을 보낼 방법이 떠오르기도 한다. 앰버 코프먼과 그녀의 엄마처럼 가족이 함께 자원봉사를 하면서 다른 사람들과 관계를 맺으면 그로 인해 가족 간의 관계도 돈독해질 수 있다. 직장 동료들 역시 다른 사람들을 도우면서 단합될 때가 많다.

자동차 사고로 저스틴의 아내가 죽자, 회사의 모든 사람들이 사고에서 아직 회복 중인 저스틴의 세 자녀들에게 장난감과 게임기 좋아하는 음식을 가져다주었다. 그들은 함께 도우면 더욱 합심해서 일할 수 있다는 사실과 전에 몰랐던 서로의 장점을 알게 된다는 사실을 깨달았다.

당신이 가정이나 직장에서 많은 갈등을 겪고 있다면 토요일 아침에 마당을 청소해 주거나 수프를 대접해 보라. 결과를 보고 깜짝 놀랄 것이다.

"나에게 활력을 주거든"

데이비드는 대학교 3학년과 4학년 여름방학 때 낯선 도시로 가 정비사 일을 했다. 여름방학을 몇 주 앞둔 어느 날 그는 뜻밖에도 갈 곳을 잃었다. 세들어 살고 있는 집 주인 노부부가 "별 도움이 안 된다"면서 당장 방을 빼라고 한 것이다. 그래서 다음 학기 등록금을 벌 방법을 찾던 데이비드는 여름 내내 낯선 도시에서 일했고, 자동차 안은 그의 물건으로 가득했으며 살 집도 없었다. 아파트 단지를 몇 군데 돌아다녔지만 방을 보여줄 아파트 관리인은 일요일이라며 만나주지도 않았다. 데이비드는 해결책을 찾기 위해 친구들에게 전화를 했다. 드디어 한 친구가 데이비드에게 연락을 해왔다. 어느 젊은 부부가 빈 방을 줄지도 모른다는 것이었다.

관대함의 훼방꾼: 자신만의 계획

삶은 마감 시간을 맞추려는 노력으로 가득 차 있다. 아이들을 제시간에 침대에 눕히고, 가게에 들러 생활용품을 사고, 주식시장을 지켜보고, 야구를 하러 가고, 이사회에 참석하고, 학부모 모임에 가고, 자동차에 기름을 넣고, 체육관에 들러 운동을 하고, 잔디를 손질하고, 설거지를 한다. '또' 말이다.

이런 일 외에도 우리의 계획표를 가득 채운 다른 일들까지 감당하느라 우리는 자기 자신에게만 집중하게 된다. 그래서 시간과 돈과 에너지를 우리가 성취하고 싶은 것에만 쏟으며, 원래 그 성취의 목적이었던 사람들을 위해서 쓰지는 못한다. 자신만의 하루 계획에 둘러싸이면 주변 사람들이 진정으로 원하는 것을 알아차리지 못할뿐더러 그들을 섬길 기회도 놓치게 된다.

신문기사를 보면 스스로의 건강과 행복을 위해서 삶의 속도를 늦추라는 말이 많다. 그 말은 사실일 것이다. 그러나 우리는 또한 소중한 사람들을 위해서도 속도를 늦춰야 한다. 언제나 자신만의 계획에만 매달려 있다면 다른 사람들이 무엇을 필요로 하는지 어떻게 알겠으며, 어떤 도움을 주어야 하는지를 알기란 더욱 어렵지 않겠는가?

얼마나 많은 사람들이 거리의 노숙인에게 눈길도 주지 않고 서둘러 지나쳐버리는가? 또한 우리는 날마다 우리의 집 부엌에서조차 사람들을 급히 지나쳐버린다. 우리의 할 일 목록을 잠시만 접어두면 그들의 갈망을 충족시켜 줄 수 있는데 말이다.

물론 누구나 매일 마쳐야 할 일이 있다. 그러나 성 아우구스티누스가 말했듯이 "할 만한 가치가 있는 일은 평생이 걸려도 완성되지 못한다." 당장의 할 일 목록에 매달리지 말고 장기적으로 보면 생각보다 쉽게 관대한 행동을 할 수 있음을 깨닫게 된다. 사랑이 넘치는 사람의 질문, "무엇을 도와드릴까요?"는 시간이 오래 걸리는 질문이 아니다. 잠깐 멈춰서 그 대답에 귀를 기울이라.

데이비드는 차를 몰고 그 부부의 집으로 갔다. 그날 오후 세 사람은 작은 주방에 앉아 웃고 떠들며 낯을 익혔다.

"급하게 방을 구하고 있나봐요?"

"사실, 제 물건이 모두 차 안에 있습니다."

부부는 마주 보고 웃음을 짓더니 동시에 "여기에 머물러 주시면 좋겠네요"라고 말했다. 부부는 밥값도 안 되는 돈으로 방과 식사까지 제공했지만 다른 사람을 돕게 되어 기쁜 모양이었다. 그 부부의 관대한 태도는 25년간 지속된 우정의 문을 열었을 뿐 아니라 감동을 받은 데이비드로 하여금 결혼한 뒤 아내와 합심해서 머물 곳이 필요한 직장 동료를 집으로 맞아들이게 했다.

젊은 엄마인 자나도 주는 기쁨을 아는 친구 덕분에 감동을 받은 이야기를 들려준다. 자나와 가족들이 휴가를 갈 때마다 이 친구는 자나의 집에 들러 우편물을 챙겨둔다. 자나와 가족들이 돌아오기 전날에는 자나의 집 선반에 필요한 물건을 채워둔다.

자나는 이렇게 말한다.

"세제 · 비누 · 우유 · 시리얼…… 집에 도착하고 사흘이 지나도 새로운 게 계속 나온다니까요! 친구에게 고맙다고 했더니 '내가 좋아서 하는 일이야. 나에게 활력을 주거든'이라고 말하더군요."

어떤 관계에서든 관대함을 부담스럽게 여길 필요는 없다. 사랑이 으레 그러하듯 때로는 희생을 해야 하지만, 거기에는 무엇과도 바꿀 수 없는 활력과 환희가 있다.

관대한 삶 가꾸기

작가 바바라 커티스(Barbara Curtis)의 어린 시절을 설명하는 단어는 이혼 · 가난 · 무관심이었다. 바바라는 어른이 돼서도 술을 많이 마시고 마약을 하며 두 딸을 돌보지 않았다. AA의 도움으로 알코올중독을 극복한 뒤, 바버라는 자신이 얼마나 부족한 엄마였는지 깨달았다.

바버라는 이렇게 말한다.

"아낌없는 사랑을 베푸는 부모 밑에서 자라지 않으면 관대함은 자연스럽게 생기지 않습니다. 그러니 관대함의 스위치를 찾아내서 켜야 합니다. 나는 처음 금주를 시작한 뒤, 모든 것을 다른 방식으로 해야 한다는 현실에 직면했습니다. 공원에 가서 자녀들을 데리고 나온 엄마들을 지켜보며 사랑이 넘치는 엄마가 어떤 모습인지 살펴보았습니다. 나에게는 그런 경험이 없었기 때문입니다."

이제 59세의 바버라 커티스는 관대한 사랑의 진리를 새로 배우고 있다고 말한다. 다운증후군이 있는 아들을 포함해 아홉 명의 자녀를 둔 바버라와 남편은 다운증후군이 있는 남자아이 세 명을 더 입양했다. 바버라는 겉으로 보이는 것만큼 대단한 일은 아니라고 말한다.

"아이들이 아주 어렸을 때는 침대에서 나와 또 다른 하루를 시작하고 싶지가 않았습니다. 더 이상 줄 것이 없다고 느꼈습니다. 하지만 그런 시간들은 내 사랑의 능력을 키워주었습니다. 이제는 집을 청소하거나 사춘기 자녀들을 위해 학교제도와 싸우는 대신, 앉아서 종일 글을 쓰거나 남편과 유람선을 타고 싶어요. 하지만 욕실 청소가 수천 명의 사람들을 위해 글을 쓰거나 수백 명의 청중 앞에서 강연하는 것만큼 중요하다고 생각합니다. 자녀 양육에 또는 다른 관계에 시간과 에너지를 쏟아도 고맙다는 인사를 받지 못할 수도 있지만, 중요한 것은 관대한 마음을 지니는 것입니다. 인정을 받든 못 받든 사랑에서 우러난 행동은 우리를 더욱 사랑이 넘치는 사람으로 성장시켜 줍니다. 아무것도 희생하지 않으면서 어떻게 변화를 일으킬 수 있겠어요?"

시간·돈·재산·능력에 대한 태도를 바꾸면 삶의 모든 부분에서 변화가 일어난다. 애나 퀸들른(Anna Quindlen)의 글처럼 "일이 당신의 전부라면, 당신은 직장에서 진정한 일인자가 될 수 없다." 일에 지나치게 집중하면 날마다 만나는 사람들의 가치를 망각하게 된다. 관대함은 우리가 사람들의 아름다움을 알아보도록 새로운 눈을 주며 그들에게 우리의 능력을 나눠주게 만든다.

"관대한 삶을 가꾸어라. 진달래가 황홀한 자홍빛으로 봄을 수놓는 광경을 지켜보라. 추운 밤 검은 하늘에 은빛으로 빛나는 보름달을 보라. 그리고 삶이 눈부시게 아름다우며 당신에게 그런 삶을 당연시할 권리는 없다는 사실을 인식하라. 삶의 친절함에 깊이 감사하며 그 마음을 사방으로 퍼뜨려라. (……) 누구나 성공을 원한다. 그러나 선행이 없는 삶에는 결코 만족스러운 성공이 없는 법이다."[16]

이렇게 하면 당신의 관계는 어떻게 달라질까?

- 재산을 언제든 나눌 수 있는 것으로 여긴다면?
- 수입의 10퍼센트를 다른 사람들에게 준다면?
- 날마다 시간을 내서 가까운 사람들에게 당신이 그들의 행복에 관심이 있다는 사실을 표현한다면?
- 능력을 창의적으로 활용해 다른 사람들을 돕는다면?
- 어떤 상황에서든 다른 사람들을 관대하게 대한다면?

삶에 적용하기

토론과 고찰을 위한 질문

1. 나누는 기쁨을 경험한 때는 언제였는가?
2. 지난 몇 년간 당신의 나누는 습관을 분석해 보라. 나눔에 관한 당신의 태도를 어떻게 설명할 수 있을까? 이기적인가? 일관성이 없는가? 미지근한가? 관대한가? 그런 자신의 태도에 얼마나 만족을 느끼는가?
3. 돈을 나눌 때 가장 큰 훼방꾼은 무엇인가? 시간을 나눌 때와 능력을 나눌 때의 훼방꾼은 무엇인가?

적용은 이렇게

1. 당신이 삶에서 받은 가장 큰 선물에는 어떤 것들이 있는지 적어보라. 교육·부모님·지식·직업 등이 있을 수 있다. '당신을 이루고 있는 모든 것과 당신이 가진 모든 것은 선물'이라는 사실을 받아들여야 나눔을 시작할 수 있다.
2. 가족이나 친구들 가운데 더 많은 시간을 함께 보내고 싶은 사람들이 있는가? 그렇게 할 수 있는 방법에는 무엇이 있을까?
3. 날마다 사람들에게 온전한 관심을 기울이기 위해 지금 당장 할 수 있는 일 한 가지는 무엇인가?
4. 현재 당신은 도움이 필요한 사람들을 위해 수입의 10퍼센트를 나누는가? 그것이 추구할 만한 가치가 있는 목표라고 생각하는가? 그렇다면, 혹은 그렇지 않다면 그 이유는 무엇인가?
5. 지난달에 돈을 기부했다면 목록을 작성해 보라. 다음달의 나눔 목록에 추가하고 싶은 사람이나 단체, 혹은 계획이 있는가?
6. 당신이 지닌 능력을 적어보라. 그동안 당신의 능력으로 사람들을 얼마나 도왔는가? 능력을 좀더 활용하기 위해 어떻게 하면 좋을까? 다른 사람들에게 사랑을 표현하기 위해 당신의 능력을 사용할 방법에는 무엇이 있을까?

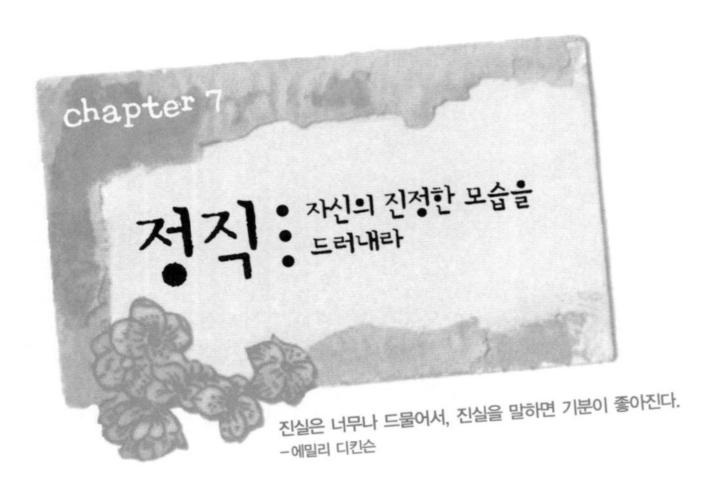

조이와 베카는 전화기 회사의 마케팅 부서에서 일을 시작하며 서로를 알게 되었다. 조이는 첫 직장에서 좋은 성과를 올리고 싶었기 때문에 회사에 최대한 좋은 인상을 남기려고 오랜 시간을 일했다. 베카 역시 상사를 기쁘게 하고 싶었지만 그녀에게 직업이란 결혼해서 가정을 꾸리기 전에 돈을 버는 수단일 뿐이었다.

두 젊은 여성은 점심시간에 즐겁게 수다를 떨었고 퇴근 후에는 함께 저녁을 먹기도 했다. 강도 높은 업무와 좁아터진 책상과 낮은 봉급에 괴로워하면서 둘은 더욱 가까워졌다.

그러던 어느 날 오후, 베카는 승진 제의가 들어왔다고 흥분한 목소리로 말했다. 새로운 직위는 더 나은 봉급과 제대로 된 사무실에 더 큰 권한을 줄 것이었다. 베카는 승승장구하고 있었다. 조이는 축하해 주려고 했지만 밝은 목소리를 내기가 힘들었다.

'베카는 회사를 계속 다닐 마음도 없는데 승진이 무슨 소용이야?'

그 후 몇 달간 조이는 매번 핑계를 대며 베카와의 만남을 피했다. 베카는 더 이상 "배가 고파서 손톱이라도 뜯어 먹고 싶은 심정이야. 점심 먹으러 갈까?"라는 쪽지를 보내지 않았다. 조이는 베카의 새 사무실에 화분을 선물했지만 베카를 찾아가 대화를 나누지는 않았다. 곧 둘은 복도에서도 서로를 피하게 되었다.

어느 날 오후, 직장 동료가 무심코 "너, 베카랑 친구 아니었어?"라고 물었다. 그 말은 하루 종일 조이를 따라다녔다. 조이는 자존심 때문에 진짜 괴로운 이유를 베카에게 털어놓지 못했고 결국 소중한 친구를 잃었다는 사실을 깨달았다. 조이는 차를 몰아 베카의 집으로 향했다.

조이는 문가에 서서 말했다.

"사실 샘이 났었어. 난 그 자리를 원했지만 너는 별 생각이 없어 보였거든. 지금도 넌 그 자리에 관심이 없잖아. 하지만 그런 식으로 행동해서 미안해."

베카는 조이에게 들어오라고 했고 두 사람은 서로의 상처를 정직하게 털어놓았다. 대화를 마칠 때쯤 둘 다 벌거벗은 기분이 들었지만 둘의 관계에는 변화가 일어났다. 그 후 몇 주 동안 두 사람은 서서히 우정을 회복했고, 화를 쌓아두지 말고 서로 솔직히 말하기로 결심했다. 드디어 자신의 감정을 솔직히 인정했기 때문에 조이는 베카의 승진을 축하해 줄 수 있었고, 베카는 조이를 믿어도 된다는 사실을 알았기 때문에 자신의 불안과 두려움을 거리낌 없이 털어놓았다.

상담을 해오는 동안 나는 정직함이나 부정직함이 관계에 어떤 영향을 미치는 지 보아왔다. 사소한 기호의 차이든 상한 감정이든, 혹은 혼외정사처럼 심각한 문제든 정직해야 할 순간에 정직하지 못하면 진정한 사랑을 키울 수 없다.

물론 상대방에게 정직을 강요할 수는 없다. 그러나 사랑을 잘하는 사람들은 진실을 말하고 정직하게 살며 마음껏 사랑한다. 그렇게 함으로써 다른 사람에게도 자신을 사랑할 여지를 만들어준다. 정직이 없으면 사랑의 다른 특성들은 불완전한 상태로 남는다.

사랑의 특성

이 책을 쓰는 동안 나는 수많은 사람들에게 사랑을 잘한다고 여겨지는 사람의 이름을 말해달라고 했다. 그리고 "그렇게 생각하는 까닭은 무엇입니까? 왜 그 사람이 사랑을 잘하는 사람이라는 결론을 내렸습니까?"라는 질문을 덧붙였다. 대부분의 대답은 이 책에서 우리가 이미 살펴본 사랑의 특성과 일치했다. 사랑을 잘하는 사람은 친절하고 인내하고 용서할 줄 알고 겸손하고 호의적이며 관대하게 나누는 사람이라고 했다. 다른 사람이 듣고 싶어하지 않더라도 진실을 말하기 때문에 사랑을 잘하는 사람이라고 생각한다는 응답자도 상당히 많았다. 그냥 알고 지내는 사람은 당신이 듣고 싶은 말만 하겠지만, 진정한 친

자기점검: 나는 진실한 사람인가?

이번 장에서 살펴볼 내용 하나는 사람들이 거짓말의 범위에 대해 저마다 다른 견해를 보인다는 사실이다. 그런 다양한 견해 가운데 당신이 어디에 속하는지 알아보려면 다음 질문에 0부터 5 사이의 숫자로 답하라. 0은 '절대 그렇지 않다'이고 5는 '거의 그렇다'이다.

1. 나 자신이나 다른 사람들을 보호하기 위해서 작은 거짓말 정도는 해도 괜찮다.

2. 다른 사람들이 보기에 내가 내 말을 믿는다고 여긴다면, 내가 정말 내 말을 믿느냐 아니냐는 중요하지 않다.

3. 누구나 회사 규칙을 남용한다는 사실을 상사가 알고 있다면, 나 역시 규칙을 남용해도 괜찮다.

4. 내가 안전하다는 보장이 없으면 내 신념을 꿋꿋이 지키기가 어렵다.

5. 내가 누군가에게 진실을 말한 탓에 그 사람의 마음이 상한다면 그것은 그 사람의 문제다.

대답으로 나온 숫자를 합산하라. 점수가 5점 이하라면 당신은 분명히 사랑이 넘치는 마음으로 진실을 말하려는 마음이 있다. 점수가 그보다 높다면, 이번 장은 당신이 진실의 중요성을 재고하도록 자극해 줄 것이다. 그리고 사랑을 잘하는 사람이 되는 데 정직이 얼마나 중요한 역할을 하는지 깨닫고 놀랄 것이다.

구라면 당신이 들어야 할 말을 해줄 것이다.

마크는 자신이 낙담할 때마다 아내가 정직한 대답을 해준다고 말했다.

"아내는 내 말에 귀를 기울인 다음 그 상황에 대한 자신의 의견을 말해줍니다. 내가 잘못했고 사과를 해야 한다는 의견일 때도 말입니다. 그러나 무척 애정 어린 방식으로 진실을 말하기 때문에 아내가 나를 진심으로 돕고 싶어한다는 사실을 알 수 있습니다."

앤은 친구 앤지에 대해 이렇게 말했다.

"앤지는 늘 다른 사람들을 먼저 생각해 주고 모든 사람들이 스스로를 소중한 존재로 느끼도록 해줍니다. 제가 처음 회사에 갔을 때 앤지는 제 자리까지 찾아와서 아침 인사나 퇴근 인사를 하곤 했어요. 나중에 우리 둘이 더 친해지자 앤지는 정말 상냥한 말투로 머리모양을 바꿔보는 게 어떻겠느냐고 하더군요. 제 머리가 정말 답답해 보인다고 말하지 않고, 조금 바꾸면 정말 멋있어질 거라고요. 앤지는 어떤 경우에든 상대방의 잠재력을 봐요."

상대방을 존중하며 상냥하게 의견을 제시하는 앤지의 모습에서 우리는 중요한 점을 배울 수 있다.

정직을 찾아서

나는 "사랑을 잘하는 사람의 특징은 무엇입니까?"라는 질문도 했다. 내가 들은 대답은 다음과 같다.

- "사랑을 잘하는 사람은 언제나 정직하고 재치 있게 진실을 말합니다."
- "사랑을 잘하는 사람은 진실하지만 상대방을 판단하지 않습니다."
- "사랑을 잘하는 사람은 다른 사람이 힘든 결정을 내릴 때 선뜻 도와주고, 상처를 받으면 위로해 주며, 가난해져도 사랑하고, 큰일이든 작은 일이든 성취하면 축하해 줍니다. 또한 상대방이 변해야 하는 부분이 있다면 정직하게 말해줍니다."
- "사랑을 잘하는 사람은 상대방이 더 좋은 사람이 되도록 돕기 위해서

라면 조언과 지적을 아끼지 않습니다."

남녀노소에 상관없이, 사랑에 관한 다양한 질문에서 정직과 관련된 대답이 많이 나왔다. 정직이란 말 · 생각 · 행동에서 애정 어린 일관성을 보이는 것이다. 누구나 말과 행동이 일치하고 사랑을 잘하려는 열망을 보이는 사람과 만나고 싶어한다.

듣고 싶은 말

텔레비전 프로그램의 진행자로 사랑을 받았던 프레드 로저스(Fred Rogers)는 어린이를 위한 아름다운 노래를 많이 만들었다. '듣고 싶어요'라는 노래에서 그는 부모님이 떠날 때, 새로운 일이나 힘든 일이 생길 때, '얼마나 아픈지' 듣고 싶은 모든 아이들의 바람을 표현한다. 얼마나 아픈지 미리 알고 있으면 정말 그런 일이 생겼을 때 '부모님을 더욱 믿게' 될 것이기 때문이다.

우리는 진실을 듣고 싶은 소망에서 벗어날 수 없다. 어느 작가는 어린 시절 어느 날 아침에 일어났더니 그날 유치원에 가는 게 아니라 병원에 가서 눈 수술을 받아야 한다는 말을 들었다고 한다. 짐도 이미 꾸려진 상태였다. 그녀는 부모님이 그 사실을 숨겨왔다는 점을 알 만한 나이였다. 수술을 받은 기억보다 배신당한 기억이 더 고통스러웠다.

최근 심장 수술을 받은 소년의 이야기와 비교해 보자. 그 소년은 할아버지에게 수술하면 아픈지 물었다. 할아버지는 솔직하게 대답했다.

"그래, 잠시 동안은 아프단다. 하지만 날마다 고통이 조금씩 줄어들 거고, 곧 몸이 나아 더 튼튼해질 거야."

부정직함은 친구·부부·가족·직장 동료의 사이를 가로막는 벽과 같다. 사랑을 잘하는 사람이 되려면 정직하게 말하고 행동해야 한다. 그때 비로소 우리는 다른 사람들의 진정한 모습을 얼마든지 사랑할 수 있다.

사랑으로 진실을 말하기

우리는 '진실'을 말하되 '사랑'으로 말해야 한다. 사랑으로 진실을 말한다는 것은 사랑의 7가지 특성에 따라 말한다는 뜻이다.

- 친절. 앨런과 루시는 일요일 저녁마다 그 지역 대학생들과 즐겁게 저녁을 먹었다. 둘은 학년을 불문하고 학생들과 친해졌고 함께 즐거운 시간을 보냈으며, 학생들은 두 사람을 학교에 있는 대리 부모로 여기게 됐다. 그러나 2학년인 토머스는 좋아하기 힘든 학생이었다. 토머스는 두 사람의 집에 처음 발을 들여놓은 이후로 자기 자신에 대한 얘기를 쉬지 않았다. 토머스가 늘 멋대로 떠들어대는 바람에 다른 사람들은 말을 꺼낼 수조차 없었다. 토머스는 다른 사람들이 대화 주제를 바꾸면 질문을 하거나 귀를 기울이는 법이 없었다.

  어느 날 저녁, 앨런은 토머스에게 산책을 하자고 했다. 함께 동네를 걸으면서 앨런이 "토머스, 사람들이 너를 왜 좋아하지 않는지 알고 싶니?"라고 물었다. 토머스는 놀랍게도 "네, 알고 싶어요. 아무도 저에게 말해주지 않겠지만요"라고 대답했다. 앨런은 경청하는 습관과 사교성을 계발할 수 있는 방법을 귀띔해 주었다.

  토머스는 누군가가 친절한 방식으로 정직한 대답을 들려주기를 간절히 바라고 있었고, 앨런은 토머스를 꾸짖고 싶어서가 아니라 사랑했기 때문에 진실을 말했다.

- 인내. 진실을 말하는 방법은 두 가지다. 총알 아니면 씨앗. 진실을 총알로 사용하면 관계를 죽이게 된다. 진실을 씨앗으로 삼아 심으면 뿌리를 내리고 자랄 것이며 그 씨앗이 심긴 사람의 마음에 영향을 미친다. 사랑을 하려면 씨앗을 심을 때처럼 인내가 필요하다. 특히 부부 관계를 포함한 특정한 관계에서 정직이란 상대방이 내 마음을 알아줬으면 좋겠다고 바라면서도 우리의 마음을 직접 말해주는 것이다. 정직한 사람은 상대방이 내 마음을 알아주지 못한다는 사실을 참고 견딘다. 알아주기를 바라는 당신의 갈망보다 상대방과의 관계를 소중히 여기고, 분노가 생기지 않도록 진실을 말하라.
- 용서. 진실을 말하는 목적은 비난하기 위해서가 아니라 회복하기 위해서다. 때로 정직은 사랑하는 사람이 저지른 잘못을 지적하게 만든다. 상대방을 용서하고 관계를 회복시키고 싶은 갈망으로 대화를 시작하라.
- 호의. 줄을 서 있는데 앞 사람이 25달러짜리 지폐를 떨어뜨리고도 알지 못한다면, 그 돈을 줍고는 모른 체하고 싶은 유혹이 생긴다. 그 사람이 가까운 친구라면 그렇게 하지는 않을 것이다. 호의적인 마음으로 정직하게 행동한다는 것은 상대방을 친구처럼 대하는 것이다. 이렇게 할 기회는 날마다 찾아온다. 사랑하는 사람과 맞설 때든지 연례보고를 하는 직원과 만날 때든지 보험가입서를 작성할 때든지 마찬가지다. 우리와 만나는 사람이 친구든 원수든 낯선 사람이든, 진정한 사랑은 우리에게 정직하라고 요구한다. 그것이 호의적인 행동이기 때문이다.

- 겸손. 대니얼이라는 남성이 나에게 말했다.

“지금까지 가장 힘들었던 일은 제 동생이 바람을 피운다는 사실을 알고 동생을 타이를 때였습니다. 저는 이렇게 말을 꺼냈습니다. ‘네 입장을 충분히 이해하기 때문에 이 말을 하기가 참 힘들다. 나에게 이런 일이 일어난다면 너 역시 이렇게 해주면 좋겠어. 나는 너를 무척 사랑하기 때문에 아무 말 없이 넘어갈 수가 없다.’ 그런 다음 제가 아는 사실을 말하고 상담가를 만나보라고 강력히 권했습니다. 제 동생은 그렇게 했고 곧 아내와의 관계를 회복했습니다. 사랑하는 마음으로 동생과 대면할 용기를 낼 수 있어서 정말 다행이었죠.”

대니얼이 우월감을 갖고 동생을 대했다면 동생은 귀를 기울이지 않았을 것이다. 오히려 대니얼은 겸손하게 자신도 비슷한 과오를 저지를 수 있다는 사실을 인정했다. 동생의 입장에서, 사랑과 겸손을 담아 말했다.

- 관대함. 남편이 십대 딸을 대하는 모습을 보고 솔직한 의견을 말하고 싶은 아내라면, 날카롭게 말하거나 다른 일을 하는 중에 말할 수도 있다. 그러나 정직이란 상대방에게 온전히 집중하며 부드럽게 존중하는 말로 진실을 말하는 것이다.

어떤 모습이 정직일까?

정직과 관련해 《리더스 다이제스트》가 시행한 설문조사에 따르면, 응답자의 71퍼센트가 친구나 가족의 마음을 상하게 하지 않으려고 상대방의 외모에 대해 거짓말을 했다. 또 응답자의 50퍼센트는 물건의 제값보다 적게 돈을 내거나 거스름돈을 너무 많이 받았을 때 모른 체하고 그냥 가졌고, 28퍼센트는 불륜에 빠진 사실을 숨기려고 배우자나 애인에게 거짓말을 했다.[1]

이 통계에 따르면 대다수 사람들은 때로 진실보다 거짓말이 더 낫다고 여기는 것이 분명하다. 스스로 인식조차 못한 상태로 그런 행동을 할 수도 있다. 본성적으로 우리는 다른 사람들에게는 진실을 요구하고 자기 자신에게는 진실을 곡해한다. 그래서 부모들은 자녀들에게 거짓말을 굳이 가르칠 필요가 없다. 거짓 자기는 개인적인 이익을 얻을 수 있으면 거짓말을 하는 경향이 있다.

《리더스 다이제스트》의 설문조사는 또한 남성과 여성이 거짓말을 하는 비율은 비슷하지만 각각 다른 방면에서 거짓말을 하는 경향이 있음을 보여준다. 남성의 거짓말은 주로 사무실 물건을 가져가거나 납세 신고서를 날조하는 등 비개인적인 문제에서 나타난다. 그러나 여성은 갈등을 피하기 위해서나 (예를 들어 물건 값 때문에 남편이나 남자친구에게 거짓말을 한다든지) 다른 사람의 감정을 해치지 않으려고 ("아니야, 전혀 뚱뚱해 보이지 않아!"라는 식으로) 거짓말을 하는 경향이 있다.[2]

과연 거짓말은 해도 괜찮은 것일까? 다른 사람을 보호하려고 하는 거짓말은 어떤가? 의식하든 그렇지 않든, 사실 우리는 날마다 이런 질문을 한다.

'사실이 아니더라도 아내에게 그 옷을 입으니 예쁘다고 말해주는 편이 좋을까? 아빠 몸에 암이 퍼졌다는 사실을 아빠에게 알려야 하나? 정말 아무 일도 없었는데 출장 갔다가 어떤 남자와 우연히 키스했다는 사실을 남편에게 꼭 말해야 할까?'

이런 질문을 해결해 줄 가장 좋은 기준은 스스로에게 이렇게 묻는 것이다.

'지금 내 말과 행동은 사랑의 모든 특성을 아우르고 있나? 이 상황에서 진실을 말하는 것이 친절·인내·용서·호의·겸손·관대함을 나타내는 방법인가?'

습관으로 만들기: 어떻게 말해야 할지 모르겠다면, 스스로에게 이렇게 질문하라. '내가 하려는 말에서 사랑의 모든 특성이 나타나는가?'

이런 질문은 진실을 말하는 행동이 '아닌 것'을 분별하도록 도와준다. 진실을 말하려면 다음과 같은 점에 유의하라.

- 아는 대로 모두 말하지 마라. 진실을 말한다는 것은 우리 자신이나 다른 사람에 대해 완전히 투명해야 한다는 뜻은 아니다. 아는 것을 모두 말하면 사랑이 없었던 과거의 습관을 버리고 이제는 올바르고 건설적인 시민으로 사는 많은 선한 남녀의 명성을 해칠 우려가 있다. 사랑을 잘하는 사람들은 다른 사람의 명성에 해가 되는 말은 하지 않는다.
- 모든 감정을 말로 표현하지 마라. 우리는 감정적인 동물이며, 우리의 감정은 기복이 심하다. 다른 사람이 거친 말을 하면 부정적인 감정이 생기고 친절한 말을 들으면 긍정적인 감정이 생긴다. 날마다 부정적인 감정을 모두 표현하는 행동은 불필요할 뿐 아니라 파괴적이다. 부정적인 감정이 생기면 관계에 관심을 기울여야 한다는 신호로 인식하고 말과 행동을 긍정적으로 바꾸라. 그러면 상대방의 태도도 우호적

인 태도로 바뀔 것이다.

- 애정 없는 행동을 하고 변명을 늘어놓지 마라. 정직이라는 가면을 쓰고 감정대로 표현한다면 상대방의 마음에 또 다른 부정적인 감정을 부채질하는 셈이다.
- 이기적인 목적으로 비밀을 말하지 마라. 개인적인 이득을 위해서 경쟁사에 사업상의 비밀을 말하거나 상사에게 잘 보이려고 동료의 신의를 저버리면서 정직하게 말해야 한다는 핑계를 대지 마라.
- 죄 없는 사람을 궁지로 몰아넣지 마라. 제2차 세계대전 당시 자신의 집에 유대인을 숨겨준 사람들이 있다. 네덜란드의 작은 도시 뉴란트는 1942년과 1943년에 모든 가정에서 유대인을 한 사람이나 한 가족씩 유숙시키자고 만장일치로 결정했다. 동네 사람들이 서로는 물론이고 피난민들을 보호한 덕분에 수십 명이 목숨을 구했다. 진실한 사람들은 정의에 반하는 행동이라면 알고 있는 것을 모두 말하지는 않는다.

우리에게는 진실을 왜곡하려는 경향이 있는 것이 사실이지만, 우리 내면의 무언가는 진실을 말하는 사람이 되고 싶어한다. 다섯 살짜리 사내아이가 전화를 받고는 엄마가 없다고 말했던 일이 생각난다. 그 아이는 잠깐 말이 없다가 이렇게 말했다.

"사실 엄마는 '있어요'. 하지만 욕실에 있어요."

우리는 거짓을 말하는 사람을 존경하지 않으며, 같은 의미에서 정직하게 말하는 사람을 존경한다. 지금 우리의 행동이 어떻든지 우리 안에 있는 무언가는 거짓은 파괴적이며 사랑은 건설적이라는 사실을 알고 있다.

껍데기를 벗고

진심 어린 말을 하면 정직해진다. 진심 어린 행동을 하면 믿음직한 사람이 된다. 결국 말과 행동에서 진실한 사람이 되어야 한다. 우리는 정치인의 말이 행동과 일치하는지 살펴본다. 적어도 그 사람은 믿어도 된다고 생각하면 수많은 결점이 있어도 눈을 감아준다.

진짜 정직은 자기만 아는 것으로 끝나지 않는다. 진실하게 살려면 다음과 같이 행동하라.

- 약점을 솔직히 인정하라. 칼은 작은 운동기구 제조업체의 사장으로 취임한 뒤 회사가 어려운 상황에 처했다는 사실을 깨달았다. 이전 사장은 재정적인 논란이 끝없이 이어지는 가운데 결국 회사를 떠났고 직원들은 냉소적으로 변했으며 회사 내 모든 부서는 환멸에 젖은 상태였다. 이사회가 칼을 고용한 까닭은 칼이 이 분야에서는 일한 적이 없지만 회사를 회생시킨 경력이 있기 때문이었다. 또한 칼은 진실한 사람으로 정평이 나 있었다. 그러나 칼은 첫 번째 임원회의 때 조심스러워하는 직원들과 악수를 나누며 신뢰가 회복될 때까지는 시간이 걸릴 것임을 감지했다.

  칼은 임원들에게 말했다.

  "우선은 각 부서에서 하루씩 보내고 싶습니다. 여러분 모두에게서 배울 점이 많을 테니까요."

  칼은 이렇게 사장으로 취임하고 처음 일주일 동안 영업부·생산부·마케팅부·법무팀·계발부에 있으면서 회사가 어떻게 돌아가는지, 제품의 강점과 약점은 무엇인지 질문했다. 중간관리자에게 자신의 약점을 선뜻 인정하기도 했다.

"저는 이런 종류의 계약서에는 익숙하지 않습니다. 문단별로 살펴봐도 될까요?"

칼이 믿음직한 사람이라는 사실을 직원들이 알게 되기까지는 오랜 시간이 걸리지 않았다. 회사 사정을 파악하고 난 칼은 자신의 리더십을 손상시키지도 않았고 권위를 유지하기 위해 변명하지도 않았다. 그저 가장 좋은 사장이 될 때까지 배워야 할 점이 많다는 사실을 인정했을 뿐이다.

정직이란 남들에게 보이고 싶은 모습이 아니라 실제의 모습대로 사는 것이다. 실제보다 더 똑똑하고 용감하고 강하고 경험이 많은 체하고 살면 에너지만 많이 소모될 뿐이다.

- 진실의 중요성을 인정하라. 진실한 사람은 자신의 행동이 언제나 다른 사람들에게 영향을 미친다는 사실을 인식한다. 내 상담실에서 자신의 거짓된 행동이 아이의 성격에 부정적인 영향을 미쳤다는 사실을 알고 눈물을 흘린 부모를 얼마나 많이 지켜봤는지 모른다. 우리는 자녀의 행동을 결정할 수는 없지만 그들의 행동에 엄청난 영향을 미친다.

이와는 대조적으로, 진실한 사람은 보고 배워야 할 본보기가 된다. 어느 청년이 아버지의 장례식을 마치고 나를 찾아와 이렇게 말했다.

"아버지의 삶을 돌아보며 아버지가 진실한 분이었다는 사실을 깨달았습니다. 저는 그렇지 못합니다. 35년 동안 제 삶을 엉망으로 만들어버렸어요. 혁명적인 변화가 필요해서 이렇게 도움을 청하러 왔습니다."

진실한 사람은 죽은 뒤에도 다른 사람들에게 영향을 미친다.

• 행동 · 말 · 말투 · 속뜻에서 일관성을 보이라. 소아과 의사 다이앤 콤프는 몇 년 전 열두 살 소녀 코리에게서 그림을 받은 경험을 썼다. 코리는 뼈에 생긴 암으로 수술을 기다리고 있었는데, 콤프에게 자신이 그린 그림을 전해달라고 부모님에게 부탁했다. 코리는 콤프가 그 그림을 처음 볼 때 자신은 마취 상태로 수술실에 누워 있으리라는 점을 염려했다. 코리는 부모님께 이렇게 말했다.

"콤프 선생님이 포장을 뜯으면 선생님의 눈을 보세요. 입으로는 마음에 든다고 할지도 모르지만, 선생님의 진심이 뭔지 알고 싶어요."

코리의 이야기를 들은 콤프는 걱정스러웠다.

"코리는 의사들이 유독 진심을 말하지 않는다고 생각하는 걸까, 아니면 대부분의 어른들을 믿지 못하는 걸까? 상대방이 진실을 말할 때 대부분의 사람들은 입술과 눈이 같은 것을 말하리라고 기대한다. (……) 입술로는 '아니야, 아니야'라고 말하고 눈으로는 '맞아, 맞아'라고 말하며 진실을 이야기할 수는 없다."[3]

• 진실을 위해 위험을 감수하라. 린은 아버지의 행동이 달라졌음을 쉽게 눈치 챘다. 아버지는 다음에 뭘 할지 한 번 이상 물었고 중요한 약속을 잊어버리기도 했다. 차를 몰고 출근했다가 버스를 타고 퇴근한 적도 있었다. 린은 어쩌면 좋을지 갈피를 잡을 수가 없었다. 아버지는 언제나 세심한 부분까지 주의를 기울이는 분이었고, 자신의 직업과 인간관계에 큰 자부심을 느끼고 있었다. 그런 아버지에게 린은 진실을 말할 수가 없었다.

아버지가 이상한 행동을 한 지 몇 달이 지나자, 린은 아버지가 잊어버린 것에 대해서 아버지에게까지 거짓말을 한 자신의 행동이 부정직하다고 느꼈다. 어느 주말 저녁, 린은 아버지와 함께 앉아 최근 몇 달 동안 지켜본 모습에 대해 조금 이야기했다. 아버지는 안경을 벗고 피로한 눈을 비비며 말했다.

"린, 말해줘서 고맙다. 요새 몸이 예전 같지 않다는 느낌이 들었는데, 다들 모르는 것 같았거든."

린이 위험을 감수하고 정직하게 말했기 때문에 아버지는 검사를 받았고 알츠하이머 초기 단계라는 판정을 받았다. 린이 현실을 직면한 덕분에 아버지는 조기 치료를 받고 건강이 쇠약해지기 전까지 가족들과 더 많은 시간을 보낼 수 있었다.

당신은 힘든 진실을 인정하기 어려워하는 사람일 수 있다. 그러나 그런 기질은 당신을 그 말을 해야 하는 가장 적절한 사람으로 만들어줄 것이다. 진실한 사람은 배우자가 마약을 한다는 사실을 드러내거나 친구가 결혼생활에서 학대받는 것 같다고 말할 때 결코 기뻐하지 않는다. 사랑이 있기 때문이다. 진실함이란 필요하다면 위험을 무릅쓰고 상대방에게 사실을 말함으로써 그 사람을 사랑하는 것이다.

- 약속을 지키라. 아이에게 아이스크림을 사주기로 약속했는데 그 약속을 잊었다면 "지금은 너무 늦었다. 어서 잠자리로 가"라며 빠져나가지 마라. 아이를 평소보다 늦게 잠자리로 보내더라도 늦게까지 여는 아이스크림 가게를 찾아서 약속을 지키라. 직원에게 승진을 약속했거나 배우자와 생일에 함께 저녁을 먹기로 약속했다면 반드시 지키라. 약속을 어기는 단 한 번의 행동에도 상대방은 당신의 진실성을 의심한다.

직장에서 정직하기

우리는 모두 직장에서 정직함을 보기가 드물다는 사실에 익숙하다. 우리는 모두 각자의 일터에서 부정을 경험한 적이 있을 것이다. 동료가 지출비용을 속였든지 부하 직원이 아직 시작도 하지 않은 일을 마쳤다고 보고했든지, 상사가 손익보고서의 숫자를 날조했든지, 멋들어진 광고 전단에 지킬 수 없는 약속을 실었다든지.

실제로 앞서 언급한《리더스 다이제스트》설문조사를 통해 직장에서 거짓말이 난무한다는 사실이 드러났다. 동료에게 거짓말을 하는 것보다는 회사를 속이는 경우가 훨씬 많았다. 응답자의 13퍼센트만이 자신의 잘못을 동료에게 떠넘긴다고 인정한 반면, 63퍼센트는 몸에 이상이 없는데도 아픈 척하고 결근을 했다고 답했다. 또한 91퍼센트의 남성과 61퍼센트의 여성이 사무용품을 훔쳤다고 인정했다.[4] 재미있게도 다른 조사들에서는 대부분의 사람들이 동료와 상사를 볼 때 가장 중요시하는 면이 정직이라는 결과가 나왔다.

직장에서 거짓말을 해도 관계에는 지장이 없을 거라고 생각할 수도 있지만, 사랑의 7가지 특성에 맞지 않는 모든 행동은 가까운 사람들에게 해를 끼칠 가능성이 있다. 우리가 보고서를 마치리라는 사실을 동료가 믿어주지 않는다면, 개인적인 약속을 했을 때 과연 믿어주겠는가?

작은 거짓말, 큰 폐해

내가 알았던 어느 직장 여성은 편의를 위해, 즉 대화를 끝내고 싶을 때나 미처 회의 준비를 하지 못했을 때 작은 거짓말을 자주 했다. 그녀는 늦게 출발했다고 사실대로 말하지 않고 점심 약속 시간을 다르게 전달받았다고 했고, 참여하기 싫은 회의가 있을 때는 비서를 시켜 그 시간에 '급한 용무로' 전화가 왔다고 둘러댔다. 그녀와 함께 일하는 사람들은 이런 거짓말을 당연히 여기게 되었다. 그녀가 급한 용무로 '진짜' 통화 중일 때조차 다들 사실이 아닐 거라고 짐작할 지경에 이른 것이다. 다른 면에서 그녀는 싹싹했고 평판도 좋았다. 다만 거짓말이 몸에 밴 것뿐이었다.

어느 날 그녀의 사춘기 딸은 전화를 받기 싫어 엄마에게 자기가 나갔다고 말해달라고 부탁했다.

"저는 그애에게 '친구한테 그런 거짓말을 하면 못써! 지금 통화를 해. 안 그러면 네가 그 친구랑 말하고 싶어하지 않는다고 얘기할 거야' 라고 말했죠."

딸이 왜 친구에게 거짓말을 하려고 했는지 분명히 알 수 있었다. 그런 상황에서 거짓말을 해도 된다는 사실을 엄마에게서 배운 것이다. 그러나 그녀는 고개를 흔들며 웃음을 터뜨렸다. 그때 나는 이 여성이 사소한 거짓말을 하는 데 너무 익숙해진 나머지 자신의 행동을 인지하지 못한다는 사실을 깨달았다. 그녀는 다른 사람들의 부정직함은 볼 수 있었지만 자신을 보호하려는 열망이 너무 강해서 자신의 부정직함은 깨닫지 못했던 것이다. 부하직원들은 그녀와 즐겁게 지냈지만 그녀가 자신들의 봉급에 관해 최선의 결정을 내리리라고는 믿지 않았다. 상사들은 그녀를 존중했지만 더 큰 계약건을 맡길 의사는 없었다. 그리고 어떤 동료도 그녀에게 개인적인 문제를 털어놓지 않았다.

아무리 작은 거짓말도 관계를 파괴한다. 거짓말 속으로 숨을 때마다, 관계를 맺고 싶었던 사람과 우리 자신 사이에는 거리가 생기게 마련이다.

습관으로 만들기: 직장에서든 친구와 가족에게든 작은 거짓말도 하지 않는 습관을 익히라.

습관의 힘

데릭은 약혼녀 켈리 앞에서 포르노 영화를 보는 것을 두고 농담을 했다가 켈리의 실망한 얼굴에 깜짝 놀랐다. 그날 켈리는 자신이 신경 쓰고 있다는 사실과 결혼하려면 포르노를 끊어야 한다는 뜻을 분명히 밝혔다. 데릭은 그렇게 하기로 약속했다. 진심이었다. 그러나 결혼 후 몇 달이 지나 데릭은 인터넷에서 포르노 사이트를 몇 군데 발견했다. 처음에는 켈리가 없는 틈을 타 이따금씩 슬쩍 봤지만 곧 켈리가 장시간 외출할 때를 알아두면서 미리 인터넷에 접속할 계획을 세웠다. 데릭은 자신도 모르는 새 포르노에 중독되었다.

어느 날 밤 데릭은 포르노에 빠진 나머지 아내가 돌아온 소리를 듣지 못했다. 그의 귀에 처음 들려온 소리는 서재 문간에서 아내가 우는 소리였다. 둘은 밤늦도록 다퉜고 드디어 데릭은 포르노를 끊겠다고 다시 한 번 약속했다. 그러나 데릭은 오랫동안 포르노를 끊을 수 없었다. 아니 그러지 않았다. 그는 이제 능숙하게 자신의 행동을 숨겼고 수시로 거짓말을 했다. 켈리는 데릭을 의심했지만 그는 포르노를 본다는 사실을 부인했다. 그 거짓말은 포르노중독에 못지않게 켈리에게 큰 상처를 주었다. 부부는 이혼까지 고려하게 되었다. 몇 달 동안 상담을 받은 뒤 데릭은 자신의 문제를 인정했고 포르노에서 벗어나는 데 진척을 보이기 시작했다. 그러나 켈리의 신뢰를 회복하기까지는 몇 년이 더 걸렸다.

거짓말은 습관이 되기 쉽다. 거짓말을 한 번 할 때마다 그것을 숨기려고 다른 거짓말을 해야 한다. 나는 거짓말에 푹 빠진 나머지 자신의 거짓말을 진짜로 믿는 지경까지 이른 사람들을 상담해 왔다. 그들이 계속 그런 거짓 자기로 살아간다면, 영원히 가짜 삶을 살 수밖에 없을 것이다.

거짓말하는 습관의 위험 가운데 하나는 우리가 신뢰를 잃을수록 우리 역시 다른 사람을 신뢰할 수 없게 된다는 점이다. 결국 거짓말하는 습관은 우리가 처음에 생각했던 것보다 더 많은 면에서 관계를 손상시킨다.

좋은 소식이 있다. 진실을 말하는 일 역시 습관이라는 사실이다. 일상생활에서 의식적으로 정직을 계발하면 우리 입에서 흘러나오는 부정직한 말이 점차 눈에 띌 것이다. 그리고 우리는 거짓말이 관계를 얼마나 손상시키는지 보면서 거짓말을 싫어하게 될 것이다. 진실을 말할수록 기분이 좋아진다. 진실해지면 훨씬 자유로워진다. 모든 사람에게 똑같은 말을 하게 되므로 거짓말을 할 때처럼 '가장 최근에 만난 사람에게 내가 뭐라고 말했더라?'라는 고민은 할 필요가 없어진다.

정직한 사람 되기

정직한 사람이 되는 첫 번째 단계는 자신의 과오를 인정하는 것이다.

상사가 "회의실 예약을 잊은 사람이 누구야?"라고 물을 때 진실을 말하는 사람은 자기 잘못일 경우 "접니다"라고 말한다. 룸메이트가 생활비 입출 내역이 안 맞는다며 곤란한 질문을 할 때, 정직한 사람은 진실을 말한다. 서로 멀어진 많은 부부나 친구들의 경우, 좀더 빨리 진실을 말했더라면 그런 상황을 피할 수 있었을 것이다.

나는 상담실에서 종종 이런 질문을 받는다.

"어떻게 하면 다시 그 사람의 신뢰를 얻을 수 있을까요? 저는 너무 오랫동안 그 사람을 속여왔어요. 이제는 진실이 드러났고 그 사람도 용서해 준대요. 하지만 다시 신뢰를 얻으려면 어떻게 해야 좋을지 모르겠어요."

신뢰를 회복하는 길은 하나뿐이다. 앞으로 믿음직한 사람이 되는 것이다. 노력하면 결국은 신뢰가 되살아날 것이다.

이런 이유로 나는 결혼생활에 불성실했던 사람에게 조언할 때, 배우자에게 컴퓨터와 휴대전화와 금전 기록을 보여주라고 말한다. 그러면 이런 뜻을 전할 수 있다.

"지금부터는 그 무엇도 속이지 않겠습니다. 나는 진실을 말하는 사람입니다. 원한다면 내 삶을 샅샅이 훑어봐도 좋습니다."

정직의 훼방꾼: 자기 방어

누군가 당신의 얼굴에 야구방망이를 휘두른다면, 당신은 본능적으로 팔로 얼굴을 가리며 고개를 돌릴 것이다. 마찬가지로 누군가 당신이 시험에서 부정행위를 했다거나 데이트를 잊어버렸다며 비난한다면, 당신은 본능적으로 거짓말을 하며 그런 짓을 하지 않았다거나 당신의 잘못이 아니라고 말할 것이다. 누구나 자기 자신을 보호하려는 본능이 있다. 거짓말을 하면서까지 말이다. 우리는 진정한 자신의 모습이 아니라 남들에게 보이고 싶은 모습을 유지하고 있다.
정직한 사람이 되려는 결심은 우리가 내릴 수 있는 가장 자유로운 결정이다. 정직한 습관을 기르면 무엇보다도 진정한 자신의 모습으로 살 수 있으며, 다른 사람들의 시선 때문이 아니라 스스로 진실한 행동을 하고 싶어진다.

진실의 편에 서서

정직하게 산다는 것은 다수의 의견과 맞서야 할지라도 진실의 편에 선다는 뜻이다. 윌리엄 윌버포스(William Wilberforce)가 1789년 영국에서 처음으로 공공연하게 노예제도를 반대했을 때, 그는 진실과 정의의 편에 선 것이다. 윌버포스가 반대를 무릅쓰고 노력한 덕분에 역사의 어두운 장은 넘어갔고 1807년 영국 노예무역은 불법으로 선포되었다.

알렉산드르 솔제니친은 노벨상 수상 연설 "진실 한 마디가 온 세상을 능가한다"에서 열변을 토하며 자신의 경험을 들려주었다. 솔제니친은 1966년 소비에트 연방의 라자레프 연구소에서 작품 낭독을 해달라는 요청을 받았다. 그는 자신의 소설만 낭독한 게 아니라 검열제도와 국가보안위원회(KGB)에 반대하는 발언을 했다. 반응은 예상보다 훨씬 뜨거웠다.

"거의 모든 문장이 화약처럼 공기를 초토화시켰다! 그들은 너무나도 진실을 갈구하고 있었던 것이다! 아, 그들은 얼마나 진실을 듣고 싶어했던가!"[5]

작가 오스 기니스(Os Guinness)는 이렇게 쓴다.

"그들이 소비에트의 독재를 약화시키는 방법은 두 가지뿐이었다. 하나는 물리적으로 소비에트의 군사력을 무찌르는 것이었는데, SS20 미사일과 KGB의 시대에 소수의 반대자들로서는 할 수 없는 일이었다. 다른 방법은 물리적 힘에 도덕으로 맞서서, 진실이 거짓과 모든 선전기구와 기만과 공포를 이긴다는 확신에 미래를 걸어보는 것이었다. 그들은 후자를 선택했고, 상상할 수 없는 일이 일어났다. 그들이 이긴 것이다."[6]

인류 역사는 윌버포스나 솔제니친처럼 진실의 편에 섰던 사람들의 이야기로 가득하다. 억압받는 사람들의 마음속에 울려 퍼진 것은 진실이었다.

역사의 다른 편에는 거짓말을 한 사람들과 거짓말에 침묵으로 일관한 수많은 사람들이 있었다. 히틀러와 홀로코스트는 이 비극적인 현실을 알려주는 기념비라고 할 수 있다. 1980년 폴란드 정부는 아우슈비츠에 있던 집단 수용소를 재건축했는데, 제2차 세계대전 중에 150만 명 이상이 죽음을 맞이한 곳이었다. 그곳에는 이런 말이 새겨 있다.

"방문자여, 이 수용소의 잔해를 보며 생각하라. 그대가 어느 나라 사람이든 그대는 타인이 아니다. 행동하라, 당신의 여행이 무의미해지지 않도록. 우리의 죽음이 무의미해지지 않도록. 그대와 그대의 후손들에게 아우슈비츠의 잿더미가 전하는 메시지가 있다. 행동하라, 그대가 이곳에서 흔적을 본 증오의 열매가 내일부터 영원토록 씨앗을 품지 않도록."[7]

일상생활에서 진실의 편에 서는 행동이란 잘못된 정치에 항의하는 것일 수도 있다. 해고당할 위험을 감수하고 성추행을 한 상사와 맞서는 행동일 수도 있다. 영화를 본 다음에 친구들이 돈을 내지 않고 몰래 다른 영화를 보러 숨어 들어갈 때 합류하지 않고 집으로 향하는 것처럼 단순한 일일 수도 있다.

부정직함의 대가

리처드 닉슨 전 대통령은 결단력이 대단한 사람이었으며, 많은 사람들을 알았지만 친밀한 관계는 결코 맺지 않았다고 한다. 수십 편의 전기가 그 점에 초점을 맞춰 닉슨과 그의 부모와의 관계, 악동이었던 어린 시절, 정치활동 중에 일어났던 배신 등을 연구했다. 역사가 스티븐 앰브로스(Stephen Ambrose)는 닉슨이 친밀한 관계를 가지지 않았던 까닭은 정직이라는 품성이 부족했기 때문이라고 주장한다.

닉슨은 상황이 달라질 때마다 다른 모습을 보였다. 닉슨의 연설원고 작성자는 닉슨이 "문을 열면서 다른 인격을 뒤집어쓸 수" 있다고 말했다.[8] 일상생활에서 사람들을 진실하게 대하지 못했던 닉슨은 워터

게이트 사건이라는 사기까지 시도하게 되었다. 닉슨은 경호를 받으면서도 다른 사람들을 신뢰하지 못했던 것으로 유명한데, 아마도 스스로 믿음직하지 못한 사람이었기 때문일 것이다. 닉슨은 한 측근에게 "사람들과 친해지기 시작한 순간, 사람들은 우리를 이용하기 시작한다"라고 말하기도 했다.[9]

왜 가까운 친구가 없냐는 질문을 받으면, 닉슨은 리더의 외로움을 지적했다.

"나는 친밀한 우정이라는 사치를 누릴 수 없는 직업을 가졌다. 나는 누구에게도 완전히 마음을 털어놓을 수 없다. 개인적인 계획이나 감정을 너무 많이 이야기할 수도 없다."[10]

이 말은 정직을 계발하고 가까운 사람들과 숨김 없는 우정을 일군 아이젠하워처럼 역사에 존재하는 수많은 위대한 리더들의 삶과 모순된다.

닉슨은 다른 사람에게 참 자기를 보여줄 정도로 정직하지 못했다. 결국 마지막에 그의 곁에는 소수만 남았다. 그의 말과 행동과 가치가 일관성을 보이지 못했기 때문에 그는 우정뿐만 아니라 대통령직까지 단념해야 했다.

이럴 경우 당신의 관계는 어떻게 달라질까?

- 당신의 외적인 모습과 내적인 모습이 늘 일치하는지 유의한다면?
- 다른 사람들에게 사랑으로 진실을 말하는 것을 습관으로 삼는다면?
- 이제부터는 작은 거짓말도 하지 않는다면?
- 잘못했을 때 거짓말하지 않고 솔직하게 사과한다면?
- 인기 있는 길이 아니어도 진실의 편에 선다면?

삶에 적용하기

토론과 고찰을 위한 질문

1. 지도자 · 운동선수 · 기업인 가운데 거짓말의 덫에 걸린 사람들을 예로 들어보자. 이 공적인 거짓말이 개인적인 관계에 어떤 영향을 미쳤나?
2. 작은 거짓말도 나쁘다고 생각하는가? 그렇다면, 혹은 그렇지 않다면 그 이유는 무엇인가?
3. 지난 몇 해 동안 당신에게 사랑으로 진실을 말해준 사람들은 누구였는가? 또 당신은 어떻게 반응했나?
4. 잘못된 길을 가고 있는 사람에게 사랑으로 진실을 말한 경험이 있는가? 그 상황은 결국 어떻게 되었나?
5. 최근에 당신이 했던 작은 거짓말을 하나 떠올려보자. 그 당시에 그 말이 거짓말이라는 사실을 인식했었나?
6. 진실의 편에 선 탓에 대가를 치러야 했던 적이 있었는가?

적용은 이렇게

1. 당신은 거짓말을 쉽게 하는가? 그렇다면 정직한 사람이 되기 위해 어떻게 해야 할까?
2. 자신을 보호하고 싶은 마음 때문에 진실을 왜곡하는 때는 언제인가? 그런 상황에서 정직하게 행동하려면 무엇을 기억해야 할까?
3. 하루 동안 당신이 한 말 가운데 진실이 아니었던 말들을 적어보라. 그 말들로 다른 사람을 속였는지 스스로에게 질문하라. 그렇다는 대답이 나온다면 그 관계를 회복하기 위해 무엇부터 해야 할까?
4. 정직한 말을 했던 때를 떠올려보라. 그리고 정직을 포함한 사랑의 특성, 즉 친절·인내·용서·호의·겸손·관대함을 생각해 보라. 그 상황에서 당신의 말과 행동은 이런 특성들이 나타났는가? 정직하게 행동하기 위해 더 계발해야 하는 사랑의 특성은 무엇인가?

Love as a Way of Life

Seven Keys to Transforming Every Aspect of Your Life

| 2부 |

사랑을 잘하며 사는 법

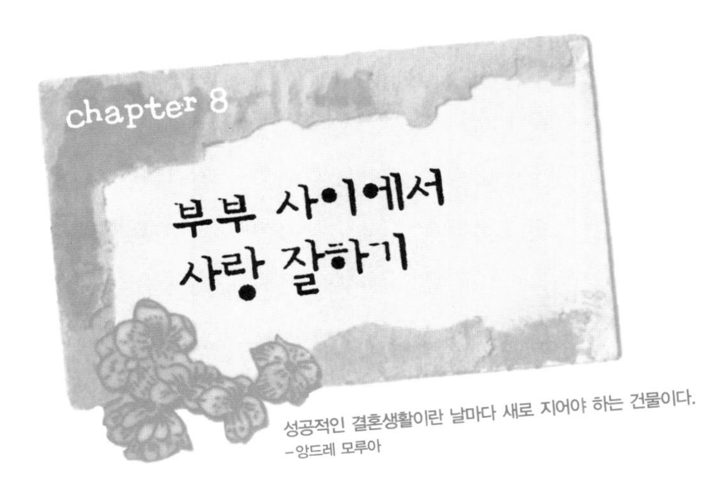

샬롯과 존은 대학원에 다니면서 연애를 하다 결혼한 부부다.

내 상담실에서 샬롯은 존을 힐끗 쳐다보며 나에게 말했다.

"결혼 후 2년은 천국 같았어요. 둘 다 직업이 있었지만 대출했던 학자금을 갚느라 생활은 빠듯했죠. 작은 아파트에 살았지만 행복했어요. 우리는 토요일 아침마다 동네 커피숍에 가서 함께 앉아 신문을 읽었죠. 존은 언제나 제가 좋아하는 계피 과자를 사다줬고 저는 커피를 마시며 테이블에 앉아 있었죠. 휴가 때는 자전거를 타거나 골동품을 찾아다녔어요. 그런데 존의 어머니가 병에 걸렸고, 돌아가시기 전 해에는 상황이 더 나빠졌어요. 존은 직장에서 승승장구했고 제 일은 주춤거렸죠. 존은 주말마다 부모님을 찾아뵈어야 한다고 생각했어요. 어머니가 돌아가시기 한 달 전 우리는 임신했다는 사실을 알았어요. 아이가 생기면 삶이 얼마나 변하는지는 진력이 나도록 들어왔지만 정말 모든 것이 변했어요. 우리는 아이 돌보는 시간을 교대할 때나 대화를 했고, 내용은 아이가 그날 잠자고 먹으면서 보인 새로운 모습 정도뿐이었죠."

샬롯의 이야기는 여기서 끝나지 않았다.

"우리는 예상보다 둘째 아이를 빨리 임신했어요. 저는 직장을 그만둬야 했죠. 경제적인 측면에서는 괜찮았어요. 존이 꽤 잘나가고 있었으니까요. 하지만 제가 일을 그만둬야 한다는 사실이 부당하게 느껴졌어요. 이제 아이들은 학교에 다니고 저는 비정규직으로 일해요. 그리고 아직도 존과 제가 서로를 진정으로 이해하지 못한다는 생각이 들어요. 저는 언제나 함께 외출해서 데이트를 하고 싶다고 말하지만 존은 신경도 쓰지 않아요. 우리는 청구서를 지불하고 아이들의 숙제를 봐주고 함께 다니지만 이제는 사랑하는 사이가 아니라 그저 동업자인 것만 같아요."

마지막 말을 할 때 샬롯의 눈에는 눈물이 글썽였다. 나는 바닥만 내려다보고 있던 존을 바라봤다.

"부부 사이를 어떻게 설명하시겠습니까?"

존은 목소리를 가다듬었다.

"글쎄요, 예전에는 좀더 많은 시간을 함께 보냈던 게 사실입니다. 말다툼도 많이 하지 않았죠. 하지만 그때는 생활이 완벽하지 못했어요. 언제나 집세를 걱정했죠. 그토록 열심히 일하지 않았다면 저는 직장을 잃었을지도 모릅니다. 물론 그때 우리는 커피를 마시러 나가곤 했지만 적어도 지금은 좋은 집에 자동차도 두 대나 있고 아이들도 있습니다. 아내의 말은 우리가 아이들조차 사랑하지 않는다는 소리로 들리는군요."

샬롯이 날카롭게 말했다.

"그런 뜻이 아니라는 거 알잖아."

존은 "내 말을 자르지 마"라고 말한 뒤 나에게 말했다.

"둘째가 태어난 뒤 아내는 자발적으로 집에 있겠다고 했습니다. 10시간씩 일하고 집에 돌아와서 기저귀를 가는 저보다, 오후에 집에서 낮잠이나 자는 아내가 속이 편하겠다는 생각을 얼마나 많이 했는지 모릅니다. 하지만 이제 우리는 각각 직업을 갖고 잘 해보려고 노력하고 있습니다. 저번에는 아내가 회의를 한다기에 제가 퇴근길에 아이들을 학교에서 데리고 와야 했습니다. 아내는 저녁까지 돌아온다고 말했지만 결국 회의를 마치고 친구들과 놀다 왔죠. 7시가 되어서야 저에게 전화를 했습니다. 아이들한테 저녁을 먹이고, 숙제를 도와주고, 잠자리로 보낸 다음 9시쯤 되니까 아무 일도 없었다는 듯 춤을 추며 들어오더군요. 저는 다음날 중요한 회의가 있었는데, 아내가 늦게 오는 바람에 6시간쯤의 준비 시간을 포기해야 했죠."

샬롯은 남편을 바라봤다.

"난 더 일찍 전화했어. 아이들이 학교에서 돌아왔을 때 별일 없는지 알아보려고 전화했잖아. 당신은 다 괜찮다고 말하면서 나더러 천천히 오라고 했고. 난 그 말대로 한 거야. 나도 우리 가족을 위해서 돈을 벌고 있다는 생각은 안 해봤어? 나는 하루를 몽땅 아이들을 중심으로 계획해. 가끔씩은 집에 들어갈 시간을 내 맘대로 정하고 싶단 말야."

"난 당신이 전화했을 때 집으로 오는 중인 줄 알았어. '집으로' 천천히 오라는 뜻이었다고."

존은 나를 바라보며 말을 이었다.

"데이트요? 지금 현상 유지를 하는 것만으로도 빠듯해요. 그렇지 않다면 무척 멋진 일이겠죠. 아내가 살림을 유지하려고 더 많이 일한다 해도 저는 개의치 않을 겁니다. 제가 모든 일을 할 수는 없어요. 아내가 그 사실을 언제 깨달을지 모르겠습니다."

샬롯도 나에게 말했다.

"저는 더 이상 이렇게 살 수 없어서 선생님을 찾아온 거예요. 우리는 언제나 싸우기 일보 직전인 것 같아요. 존은 늘 저에게 화를 내고 저는 언제나 혼자인 것만 같아요. 솔직히 이대로 버틸 수 있을지 모르겠어요."

그런 다음 두 사람은 내가 상담실에서 수없이 들었던 질문을 눈동자에 담고 나를 바라봤다.

'저희의 사랑을 회복하도록 도와주실 수 있나요?'

사랑에 빠지고 땅에 부딪히고

그동안 나는 자신들의 고통을 이야기하는 부부들에게 귀를 기울이며 많은 시간을 보냈다. 사람들은 언제나 만족스럽지 못한 부부 사이가 상대방의 잘못이라고 탓한다. 둘 다 배우자의 사랑을 간절히 원하면서도 상대방이 먼저 손 내밀기를 기다린다. 내 상담실에 찾아오기 오래전부터 두 사람은 서로에게 불평을 해왔다. 아내는 "남편이 약속을 지키기만 했다면 이런 일도 없었을 거예요. '죽는 날까지 사랑하고 소중히 여기겠다'던 약속 말이에요!"라고 이유를 댄다. 아내는 남편도 그와 비슷하게 생각하고 느낀다는 사실을 깨닫지 못한다. 미국의 놀라운 이혼율은 수천 명의 사람들이 이런 중독성 사고에서 해방되지 못한다는 증거다.

사랑은 통제할 수 없는 감정이 아니다. 많은 부부들은 눈만 뜨면 서로를 그리워하던 연애 시절의 황홀한 감정을 기억한다. 그러나 결혼한 뒤에는 감정이 사그라진다. 이제 둘 사이의 차이점이 부각되고 다툼이 생긴다. 다툼을 하다보면 거친 말이 나오고 그 때문에 부정적인 감정이 싹트며, 결국 부부는 서로에게 최악의 모습을 드러낸다. 여기에 자녀 양육과 직장으로 인한 스트레스까지 더해지면 이혼이 유일한 해결책으로 여겨지기도 한다.

'사랑에 빠져 있을 때' 우리는 상대방의 좋은 면만 보게 되며 그 사람과의 관계 덕분에 우리도 가장 좋은 모습이 된다. 우리는 말과 행동에서 진정으로 이타적인 사람이 된 것처럼 느낀다. 형편에 넘치는 선물을 하고 지킬 수 없는 약속을 하고 서로에게 우리는 정말 사랑이 넘치는 사이라고 믿게 만드는 행동을 한다.

사회학자들은 이렇게 '사랑에 빠진' 현상은 보통 2년 정도만 지속된다고 말한다.[1] 그러고 나면 고조되었던 감정이 가라앉고 모든 환희가 사라지며 스스로가 사랑을 잘하는 사람이 아니라는 사실을 깨닫는다. 우리는 그저 서로에게 지킬 수 없는 약속을 한 자기중심적인 두 사람일 뿐이다. 그렇게 환희가 사라진 자리에는 상처·분노·실망·두려움이 찾아온다.

사랑의 진실을 이해해야 평생 지속될 애정 관계를 잘 다룰 수 있다. 사랑은 '사랑에 빠진' 감정이 아니라 행동에 변화를 불러오는 태도다. 사랑은 다른 사람의 행복을 추구하며, 의미 있는 방법으로 사랑을 표현한다. 이렇게 사랑을 표현하면 상대방의 마음에 따뜻한 감정이 싹튼다. 배우자가 보답하면 우리도 배우자에게 따뜻한 마음을 품게 된다. 그런 감정은 사랑의 열매이지 사랑 그 자체는 아니다.

사랑이 생활방식이 되면

사랑이 결혼생활에서 생활방식이 되면, 사랑의 7가지 특성이 남편과 아내 사이에서 자연스럽게 흘러나온다. 샬롯과 존이 사랑을 생활방식으로 삼는다면 둘의 결혼생활이 어떻게 변할지 살펴보자.

친절

결혼생활에서 사랑의 7가지 특성은 모두 중요하지만, 하나만 선택하라면 바로 친절이다.

처음 존과 샬롯과 대화를 나눴을 때, 두 사람이 서로에게 더 이상 친절을 베풀지 않는다는 사실이 분명히 보였다. 처음에는 서로 친절하려고 노력했겠지만 상대방이 보답하지 않는 듯 보이자 점차 낙담했을 것이다. 어쩌면 뭘 해도 상황이 변하지 않으리라고 생각하고 포기해 버렸

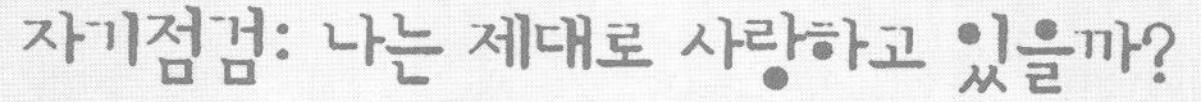

지난 일주일 동안 부부 사이에서 (또는 연인에서) 사랑의 7가지 특성을 얼마나 잘 표현했는가? 0부터 10까지의 숫자로 점수를 매겨보라. 점수를 매긴 뒤 당신의 강점과 약점을 염두에 두고 이번 장의 남은 부분을 읽으라.

친절 ______
인내 ______
용서 ______
호의 ______
겸손 ______
관대함 ______
정직 ______

을지도 모른다.

일상의 작은 친절이 부부 사이를 구제할 수 있다. 친절은 우리가 상대방을 소중히 여긴다는 사실을 보여주기 때문이다. 우리는 상대방의 갈망을 파악하고 우리 자신의 갈망보다 그것을 먼저 채워주려고 한다. 말하자면 배우자가 사랑을 느끼는 방식에 주의를 기울인다. 존은 격주로 두둑한 봉급을 가져다주면서 사랑을 표현했지만, 샬롯은 남편이 데이트를 하면서 사랑을 표현해 주기를 바랐다. 친절이라는 소명에 민감했다면, 존은 시간 낭비라는 생각이 들더라도 샬롯과 데이트를 했을 것이다. 아내의 욕구를 먼저 생각하려고 노력했다면, 그런 식으로 사랑을 표현할 수 있었을 것이다.

마찬가지로, 친절은 샬롯에게도 존이 가족을 부양하느라 열심히 일한다는 사실에 주목하라고 말한다. 샬롯은 그의 노고에 감사하며 말로 표현할 수도 있었다. 존이 열심히 일하는 게 그녀가 사랑받는다고 느끼는 방식이 아니더라도 말이다. 필요하다면 친구들과의 만남도 희생하는 것이 친절이다. 존이 하루 종일 직장에서 일하며 시간을 희생한 것처럼 말이다. 존의 시간 역시 귀중하다는 사실을 인식하며 "왜 이렇게 늦었냐"고 하지 않고 감사하는 것이 친절이다.

부부 사이에서 사랑이 생활방식이 되면, 요리를 하고 설거지를 하고 방을 청소하고 욕실을 청소하고 개를 산책시키고 나무를 다듬고 청구서를 지불하고 아이들의 옷을 입혀주는 등 모든 일을 긍정적인 태도로 하게 된다. 말로는 표현하지 않더라도 상대방의 태도는 "당신을 위해 이렇게 요리를 할 수 있어서 기뻐"라든가 "쓰레기를 밖에 내다버리는 일도 즐거워"라는 뜻을 전해준다.

샬롯과 존은 서로에게 공격적인 태도를 보였다. 친절을 행하는 부부는 서로를 존중하며 말한다. 상처를 받았거나 화가 날 때조차 그들은 서로의 가치를 인정해 주면서 상한 마음을 표현한다.

우리가 친절을 실천할수록 배우자 역시 친절을 실천한다. 그리고 놀랍게도, 상대방에게 친절을 베풀수록 그 사람을 향한 우리의 마음은 더욱 따뜻해진다.

인내

함께 대화를 나눌수록, 샬롯과 존은 각자가 서로에게 극도의 인내를 발휘한다고 믿었다는 사실을 알 수 있었다. 샬롯은 자녀를 낳은 뒤 다시 사회에 나갈 때까지 끈기 있게 기다렸다. 남편과 데이트를 할 수 있을 때까지 참고 기다렸다. 밤이면 자녀들을 잠자리로 보내느라 인내심을 발휘했다. 존은 일과를 마친 뒤 정말 일을 해야 하거나 텔레비전을 보고 싶더라도 아내를 도와 아이들을 돌보면서 자신이 인내를 발휘한다고 생각했다. 존은 샬롯이 집을 깔끔하게 정돈하지 못하는 모습을 보고도 참았다. 샬롯이 친구들과 만날 때면 집에 돌아올 때까지 끈기 있게 기다렸다.

모든 부부 사이에는 기다림이 필요하다. 남편이 어떤 성품을 계발할 때까지 몇 년을 기다릴 수도 있고 아내가 가게에서 청바지를 입어보는 20분 동안 기다릴 수도 있다. 그러나 기다림은 인내와 동의어가 아니다. 인내는 한 사람이 방 안을 서성거리며 다른 사람에게 "준비하는 데 왜 그렇게 시간이 오래 걸려?"라고 말하지 않는다. 인내는 변화를 기대하지만, 절대로 강요하지는 않는다. 금세 변화가 보이지 않더라도, 배우자의 불완전함을 받아들인다.

어떤 남성이 나에게 이렇게 말했다.

"아내가 물건을 꺼낸 다음에는 서랍을 닫으면 좋겠다고 생각했습니다. 하지만 2년이 지나자 아내에게는 서랍을 닫는 유전자가 없다는 사실을 깨달았죠. 그 후로는 서랍을 닫는 일을 제 몫으로 받아들였습니다."

그의 태도는 "집(혹은 자녀나 직장 문제)이 이렇게 된 건 그녀/그의 잘못이야. 내가 그 일을 떠맡으면 애초부터 내 잘못도 아닌 문제로 골치 아프게 될 거야"라는 샬롯과 존의 태도와 얼마나 다른가!

인내는 다른 사람들의 불완전함을 참아준다. 샬롯이 약속한 시간에 귀가하지 않았을 때 존이 화를 내거나 걱정하는 것은 이해할 수 있다.

그러나 인내하는 태도가 있다면 얼마든지 샬롯의 설명을 들어보고 그녀의 입장을 받아들일 수 있다. 인내는 사람들의 행동을 정당화해 주지는 않지만 상대방에게 완벽을 바라는 것이 불합리하다는 사실을 깨우쳐준다.

결혼생활은 끊임없는 성장 과정이다. 모든 부부에게는 서로 상처를 주는 약점은 물론이고 서로를 괴롭게 하는 행동 특성도 있다. 솔직히 좌절감을 말하고 변화를 요청하는 것이 인내다. 사랑을 잘하는 사람들은 배우자가 변화를 보이지 않아도 비난하지 않으며, 자신이 보완해 주려고 노력한다. 우리는 상대방이 바뀌리라는 희망과 열망을 품고 기다리지만, 사랑은 상대방이 변화하느냐 여부에 따라 변하는 것이 아니다.

용서

샬롯과 존의 결혼생활에서 사랑이 생활방식이었다면, 샬롯은 늦은 귀가에 대해 빨리 사과했을 것이고, 존은 그 사과를 받아들이고 화를 털어버렸을 것이다. 또한 존이 그런 상황을 만든 스스로의 잘못도 보도록 해줬을 것이다. 사실 그날은 존이 그해 들어 처음으로 학교에서 아이들을 데리고 와 돌봐준 것이었고, 그것도 마지못해 그렇게 하겠다고 말했었다. 존은 샬롯이 친구들과 만나 숨을 돌리기를 간절히 원했던 까닭이 결국 자신의 이기심 때문이었음을 알지 못했다.

호의

우리는 부부 사이에 호의가 필요하다고 생각하지 않는 것 같다. 상대방을 위해 문을 잡아주거나 물 한잔을 가져다주는 것이 평생 지속되는 관계와 무슨 상관이 있을까? 그러나 호의란 상대방이 친구가 될 가능성이 있다는 사실을 인정하는 것이므로, 배우자에게 호의를 베풀면 우정을 가꾸고 싶다는 우리의 마음을 표현하는 셈이다. 이것이 중요한 까닭은 성공적인 결혼생활의 비결 가운데 하나가 서로를 사랑하는 것은 물론이고 서로를 좋아하는 것이기 때문이다. 가장 행복한 부부는 연인이나 룸메이트일 뿐 아니라 좋은 친구이기도 하다.

결혼생활에서 호의가 부족하다는 것은 그 부부에게 사랑이 생활방식이 아니라는 증거다. 나는 존과 샬롯에게서 그 점을 금세 파악할 수 있었다. 두 사람은 화난 마음, 즉 '자기 자신에게 몰입된' 상태로 내 상담실에 찾아왔다. 대화를 나누는 중에 두 사람은 서로의 말을 자르고 날카롭게 이야기하며 서슴없이 서로를 비난하고 눈을 거의 마주치지 않았다.

두 사람 사이에는 보편적 예의와 호의가 심각하게 훼손되어 있었다. 이 상황에서 호의란 샬롯이 친구들과 놀러가기 전에 존에게 전화를 걸어 집에 별일 없는지 물어보는 것이다. 또는 존에게 그날 아이들을 데리고 와주어 고맙다고 말하는 것이다. 아이들을 데려온 사람이 옆집 사람이었다면 분명 그렇게 말했을 것이다. 그러나 샬롯은 모든 상황을 분명히 파악하지 않고 존의 말만 듣고 대충 짐작했으며, 이런 행동은 일부러 남편을 화나게 하려는 행동으로 보일 수도 있었다.

존 역시 친구의 부탁이었다면 좀더 긍정적인 태도로 아이들을 돌봤을 것이다. 존이 샬롯에게 계피 과자를 사주곤 했었다는 사실이 기억나는가? 아내의 깊은 갈망을 인정하려 하지 않았던 존의 태도는 그녀의 작은 갈망을 소홀히 여긴 데서 시작됐을 것이다.

사랑을 잘하는 사람들은 서로의 말을 제대로 이해했는지 점검하려고 질문을 한다. 그런 부부는 소리를 지르며 말하지 않는다. 자동차 문을 열어주면 아내가 고마워한다는 사실을 아는 남편은 기꺼이 그렇게 한다. 그러나 아내가 원하지 않는다면 그것이 호의적인 행동이라고 생각하더라도 그녀에게 강요하지 않는다. 호의적인 부부들이 다른 사람들 앞에서 서로를 칭찬하는 모습을 자주 보았을 것이다. 그런 부부들은 서로가 해준 작은 일에도 고마워한다. 부부가 생각하는 보편적 예의가 무엇이든, 그것은 두 사람의 일상적인 행동에서 드러난다.

댐에서 새는 물줄기가 앞으로 발생할 더 큰 문제를 예고하듯이, 결혼생활에서 호의를 포기하면 서로를 소중히 여기지 않게 되는 더 큰 문제에 봉착한다. '작은' 사랑의 행동을 잊어버린 탓에 나타난 결과는 그것이 사실 얼마나 큰 행동이었는지 깨우쳐준다.

겸손

샬롯과 존은 결혼 초기에는 서로를 위해 많이 희생했을 것이다. 두 사람은 적은 수입으로 살면서도 각자가 원하는 일을 계속 하도록 격려했다. 둘은 연장근무를 하면서 상대방이 너무 많이 일하지 않도록 배려했다. 다른 일이 있더라도 서로의 가족을 방문했다. 두 사람 모두 상대방을 소중히 여겼기 때문이다. 서로를 향한 사랑이 견고했기 때문에 상대방의 유익을 위해 기꺼이 한발 양보했다. 그러던 두 사람이 이제는 집을 청소하는 것조차 꺼리며 내 사무실에 앉아 있었다. 무슨 일이 벌어졌던 걸까?

샬롯은 나에게 왜 자신이 직장을 그만둬야 했는지 모르겠다고 말했고, 존은 샬롯이 그렇게 하기를 원했다고 말했다. 나는 두 사람의 말을 모두 믿었다. 샬롯은 기꺼이 양보하며 존이 경력을 쌓게 해주었다. 하지만 존이 자신의 희생을 귀중하게 여기고 인정해 주기를 기다렸을 것이다. 그러나 그런 인정의 말을 듣지 못하자 분노가 생겼다. 그리고 과거를 돌아보니 분노는 더욱 커졌다. 샬롯은 결혼 초기에는 두 사람의 관계를 위해 겸손하게 행동했지만 이제는 그럴 가치가 있었는지 의심하게 된 것이다.

우리는 앞에서 겸손이란 '다른 사람의 가치를 인정해 주기 위해 한 걸음 물러설 수 있는 평화로운 마음'이라고 정의했다. 배우자를 진정으로 소중히 여긴다면 그 사람이 성공을 거두는 모습을 보고 싶은 강한 열망이 생긴다. 겸손한 마음이 우리에게 평화를 주는 까닭은 '배우자의' 성공이 '나의' 성공에 해를 끼친다고 여기지 않기 때문이다.

남편의 직업을 우선시하거나, 당신이 하고 싶었던 멋진 이야기를 아내가 사람들에게 들려주도록 양보하거나, 그런 말솜씨를 썩혀두지 말라고 응원하라. 그런 행동이 당신의 직업적인 성공에도 영향을 미친다는 사실은 정말이다.

관대함

나는 샬롯에게 물었다.

"지금 존에게 가장 바라는 점은 무엇입니까?"

"퇴근해 집에 오면 저에게 키스해 주기를 바라요. 잠자리에 들기 전에도 대화를 나누고 싶어요. 아이들 얘기 말고요. 때로는 먼저 베이비시터에게 연락을 해주고, 그런 다음 같이 나가서 저녁을 먹었으면 좋겠어요."

나는 존에게도 샬롯에게 가장 바라는 점을 물었다.

"제가 가족을 위해 최선을 다하고 있다는 사실을 알아주면 좋겠습니다. 주말에는 혼자 보낼 시간을 좀 주면 좋겠어요. 언제나 저에게 미루지 말고 주방 청소를 좀더 자주 하면 좋겠습니다. 그리고 우리 사이에 생긴 잘못이 모두 제 탓이라는 식으로 말하지 않으면 좋겠어요."

샬롯이 존에게 가장 바란 것은 시간이었다. 그러나 존은 하루 종일 직장에서 일하고 퇴근 후 집안일을 도우려고 노력하면서 시간을 나누고 있다고 생각했다. 샬롯이 존의 사랑을 깨닫지 못했던 까닭은 샬롯이 정말 원했던 점이 존이 함께 앉아서 이야기해 주는 일이었기 때문이다. 하지만 존은 그렇게 하면 다른 일들을 마무리할 수 없기 때문에 그 행동을 훨씬 큰 희생으로 여겼다.

존은 자신이 부당한 취급을 당하고 있다고도 생각했다. 결혼 초기에 샬롯은 집안일을 곧잘 했고 존이 승진하거나 봉급이 인상되면 언제나 기뻐해 주었다. 이제 그녀의 행동에서는 늘 분노가 엿보였다.

사랑을 잘하는 부부는 서로의 삶에 보탬이 될 방법을 찾을 것이다. 우선 두 사람은 서로에게 시간을 내준다. 존은 20분간 소파에 앉아 서로 바라보고 이야기를 들어주고 교감하는 것을 사랑이라고 생각하지 않았을 것이다. 그러나 그것이 아내에게 의미 있는 행동이라는 사실을 깨닫는다면, 진정한 사랑은 그에게 그렇게 시간을 내주라고 말한다.

사랑을 잘하는 부부는 또한 서로에게 능력을 나눠준다. 요리를 하거나 잔디 깎는 기계를 수리하거나 다림질을 하거나 가구를 손질하는 능력을 발휘하는 것은 모두 애정을 표현하는 방법이다.

사랑을 잘하는 부부라면 돈의 사용에도 관대한 태도를 보인다. 부부는 경제적인 문제를 터놓고 상의하며 서로를 존중하고 소중히 여기는 방식으로 함께 쓰임새를 결정한다. 부부는 돈을 '내 돈'이나 '당신 돈'으로 여기지 않고 '우리의 돈'으로 생각한다. 돈을 벌려고 누가 더 희생하느냐를 두고 다툰 샬롯과 존과는 달리, 사랑을 잘하는 부부는 자신들을 한 팀으로 생각한다. 두 사람 가운데 누가 더 돈을 많이 버느냐는 중요하지 않다. 부부는 가정을 꾸리기 위해 함께 노력하고 있으며, 그로 인해 생기는 모든 것은 두 사람이 노력해서 맺은 결실이다.

정직

사랑을 잘하는 부부 사이에는 분노가 자랄 여지가 없다.

사랑은 정직하고 부드럽게 말한다.

"내가 잘못 생각했을 수도 있지만, 어쨌든 내 기분은 이래요. (……) 더 좋은 해결책을 찾아볼까요?"

샬롯과 존은 서로에게 정직해질 수 있는 기회를 많이 놓쳤다. 샬롯이 직장을 그만두면서 존의 인정을 받고 싶다는 욕구를 표현했다면, 그녀의 분노는 시간과 함께 쌓이지 않았을 것이다. 그러나 샬롯은 존이 '알아차릴 때까지' 오랫동안 기다리기만 했다.

존은 샬롯에게 자신이 느끼는 경제적인 부담감을 말한 적이 없었다. 직장에서 잘해내지 못할까봐 걱정한다는 사실을 표현할 수가 없었다. 이렇게 자신의 생각과 감정을 나누기를 꺼리는 모습은 삶의 다른 부분에서도 나타났다. 예를 들어 샬롯이 그날 저녁식사 전에 전화를 했을 때, 존은 부드럽고 정직하게 샬롯이 제시간에 와서 아이들의 숙제를 봐주지 못할까봐 걱정된다고 말할 수도 있었다.

구체적인 상황과 자신의 감정을 분명히 밝히는 행동이 패배를 뜻하지는 않는다. 사랑을 잘하는 부부들은 상대방이 마음을 읽어주기를 기대하지 않는다.

최근에 어떤 친구가 나에게 이렇게 말했다.

"아내가 감정을 솔직하게 말해주는 게 좋아. 잠자코 앉아서 딴생각을 하는 건 아닐까 걱정할 필요가 없으니까."

몇 년 동안 감정을 속에 담아두고만 있으면 부부 사이는 심각하게 손상된다.

부정직한 작은 행동이나 사실을 감추는 일은 분노는 물론이고 더 큰 거짓말을 낳는다. 샬롯과 존은 결혼생활에 서로의 도움이 필요하다는 사실을 인정했으니 중요한 한걸음을 내디딘 셈이다. 그 덕분에 두 사람은 서로를 정말로 속이는 습관에 빠지지 않게 되었다.

진정한 만족

사랑의 7가지 특성이 없으면, 연애의 흥분이 사라져버릴 때 자기중심적인 본성이 우리를 잠식할 것이다. 서로를 진정으로 사랑하는 법을 터득하면 그 어떤 일시적인 환희보다도 더 만족스러운 관계를 경험할 기회가 생긴다.

나는 결혼이 남편과 아내가 각자의 고유한 관심사와 재능을 발달시키면서도 애정 표현을 주고받으며 서로를 섬길 기회라고 믿는다. 서로

삶에 적용하기

개인적인 고찰을 위한 질문

1. 최근 배우자와 다툰 때를 떠올려보라. 배우자를 탓하거나 배우자의 의견에 반대하는 반응이 먼저 나왔는가? 그렇다면 어떤 식으로 표현했는가?
2. 배우자가 사랑에 보답하지 않더라도 사랑을 표현한 때가 있었는가? 있었다면 상대방의 무반응에 어떻게 대처했는가?
3. 부부 사이에서 당신에게 가장 자연스럽게 느껴지는 사랑의 특성은 무엇인가? 이번 주에 배우자에게 그 사랑의 특성을 보여주기 위해 할 수 있는 행동 한 가지는 무엇일까?

부부 사이의 토론을 위한 질문

1. 두 사람의 관계에서 섬김의 수준은 어느 정도라고 생각하는가?
2. 서로를 대하는 태도에서 고치고 싶은 점이 한 가지 있다면 무엇인가?
3. 많은 부부들이 같은 문제로 반복해서 싸운다. 두 사람이 자주 싸우는 문제나 최근에 다퉜던 문제를 생각해 보라. '작은' 일 때문이었더라도 상관없다. 그 상황에서 각자가 사랑의 7가지 특성으로 서로를 대한다면 어떻게 될까? 샬롯과 존의 경우처럼 사랑의 특성을 하나씩 대입해 보고, 각 특성에 더욱 유의하면 앞으로 행동에 어떤 변화가 찾아올지 생각해 보라.

의 사랑을 믿어 의심치 않게 되면 우리는 가정이라는 든든한 기반을 통해 다른 사람들을 섬길 수 있다.

결혼은 사람들을 비참하게 만들기 위해 생긴 제도가 아니다. 사랑과 섬김, 크나큰 기쁨의 장이 되도록 만들어진 것이다. 결혼생활은 결혼을 하지 않았더라면 불가능했을, 사랑을 잘하는 사람으로 자라도록 도와준다.

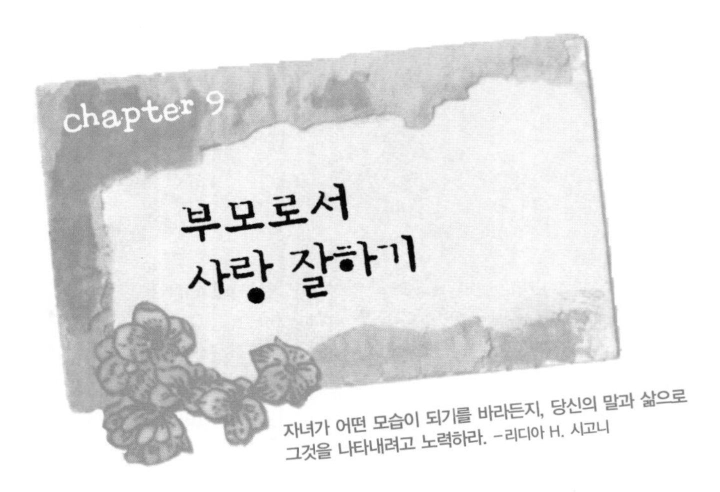

조너선과 에리카는 내 상담실에 앉아 있었다. 둘은 결혼한 지 2년째였다. 나는 두 사람을 어느 정도는 알고 있었고, 상담 일정표에서 두 사람의 이름을 보았을 때 '오, 맙소사. 두 사람의 결혼생활에 문제가 없으면 좋겠는데'라는 생각이 머릿속을 스쳐갔다. 다행히 조너선은 놀랍고도 반가운 말을 했다.

"에리카가 임신을 했는데 저희는 부모 역할에 대해서는 아무것도 모르지 뭡니까. 저는 문제가 좀 있는 가정에서 자랐고 에리카도 마찬가지입니다. 저희가 자랐던 것과 같은 가정에서 아이를 키우고 싶지는 않습니다. 좋은 부모가 되려면 어떻게 해야 하는지 선생님께서 알려주실 거라고 생각했어요."

나는 아기를 낳기 전에 양육에 대해 배우려는 조너선과 에리카를 칭찬한 다음 이렇게 말했다.

"부모가 자녀를 위해 해줄 수 있는 가장 중요한 것은 자녀를 사랑하고 자녀에게 다른 사람을 사랑하라고 가르치는 것입니다. 사랑받는다고 느끼면 자녀는 안정감을 갖고 열린 마음으로 부모님의 가르침을 배우지만, 사랑을 느끼지 못하면 부모의 훈육에 저항하기 쉽습니다."

"그 점은 저희 둘 다 부모의 사랑을 많이 느끼지 못하고 자랐기 때문에 잘 압니다. 아버지는 제가 다섯 살 때 어머니를 떠났죠. 그 생각을 하면 아직도 힘이 듭니다. 에리카의 아버지는 떠나진 않았지만 어머니를 몹시 거칠게 대했어요. 이런 점 때문에 저희가 염려하는 거랍니다. 저희 아이가 저희가 부모에게 느꼈던 감정을 갖고 자라면 안 되니까요."

"물론 그런 대물림을 끊을 수 있습니다. 그것은 부모인 두 사람이 서로를 사랑하는 것에서부터 시작되지요."

나는 자녀를 사랑하는 것에 중점을 두고 나머지 대화를 나누었다. 사랑이 양육의 가장 기본적인 기술이기 때문이다.

당신이 부모라면, 자녀를 키우는 중에 이기적인 본성이 생각보다 훨씬 쉽게 나타난다는 사실을 알 것이다. 그러나 아이를 키우는 일은 다른 일에서는 찾을 수 없는 진정한 사랑을 생기게 해주며, 삶에서 가장 보람 있는 관계를 형성해 준다.

지난 일주일 동안 자녀(들)에게 다음과 같은 사랑의 특성을 얼마나 잘 보여주었는지 1부터 10까지 점수를 매겨라. 자신의 강점과 약점을 염두에 두고 이 장의 나머지 부분을 읽으라.

친절 ______
인내 ______
용서 ______
호의 ______
겸손 ______
관대함 ______
정직 ______

뮤지컬 이야기

줄리의 일곱 살 난 아들은 몇 주 동안 2학년들이 준비하는 뮤지컬에 대해 조잘거렸다. 아들은 마지막 곡에서 드럼을 치게 되었다며 흥분했다. 공연하는 날이 가까워지는데 줄리는 그날 회사에서 시간을 빼낼 수 없다는 사실을 깨달았다. 줄리는 아들에게 공연 전날 예행연습 때 엄마가 가고 공연 당일에는 아빠가 참석할 거라고 말했다. 아들은 그 계획에 불만이 없어 보였다.

예행연습을 하는 날, 줄리가 지켜보는 가운데 강당에 가득 찬 2학년 아이들은 음악 선생님의 통제에서 벗어나고 있었다. 연주는 계속 틀렸고 아이들은 노래를 부르는 대신 앞쪽만 바라보았으며 웃고 떠드는 소리는 점점 커졌다. 줄리는 음악 선생님이 낙심했다는 사실을 알 수 있었다. 또 민감한 아들이 강당 안에 가득한 혼란과 선생님의 화난 목소리를 견디기 어려우리라는 사실도 알았다. 마침내 선생님은 소란스러운 아이들에게 소리를 질렀다.

"'지금 당장' 모두 제자리에 앉아!"

그러자 아들은 강당 밖으로 뛰쳐나갔다. 줄리는 아들을 따라갔다. 아들은 분수대에서 울고 있었다. 줄리는 무릎을 꿇고 아들과 눈을 맞추며 말했다.

"저 안이 참 시끌벅적했지?"

아들은 화가 나서 눈물을 흘리며 소리쳤다.

"다 싫어요! 선생님도 싫어! 드럼도 싫어! 나한테 소리 지르는 사람들은 싫어! 다시 안 들어갈 거야!"

줄리는 아들이 소리를 지르자 당황했고 과장하지 말라고 말하고 싶은 마음을 억제해야 했다. 동시에 줄리는 아들을 안전한 집으로 데려가 버리고 싶었다. '아이가 이렇게 민감해진 건 우리 탓이야. 이런 일에 대처하는 법을 미리 가르쳐야 했어'라는 생각도 들었다. 그러나 줄리는 이렇게 말했다.

"화가 난 건 이해하지만 그렇게 소리 지르지 않아도 돼. 화가 난다고 심한 말까지 할 필요는 없단다."

줄리는 몇 분 동안 아들에게 강당에서 벌어진 일을 이야기하고 다른 사람들도 힘들어 했을 거라고 설명했다.

"하지만 우리는 강당으로 다시 돌아가야 해. 선생님은 너희 모두와 함께 열심히 노력하셨고, 너희는 잘해낼 거야."

드디어 줄리는 호기심에 찬 눈으로 쳐다보는 선생님들과 몇몇 부모들을 지나서 눈물로 범벅이 된 아들을 강당으로 데려갈 수 있었다. 줄리는 설명하고 싶었다.

'이 애는 아팠어요. 그래서 이런 날이면 견디기 힘들어 해요. 감정이 섬세한 아이예요.'

하지만 줄리는 아무 말 없이 아들에게 힘내라는 뜻으로 고갯짓을 하고 예행연습이 끝날 때까지 접이식 의자에 조용히 앉아 있었다.

아들은 그날 하루를 잘 버텼지만, 저녁이 되자 줄리와 아들은 낮에 했던 일을 다시 반복해야 했다.

"안 갈 거야!"

아들은 박제된 동물들을 내던지며 소리쳤다. 줄리는 이러다 싸우게 되리라는 사실을 알았다. 줄리는 아들의 방에 앉아 아들의 화가 식기를 기다렸다.

"오늘 힘들었을 거야. 하지만 넌 해낼 수 있어. 드럼을 치게 되었다고 얼마나 기뻐했었니? 뮤지컬은 네가 바라는 대로 되지 않을 수도 있어. 하지만 공연하러 가면 기분이 훨씬 좋아질 거야."

"하지만 이제는 가기 싫단 말예요. 엄마도 안 오잖아요! 엄마는 항상 내가 하기 싫은 일만 시켜!"

아들은 말을 멈추고 줄리를 힐끗 쳐다본 다음 덧붙였다.

"난 엄마가 미워!"

줄리는 침착한 목소리를 유지하려고 노력했다.

"엄마를 미워하다니 서운하구나. 하지만 엄마는 네가 밉지 않아. 아무리 엄마라도 그런 말에는 상처를 받는다는 사실을 알고 있니? 뮤지컬 얘기를 계속 하기 전에 네가 사과하면 좋겠는데."

아들은 자신이 내뱉은 말에 스스로도 놀란 눈치였다. 아들은 "죄송해요"라고 우물거렸다. 줄리가 아무 말도 하지 않자, 아들은 줄리를 쳐다보며 좀더 분명히 "죄송해요"라고 말했다.

"고맙다. 엄마 말을 들어봐. 엄마는 내일 네가 하는 뮤지컬을 정말 보고 싶어서 오늘 결정 하나를 내렸어. 회사에 내일 회의에 참석할 수 없다고 말했단다. 하지만 엄마가 공연을 보러 가든 안 가든, 네가 뮤지컬을 하겠다고 음악 선생님에게 약속했으니 그 약속을 지키는 것이 중요해. 그게 바로 친절한 행동이란다."

아들은 의심스러운 눈초리로 엄마를 쳐다보았다. 얼마간의 대화 끝에 아들은 다음날 공연을 하러 가겠다고 했다. 줄리는 방을 나가기 전에 말했다.

"하나 더 얘기해야겠다. 너는 지금 막 뮤지컬에 참여하기로 했고, 엄마는 그런 결정을 내린 네가 자랑스러워. 내일 무슨 일에든 응석을 부리거나 나쁜 태도를 보이면 일주일 동안 컴퓨터 사용 금지야. 알았지?"

아들은 진지하게 고개를 끄덕였다.

아들이 다음날 아침 학교 갈 준비를 하자 줄리는 안도의 한숨을 내쉬었다. 아들은 찌푸린 얼굴이었지만 불평은 하지 않았다. 줄리는 꼭 갈 필요는 없다는 말을 하고 싶은 심정이었다. 그러나 그날 오후 아들이 공연을 마치고 엄마 아빠에게 뛰어오는 모습을 보자, 줄리는 자신이 내렸던 결정을 철회하지 않은 사실이 기뻤다. 아들의 얼굴은 전혀 하고 싶지 않았던 일에도 최선을 다한 뿌듯함과 보람으로 빛나고 있었다.

친절

이 책에서 다룬 사랑의 7가지 특성을 살펴보며 줄리가 어떻게 자녀 양육에서 진정한 사랑을 보였는지 이야기해 보자. 우선 줄리는 아들이 필요 이상으로 화를 낼 때조차 친절하게 말했다. 다른 사람이 고함을 지르면 우리도 본능적으로 맞고함을 지른다. 일상적인 자녀 양육에서 우리가 할 수 있는 간단한 일은 자녀에게 부드러운 목소리로 말하는 것이다. 자녀가 길에서 자동차 앞으로 뛰어가려고 하면 소리를 질러도 좋다. 하지만 사랑을 잘하는 부모는 쉽게 소리를 지르지 않는다. 우리는 습관적으로 소리를 지르기 쉽지만 그러면 자녀의 마음에 화를 자극한다. 말을 자르며 함부로 대하면 아이의 마음이 망가지지만 부드러운 말로 따뜻하게 토닥여주면 아이의 마음이 풍요로워진다.

또한 줄리는 아들의 감정을 인정하며 친절을 보여주었다. 줄리는 "제대로 안 할 거면 그만둬!"라고 말하지 않았다. 줄리는 아들의 욕구를 알아보았고 아들을 존중하며 시간을 들여 대화를 나누었다. 또한 그 상황이 상당 부분 선생님의 조바심 때문에 일어난 것이었더라도 선생님에 대해 좋게 말하면서 친절의 본을 보였다.

자녀가 다른 사람들에게 친절을 베풀기를 바란다면 부모인 우리가 본을 보여야 한다. 딸이 외투를 입을 때 친절하게 도와주는 아버지의 단순한 행동은 딸에게 다른 사람들을 어떻게 도와줘야 하는지 알려준다.

인내

인내는 부모가 지녀야 할 가장 중요한 미덕이다. 두 살짜리 아들이 스스로 양말을 신는 동안 기다릴 때나 열일곱 살짜리 딸이 몇 달째 부모에게 말을 걸지 않을 때나, 부모는 아이들이 우리와 마찬가지로 성장 중이라는 사실을 깨닫게 된다.

자녀가 어릴 때는 인내하기가 훨씬 더 쉽다. 예를 들어 아이가 걷는 법을 배우는 동안 우리는 두 발자국 떨어져서 "힘 내. 넌 걸을 수 있어. 힘 내"라고 말한다. 아이가 반 발자국을 옮기고 넘어진다면 우리는 뭐라고 말하는가? "이 바보 같은 녀석, 아직도 못 걸어?"라고 말하지 않고 "그렇지! 잘했어!"라고 말한다. 그 다음에는 어떤 일이 벌어지는가? 아이는 일어나서 다시 노력한다.

그러나 자녀가 커가면서 우리는 인내의 위력을 잊곤 한다. 대체 언제쯤 깨달을까? 우리의 잘못인가? 똑같은 말을 몇 번이나 반복해야 한단 말인가?

인내는 시간을 필요로 한다. 인내심을 갖고 아이에게 책임을 맡기고, 아이의 노력을 칭찬하고, 성숙을 위한 다음 단계로 가는 방법을 가르쳐주어야 한다. 줄리는 아들에게 약속을 지키라고 가르치고, 아들의 노력을 인정해 주며, 어려운 일이지만 해내라고 격려해 주면서 인내를 보여주었다. 또한 아들이 자신의 감정을 표현할 시간도 허락했다.

자녀들은 착한 행동이 유익하고 나쁜 행동은 삶을 더 어렵게 만든다는 사실을 조금씩 배운다. 그 과정에서 인내하는 것이 자녀에게 사랑을 표현하는 방법이다.

용서

줄리의 아들은 몇 시간에 걸쳐 다른 학부모들 앞에서 엄마에게 창피를 주고, 소리를 지르고, 미워한다고 말했다. 줄리는 아들에게 자신이 상처를 받았다고 말하고 왜 그런 행동이 잘못인지 설명하면서 아들을 용서하고 싶은 마음을 표현했다. 그런 다음 사과하라고 말했다. 아들은 뉘우쳤고 줄리는 사과를 받아들인 다음에야 뮤지컬 얘기를 계속했다.

용서란 훈육하지 않는다는 뜻이 아니다. 어른들의 관계에서와 마찬가지로 용서를 한다고 해서 이미 한 행동이나 말이 사라지는 것은 아니다. 사랑을 잘하는 부모에게 용서란 쌍방향이다. 우리는 자녀가 사과하면 용서해 주고, 우리가 자녀를 부당하게 대했을 때는 사과한다. 어떤 부모들은 자녀가 부모를 존경하지 않을까봐 사과하기를 두려워하는데 사실은 그 반대다. 자녀는 부모가 사과를 하면 부모를 더욱 존경하며, 어떤 관계든지 깊어지려면 사과와 용서가 있어야 한다는 사실을 배우게 된다.

호의

줄리는 갈등이 고조되었을 때도 아들에게 부탁을 하고 고맙다고 말하는 호의를 베풀었다. 가장 중요한 점은, 줄리가 아들의 민감한 기질을 인정함으로써 아들을 존중했다는 사실이다.

보편적 예의는 학습된다. 자녀가 자라면서 저절로 생기는 것이 아니다. 사랑을 잘하는 부모는 친구를 존중하듯이 자녀를 존중한다. 줄리는 아들 앞에서 부모의 권위를 타협하지 않았지만 아들이 가치 있는 존재이며 아들의 감정이 중요하다는 사실을 표현했다. 이런 호의적인 태도

덕분에 줄리는 어려운 상황에서도 사랑을 나타낼 수 있었다.

겸손

자녀 양육에 관한 대다수의 책에서는 '겸손'을 다루지 않는다. 우리는 으레 부모는 권위적이어야 하며 겸손은 권위와 어울리지 않는 것으로 여긴다. 그러나 진정한 겸손과 사랑이 넘치는 권위는 언제나 함께 있다. 자녀가 성장하도록 도우려면 때로는 인정받고 싶은 우리의 욕구를 기꺼이 내려놓아야 한다.

예를 들어, 줄리는 아들에게 도움이 필요하자 신체적 측면에서나 관계적 측면에서 아들과 눈높이를 맞췄다. 사실 아들의 행동은 줄리의 자존심을 상하게 했다. 줄리는 다른 부모들에게 변명하고 싶은 심정이었지만 다른 사람들의 생각을 중요하게 여기지 않기로 마음 먹었다. 아들의 성장과 아들이 자기 자신과 다른 사람들을 대하는 방식이야말로 중요한 문제였기 때문이다.

겸손은 또한 부모가 가장 걸리기 쉬운 덫인 죄책감에서 벗어나게 해준다. 당신이 완벽한 부모인지 알고 싶은가? 정답은 '그렇지 않다'이다. 그러나 당신의 약점에만 골몰한다면 자녀를 사랑하는 데 힘을 쏟을 수 없을 것이다.

줄리가 부모로서 자신이 저지른 잘못을 생각하느라 너무 많은 시간을 보냈다면 아들에게 진정한 사랑을 줄 수 없었을 것이다. 오히려 줄리는 겸손한 마음으로 그 순간 아들에게 필요한 것이 무엇인지에 집중했다. 부모로서 우리의 약점을 인정하지만 그 약점에만 매달려 있지 않는 것이 겸손이다.

관대함

관대함은 가정에 자녀가 태어나면서부터 시작해서 평생 지속되며 가장 일상적인 행동이 된다.

줄리는 아들이 자신의 감정을 이야기하고 좋은 결정을 내리도록 시간을 주었다. 다른 사람들을 위해서 중요한 것을 희생하기도 해야 한다는 사실도 알려주었다. 줄리는 뮤지컬 공연이 있는 날 잡혔던 회의를 희생했고, 아들은 원하지 않는 일을 함으로써 희생을 했다.

아이들이 원하는 것을 모두 주는 행동은 관대함이 아니다. 줄리는 '관대하게' 아들의 결석을 허락해 줄 수도 있었지만, 그런 행동은 결국 이기적인 선택이었을 것이다.

일상생활에서 자녀에게 "안 돼"라고 말할 때를 분별하기란 어려운 일이다. 스스로에게 이렇게 질문하면 도움이 될 것이다.

'지금 나는 내 이익을 위해 안 된다고 말하는가, 아니면 사랑의 7가지 특성을 실천하며 말하는가?'

정직

자녀들은 그럴듯하게 포장된 진실을 원하지 않는다. 줄리는 아들에게 "공연을 하면 멋진 시간을 보낼 수 있을 거야"라든가 "네가 뮤지컬에서 빠진다고 하니까 선생님이 무척 속상해하셨어"라고 말하고 싶은 마음도 있었다. 그런 거짓말은 더 빠르고 쉽게 결론을 내리게 해줄 수도 있지만, 둘의 관계를 가꾸는 점에서나 아들이 진실의 중요성을 배우는 점에서나 도움이 되지 않는다. 아들은 일이 바라는 대로 되지 않더라도 약속한 대로 행동하면 기분이 더 좋아진다는 사실을 배워야 했다. 또한 줄리는 아들이 줄리의 감정을 해쳤다는 사실도 솔직히 말했다. 아들은 자신의 말이 다른 사람들을 해칠 수도 있다는 사실을 알아야 했다.

자녀의 피아노 독주회를 잊고서는 자녀에게 차가 밀려서 못 갔다고 말한다거나, 함께 야구를 하기 귀찮아서 긴요한 통화를 해야 한다고 거짓말을 한다면, 당신은 자신도 모르는 사이에 자녀에게 거짓말을 해도 괜찮다고 가르치는 셈이다. 건강한 부모와 자녀 관계는 거짓말이라는 토대 위에서 확립될 수 없다.

사랑을 잘하는 부모는 실수를 감추기 위해서나 난감한 상황에서 벗어나기 위해 거짓말을 하지 않는다. 말과 행동, 집안에서의 태도와 집 밖에서의 태도가 늘 일치한다.

강력한 사랑

어느 작가는 자녀를 키우는 일이 "심장이 몸 밖으로 나와 돌아다니는 것"과 같다고 했다. 자녀들은 부모의 마음을 괴롭게 하는 일, 기쁘게 하는 일, 누그러뜨리는 일이 무엇인지 잘 안다. 자녀들은 날마다 부모의 본성에서 제일 좋은 부분과 제일 나쁜 부분을 끄집어낼 수 있다. 다른 관계에서와 마찬가지로, 사랑은 자녀의 행동에 따라 달라지지 않는다. 사랑을 잘하는 사람들은 자녀의 유익을 위해, 그리고 자녀의 마음에 사랑이 머무르는 것을 보며 보람을 느끼고 싶은 마음으로 자녀를 키울 수 있다.[1]

삶에 적용하기

토론과 고찰을 위한 질문

1. 어린 시절의 경험이 부모로서의 당신에게 얼마나 영향을 미쳤는가?
2. 자녀에게 사랑을 표현할 때 즐겨 쓰는 방법과 그 이유는 무엇인가?
3. 자녀에게 진정한 사랑을 보여주기 가장 힘든 때는 언제인가?
4. 자녀에게 한 말과 행동 때문에 죄책감을 느끼면 당신은 보통 어떻게 하는가?

적용은 이렇게

1. 자녀와 주로 어떤 문제 때문에 갈등을 겪는지 생각해 보라. 그 상황에서 사랑의 7가지 특성에 따라 반응한다면 어떻게 될까? 앞에서 했듯이 7가지 특성을 하나씩 살펴보고, 그 특성들이 앞으로 당신의 반응을 어떻게 바꾸는지 살펴보라.
2. 자녀에게 다음 질문들을 하고 그 대답을 진지하게 들어보라. (일주일에 하나씩 질문하기를 권장한다.)
   a. 너를 도와주기 위해 엄마/아빠가 뭘 해주면 좋을까?
   b. 더 좋은 엄마/아빠가 되려면 어떻게 하면 좋을지 말해줄래?
   c. 이번 달에 엄마/아빠가 너에게 가르쳐주기를 바라는 점이 있다면 뭐니?
   d. 엄마/아빠가 그만 했으면 싶은 행동에는 뭐가 있니?

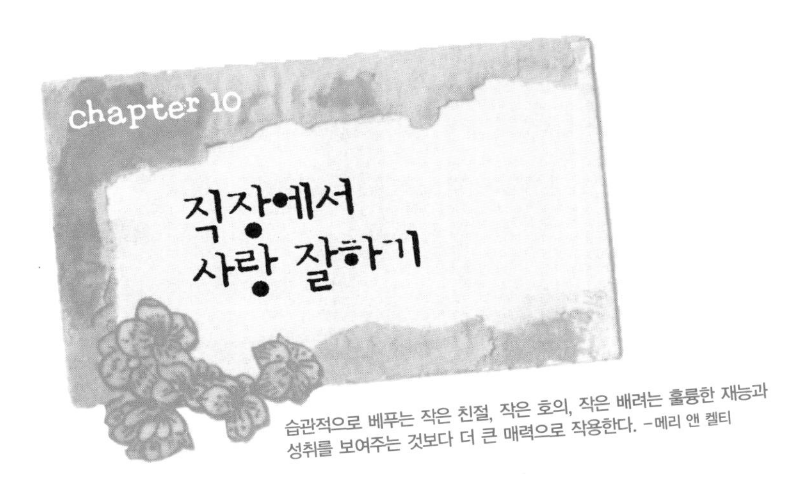

래모나는 눈앞의 이메일을 응시했다.

"신제품 톰킨스 모니터 출시 파티를 알려드리게 되어 정말 기쁩니다. 파티는 다음주 수요일 오전 10시 회의실에서 있습니다."

제프가 마케팅팀과 디자인팀, 생산팀에 보낸 이메일이었다.

"중간 품평회를 준비하는 차원에서 우리는 제품을 전시하고 제품의 독특한 디자인을 고려하며 새로운 마케팅 전략을 논의하겠습니다. (디자인팀이 초기 계획과는 약간 다른 방향으로 디자인을 수정했음을 알게 되실 겁니다.) 그런 다음 오랜 시일에 걸쳐 드디어 완성된 이 제품의 탄생을 축하할 것입니다."

제프는 긍정적인 말을 좀더 늘어놓은 다음 이메일을 끝맺었다.

래모나의 얼굴은 창백해졌고 분노는 더욱 격해졌다. 제프와 일했던 시간들은 온통 지뢰밭이었다. 제프는 비현실적인 기대를 했다. 다른 사람들의 말은 들어보려 하지도 않고 자신의 주장만 밀어붙였다. 격려해 주는 듯한 말을 하면서 사람들을 깔아뭉갰다. 더 좋았던 시절에 래모나는 제프가 일을 잘하며 최선을 다하려고 노력한다는 사실을 알았다. 하지만 이제 좋은 시절은 지나갔다. 래모나는 수화기를 들었다가 다시 내려놓았다. 래모나는 벌떡 일어섰다가 다시 앉았다. 그러다가 결국 자리에서 일어나 복도 건너편에 있는 팀의 사무실로 쳐들어갔다. 의자에 앉아 있던 팀은 다 안 다는 표정으로 몸을 돌리며 말했다.

"알아. 나도 읽었어."

래모나는 말했다.

"그 이메일은 제프가 다른 사람의 말을 듣지 않는다는 예 가운데 하나일 뿐이야. 지난주에 제프에게 제품 출시 회의를 하려면 적어도 한 달은 필요하다고 말했어. 디자인을 바꾼 걸 두고 빈정거리는 부분 읽었어? 그 사람은 뭘 모르고 있어. 시험 제품에 주의를 기울였다면 중간에 디자인을 바꾼 이유를 알았을 텐데. 제프는 유리한 입지를 차지하려고 잘못이 모두 우리 탓인 듯 만들어."

팀이 말했다.

"알아. 우리 입장이 어떤지도 모르면서 늘 우리를 힘들게 하지. 이번 시즌에 그 모니터를 출시한다면 배터리 문제를 해결할 틈도 없이 주문을 받아야 할 거야."

둘의 상사인 메건이 문을 두드리고 들어오자 두 사람은 고개를 들었다.

"이걸 돌려주려고 왔어."

메건은 팀에게 황갈색 서류철을 건넸다.

"감사합니다. 참, 제프의 이메일 보셨어요?"

"응. 지금 그 문제로 제프와 얘기를 해볼 참이야. 다음주 수요일까지는 도저히 준비를 끝낼 수 없을 테니 말이야. 그렇지?"

팀과 래모나는 만족스러운 표정으로 눈빛을 교환했다. 래모나가 말했다.

"저희도 방금 그 얘기를 하고 있었어요. 제프는 세심한 부분까지는 잘 보지 못하잖아요? 그저 다른 사람 말을 들으려고 하지 않는 것일 수도 있고요."

"그래. 제프가 뭐라고 하는지 전해주지."

메건이 문을 닫고 나간 뒤 래모나가 말했다.

"이런 일은 지긋지긋해. 제프가 왜 그 자리에 있으면 안 되는지 메건 실장님과 얘기를 해봐야 해."

팀과 래모나는 잠시 동안 제프를 딱하게 여겼고, 가끔은 목소리를 낮춰가면서 성미 급한 제프의 결점을 속닥거렸다. 곧 메건이 다시 문을 두드렸다.

"제프랑 얘기해 봤는데, 제품 출시는 다음달에 할 거야. 그러면 함께 힘을 모을 시간이 좀더 생기겠지. 그때쯤에는 마크도 돌아와서 합류할 테고 말이야."

"제프는 마크가 출장 간 사실도 몰랐단 말예요?"

"사실 제프는 자네들이 마크가 동석하기를 원한다는 사실을 알고 회의를 일찍 잡은 거야. 마크가 시간이 된다고 들었다더군. 제프가 이토록 흥분한 모습은 처음 봐. 제품을 내놓고 싶어서 안달이야."

"제프는 생산팀이 배터리 문제를 해결해야 하다는 사실을 모르는 것 같던데요."

래모나는 생산팀의 무능력뿐 아니라 제프의 부주의에 대해서도 관대하게 보이려고 애쓰며 말했다.

"제프는 문제가 있다는 걸 알지만 우리에게 계속 진행할 여력이 있다고 생각했어. 자네가 지난주에 제프에게 그렇게 얘기했다던데?"

래모나는 망설였다. 이 시점에서 제프에게 양보할 생각은 없었다.

"어떻게 하면 회의를 일찍 할 수 있을까 얘기하다가 결국 회의는 좀 더 나중에 하는 것이 좋다고 결론을 내렸어요."

"흠. 제프는 그렇게 듣지 않은 모양이야. 어쨌든 이제는 정해졌어. 제프가 몇 분 안에 다른 이메일을 보낼 거야."

메건이 방을 나가려고 하자 래모나가 다시 메건을 불렀다.

"사실 저희는 제프가 이런 문제를 많이 일으킨다는 얘기를 하고 있었어요. 그렇게 생각하지 않으세요?"

"아, 꼭 그렇진 않아. 제프가 생각 없이 말할 때가 있다는 건 알고 있어. 하나의 일에 집중하면 다른 말이 귀에 들리지 않는 모양이야. 하지만 일은 정말 잘하지. 제프 덕분에 지난 분기 매출이 상승했어."

메건은 웃으며 나갔다. 이번에는 문을 열어둔 채였다. 래모나는 기운이 빠졌다. 당분간 제프는 그 자리를 보전할 것이 분명했다. 래모나는 팀에게 "그만 두자. 가서 일이나 해야지"라고 말하곤 자기 사무실로 돌아와

자기점검: 직장에서 나는 얼마나 사랑을 잘하는 사람인가?

지난주에 사랑의 7가지 특성을 직장 동료에게 얼마나 잘 나타냈는지 1부터 10까지의 숫자로 점수를 매기라. (가장 가까이에서 일하는 사람이든 가장 자주 의견 충돌을 빚는 사람이든 한 사람만 생각하며 점검하라.) 당신의 강점과 약점을 염두에 두고 이번 장의 나머지 부분을 읽으라.

친절 ______
인내 ______
용서 ______
호의 ______
겸손 ______
관대함 ______
정직 ______

제프가 다시 보낸 이메일을 읽었다. 래모나는 회의 문제는 해결됐을지 몰라도 제프를 절대 좋아할 수 없다는 사실을 다시 한 번 깨달았다. 다음번에 이런 일이 또 일어나면 그때는 이렇게 쉽게 빠져나갈 수 없을 것이다. 래모나는 고개를 저으며 마우스를 클릭해 이메일을 닫아버렸다.

진정한 성공을 향해

직장에서 맺은 관계는 사랑을 잘하는 사람이 되려는 우리의 선한 목적을 가로막을 수도 있다. 대다수의 직장 동료들은 우리가 하루에 8시간(혹은 10시간이나 11시간) 동안 함께 보내겠다고 선택한 사람들이 아니다. 그러나 우리는 가족보다는 동료들과 더 많은 시간을 보낸다.

직장에서의 인간관계에는 사랑할 능력을 키워줄 잠재력이 숨어 있다. 우리와 우선순위가 다르고 성격이 다르며 깊은 개인적 욕구가 있고 일정표에 쫓기며 사는 사람들의 가치를 보게 해주기 때문이다. 동시에 우리는 요구가 많은 상사와 참을성 없는 고객과 마감 등으로 스트레스를 받는다. 직장이 사랑을 표현할 장소라는 생각이 들지 않을지도 모르지만, 동료들과 굳건한 관계를 맺고 싶다고 생각하면 사랑을 잘해야겠다는 의욕이 생길 것이다.

친절

우리는 직장에서 다른 사람들을 앞서야 한다고 배웠다. 직업적인 야망 자체가 잘못은 아니다. 상사 앞에서 일을 잘해내고 싶다거나, 다른 사람이 우리의 훌륭한 의견을 깔아뭉개면 의기소침해진다거나, 우리의 강점을 보여줄 기회를 찾는 것은 모두 직장생활의 자연스러운 측면이다. 그러나 우리의 성공이 돋보이도록 다른 사람의 약점을 이용하거나, 다른 사람의 공을 가로채거나, 직급이 낮은 사람을 함부로 대하기도 쉽다.

일에서 성공하되 관계에서 실패하는 것은 밑지는 장사다. 한순간의 자기중심적인 행동으로 다른 사람들의 가치를 떨어뜨리거나 앞으로 업무상 이익을 가져다줄지도 모르는 관계를 망가뜨려서는 안 된다.

직장에서 친절한 태도를 계발하는 가장 좋은 방법은 함께 일하는 사람들의 '가장 좋은 모습을 그려보는 것'이다. 래모나는 제프의 이메일을 액면 그대로 받아들이지 않고 개인적인 공격으로 여겼다. 그녀가 알고 있는 제프의 모든 단점을 대입하며 읽었고, 제프에게 유리하게 해석하거나 제프의 입장에서 상황을 보지 않았다. 다시 말해서 래모나는 제프의 잘못을 찾아내기에 급급했다.

래모나는 다른 사람들에게 친절을 베풀면 직업적인 성공에도 실제로 도움이 된다는 사실을 깨닫지 못한 것 같다. 우리가 사랑에서 우러난 행동을 보이면 동료들도 사랑으로 반응할 가능성이 높다. 상사가 부서에 무엇이 필요한지 좀더 주의를 기울여주기를 바란다면, 그가 이미 그렇게 하고 있는 것처럼 행동하라. 동료가 좀더 자신감 있게 행동하기를 바란다면, 그 사람이 맡은 책임을 잘해내고 있는 것처럼 대하라. 메건이 제프를 존중했기 때문에 제프 역시 메건을 더욱 존중할 것이다. 관계에서의 성공은 일에서의 성공을 촉진한다.

인내

분노를 걷어내고 상대방의 입장에 귀를 기울이려면 인내가 필요하다. 메건은 일어날지도 모르는 갈등 상황을 어떻게 다뤄야 하는지 팀과 래모나에게 본을 보여주었다. 결국 다른 사람의 약점 때문에 조바심을 내는 것보다 정보를 수집해서 관련된 사람을 직접 찾아가 해결하는 편이 시간이 훨씬 적게 든다.

작은 문제 때문에 생긴 갈등은 분노를 폭발시키고 감정을 상하게 하며 일의 효율까지 떨어뜨린다. 래모나가 제프의 결정에 동의하지 않은 것은 이번이 처음도 아니었고 마지막도 아닐 것이다. 제프는 강인한 성격을 지녔고 창조적인 민감성을 지닌 래모나보다 손익을 훨씬 더 잘 파악하는 직위에 있었다. 래모나는 그동안 제프에게 너무 많이 속았으니 더 이상 참을 수도 없고 팀과 제프의 험담을 해도 괜찮다고 생각했다.

'인내'에 한계가 있으면 '인내'가 아니다. 제프는 결점도 있고 변덕스러웠다. 하지만 래모나에 대해서 제프도 같은 말을 할 수 있었다. 래모나가 제프에게 '성장할' 자유를 주지 않으면, 래모나는 언제나 제프에게 화낼 이유만 찾게 될 것이다.

용서

같은 방에 사람과 의견이 하나 이상 모이면 갈등이 생길 수 있다. 한 부서에 사람과 의견이 넷, 다섯, 혹은 스물다섯이 모이면 반드시 의견 충돌이 일어난다. 화를 극복하고 용서하는 태도를 지니면, 잘못된 행동과 단순한 의견 충돌을 구별할 수 있다.

래모나에게 용서하는 태도가 있었다면 그런 차이를 구별할 수 있었을 것이다. 제프가 래모나에게 잘못을 저질렀다는 생각이 들었을 때, 진정한 사랑이 있었다면 래모나는 제프를 찾아가서 자신의 입장을 설명하고 언제든 그의 사과를 받아들였을 것이다. 또한 자신이 의견을 제대로 전하지 못했거나 상황을 악화시킨 점에 대해서 사과할 수 있었을 것이다.

직장에서 사과하기 어려운 까닭은 그로 인해 우리가 취약한 입장에 놓일 수도 있기 때문이다. 우리가 저지른 실수를 상사가 알면 어떻게 될까? 우리가 사과했는데 상대방이 우리로 하여금 그 잘못을 절대 잊지 못하게 한다면 어떻게 할까? 까다롭거나 신뢰할 수 없는 동료와 화해를 할 때는 판단력을 최대한 활용해야 한다. 무엇보다도 우리가 상대방이 가치 있는 존재라는 사실을 표현하고 있는지 살펴야 한다.

지각한 동료의 자리를 메워주느라 오후만 되면 화가 난다고 하자. 당신의 화는 상대방과의 관계를 가로막을 것이고, 어쩌면 오후에 만난 고객과의 관계마저 망쳐버릴지도 모른다. 사랑을 잘하는 사람들은 그런 일이 일어났을 때 상대방과 직접 대면해서 더 건설적이고 건강한 작업 환경을 만든다.

호의

직장에서 지켜야 할 보편적 예의의 목록은 가정에서 지켜야 할 목록만큼이나 길다. 옆자리에 앉은 사람은 일하려고 하는데, 큰 목소리를 내며 휴대전화로 통화를 하거나 심지어는 탱고 음악 같은 벨소리를 들려준다면 그것은 절대 호의가 아니다. 호의란 같은 팀에 있는 사람이 당신의 일을 대신 해주는 불상사가 없도록 제시간에 출근하는 것이다. 메건이 보여주었듯이 호의란 사무실에 들어가기 전에 노크를 하고, 직원의 사생활을 존중하고, 열심히 하려는 다른 사람의 의도를 인정해 주는 것이다. 상대방에게 나쁜 소식을 전해야 하거나 그의 일에 대해 조언을 해주고 싶다면, 존중하는 태도로 하라.

어쩌면 직장에서 호의를 나타내는 가장 중요한 방법은, 누구나 빠지는 덫인 '뒷담화'에 걸려들지 않는 것일지도 모른다. 어떤 작가는 "'뒷담화'는 게릴라전이다. 한 번 때린 뒤 진정한 교전을 벌이기도 전에 재빠르게 사라진다"라고 했다. 동료에게 "폴이 딘의 사무실에 오래 남아 있더라. 별일 없으면 좋으련만. 지난번 판매 출장 때 일이 잘 안 된 모양이야"라고 말하는 것은 사소하게 보이지만, 다른 사람에게 상처를 주고 관계를 망가뜨리는 '뒷담화'가 틀림없다.

래모나는 팀과 나눈 대화를 단지 분풀이였다거나 어떻게 대처하면 좋을지 알아내기 위해서였다고 포장할 수도 있을 것이다. 누구나 이따금씩 일을 두고 대화를 나눠야 한다. 일이 잘 풀리지 않을 때는 특히 그렇다. 그러나 이상적으로 보면, 우리가 불만을 품은 대상에게 가서 직접 말하는 것이 좋다. 그저 분풀이를 하고 싶을 뿐이라면 당신을 아끼되 같은 직장에서 근무하지 않는 사람에게 이야기하라. 그러나 누구에게 이야기를 하든, 스스로 이런 질문을 해야 한다.

'내 이야기를 듣는 사람이 그 사람을 더 좋게 생각하게 되는가, 아니면 더 나쁘게 생각하게 되는가?'

물론 다른 직원에 대해 동료나 상사와 이야기해야 할 때가 있다. 이때 호의적인 사람은 자신의 우월성을 과시할 길을 찾는 것이 아니라 그 사람을 친구처럼 여기고 말할 것이다. 친구는 다른 친구가 성공하기를 바란다. 누군가에 대해 좋은 말을 하기가 특히 어렵다면, 최선을 다해 필요한 정보만 말하고 그 이상은 말하지 마라. 메건은 래모나와 팀이 제프를 두고 하는 대화에 합류할 수도 있었지만 그렇게 하지 않고 단지 사실만 말했다.

직장에서 호의적인 태도를 연습하고 싶다면 동료가 없을 때 그를 칭찬하라. 동료가 잘한 일에 대해 (진실한) 소문을 퍼뜨려라. 직장에서 당신을 가장 화나게 하는 사람을 친구처럼 대하는 습관을 들여라. 그리고 한걸음 물러서서 어떤 변화가 일어나는지 지켜보라.

겸손

직장에서 생기는 의견 차이는 가족이나 친구 관계에서보다 우리의 자존심을 더 날카롭게 건드린다. 대다수 사람들은 직장에서 일을 잘 해내고 싶어한다. 일을 잘함으로써 인정을 받고 승진을 하고 보람을 느끼기를 원한다. 이 때문에 다른 사람이 칭찬이나 돈, 혹은 더 좋은 책상을 받거나 우리가 원했던 자리로 승진하면 박수를 쳐주기 힘들다. 직장에서 불안을 느끼면 더 좋아 보이는 곳으로 옮겨가고 싶은 마음도 생긴다.

래모나는 메건과 제프에 대해 이야기를 나눌 때, 비록 낙심한 마음을 표현하는 와중이었지만 겸손한 태도를 취할 기회가 여러 번 있었다. 일이 늦어졌기 때문에 원래 일정보다 시간이 더 필요하다고 인정할 수도 있었다. 제프가 그런 출시 파티를 기획한 일에 감사의 마음을 표현할 수도 있었다. 제프가 하고 있는 일을 좋게 말해주고 때로는 자신이 그의 태도에 과민 반응한다는 사실도 인정할 수 있었다. 심지어는 자신이 좋은 인상을 남기고 싶은 마음이 있으며, 닦달하는 태도가 제프에게 도움이 되지 않는다는 사실을 인정할 수도 있었다. 겸손한 마음이 있었다면, 래모나는 자신의 입장에서 제프를 판단하는 대신 제프의 입장에서 생각해 보았을 것이다. 하지만 래모나의 최종 목표는 제프가 해고당하게 만들어서 자신의 힘과 우위를 보여주는 것이었다.

이와는 달리 메건은 그 상황에서 실제로 힘을 행사할 수 있는 장본인임에도 불구하고 겸손하게 행동했다. 메건은 제프가 없는 곳에서 험담을 하는 대신 곧바로 제프에게 찾아감으로써 제프를 존중했다. 자신의 지위를 과시하거나 자신의 부서가 제프의 부서보다 일을 더 열심히 더 잘한다는 사실을 은근히 내비치지도 않았다.

겸손이라는 혁명적인 사랑은 우리에게 우리의 성공이 아니더라도 성공을 소중히 여기고 자신의 좋은 인상을 위해 다른 사람들을 짓밟지 말라고 한다. 그런 행동이 어려워 보이는가? 사실이다. 그래서 연습이 필요한 것이다.

관대함

직장에서의 관대함이란 언제든 우리의 시간과 능력을 나누고, 다른 사람들에게 관심을 기울이며, 그들이 최상의 모습을 이끌어내도록 돕는다는 뜻이다. 전화 · 팩스 · 이메일 · 환자 · 고객 · 호출기 · 확성 장치 등이 뒤섞여 날마다 우리를 산만하게 만든다. 이 가운데 상당수는 일할 때 반드시 필요하지만, 동시에 우리의 관심이 필요한 사람들과 우리를 떼어놓을 수도 있다.

메건은 다른 사람들과 제프에 대해 이야기하거나 자신의 사무실에서 이메일을 확인하며 제프에게 전화를 걸지도 않았다. 시간을 내서 제프와 직접 대화를 나눴다. 이것은 상대방을 존중하는 애정 어린 선택일 뿐 아니라 효율적인 선택이기도 하다. 5분의 시간을 내서 상황을 정리하는 것은 그 문제로 뒤틀린 자기중심적인 욕망을 만족시키지는 못하겠지만 시간과 에너지는 훨씬 절약할 수 있다. 직장에서 적을 만들면 시간과 에너지가 낭비된다.

또한 직장에서의 관대함이란 불필요한 정보를 간직하지 않도록 주의하는 것이다. 래모나는 동료가 출장을 간 사실마저 모른다는 사소한 문제로 제프를 비난할 준비가 돼 있었다. 다른 사람에 대한 사소한 정보는 제프보다 그녀를 유리한 입장으로 만들어주었다. 때로 우리는 비밀로 분류된 정보를 보관할 책임을 맡게 되는데 그때는 그것을 개인적으로 간직해야 한다. 그러나 야망을 품으면 우리에게 힘을 주는 그 정보를 간직하고 있다가 힘이 필요할 때 누설할 가능성이 높다. 관대함은 다른 사람들이 가장 좋은 모습이 되는 데 도움이 되는 방식으로 의사소통을 하는 것이다.

직장에서의 관대함이란 최대한 많은 것을 나누면서도 맡은 일을 잘 해낸다는 뜻이다. 직장에서 효율적으로, 사리에 맞게, 현명하게 행동하는 것이 다른 사람들을 사랑하는 방법이다.

정직

직장에서는 거짓말을 하게 되기가 쉽다. 래모나는 질문을 받기 전에는 회의를 앞당길 가능성을 두고 제프와 대화를 나눴다는 말을 꺼내지 않았다. 래모나는 사리에 맞지 않는 제프의 행동을 지적하기로 굳게 결심했다. 그래서 그 이야기를 하지 않았다. 그래야 제프의 행동을 비난하기가 쉽기 때문이다. 직장에서의 정직이란 다른 사람들에 대해 거짓말을 하지 않고, 실수를 무마하려고 정보를 꾸며내지 않으며, 자신의 이익을 위해서 진실을 왜곡하지 않는 것이다.

또 직장에서의 정직이란 앞서 나가기 위해 아첨하지 않는 것이다. 말과 행동과 생각에서 일관성 있게 살기로 결심하면, 다른 사람들을 인정하는 말을 할 수 있다.

일의 진수

많은 사람들이 직장 동료를 가장 가까운 친구로 꼽는다. 그리고 같은 사무실에서 경쟁하던 사람들이 시간이 흐르면서 서로의 가치를 인정하고 즐겁게 어울리면, 관계에서 풍요로운 만족을 누리게 된다.

우리의 책상에 얼마나 많은 첨단 장비가 놓여 있든지, 일의 진수는 여전히 관계다. 직장에서 사랑을 잘해야 하는 이유다. 직장 동료들을 소중히 여기면, 고객들과 더 좋은 관계를 맺을 수 있으며 생산성이 높아지고 이직률은 낮아진다. 사랑의 7가지 특성이 우리의 습관이 되면, 직장에서도 얼마든지 만족스러운 관계를 맺을 수 있다. 다른 사람들이 한 일뿐만 아니라 그들의 존재 자체로도 기쁨을 느낄 수 있다.

삶에 적용하기

토론과 고찰을 위한 질문

1. 사랑의 7가지 특성 가운데 직장에서 가장 보기 힘든 특성은 무엇인가? 그렇게 생각하는 까닭은 무엇인가?
2. 사랑의 7가지 특성 가운데 당신이 직장에서 실천하기 가장 어려운 특성은 무엇인가? 그 이유는 무엇인가?

적용은 이렇게

1. 직장에서 당신이 화를 품고 있는 상대가 있는가? 그 화를 놓아 보내면 어떻게 될까? 그렇게 할 마음이 있는가? 그렇다면, 혹은 그렇지 않다면 그 이유는 무엇인가?
2. 직장에서 사과해야 할 사람이 있는가? 사과할 경우 가장 걱정되는 점은 무엇인가?
3. 직장에서 최근 다른 사람에 대한 험담을 한 때는 언제인가? 그 습관을 끊으려면 어떻게 해야 할까?
4. 직장에서 최근 갈등을 빚었던 사람을 떠올려보라. 그런 갈등 상황에서 당신이 사랑의 7가지 특성을 보여줬다면 어떻게 되었을까?
5. 가까이에서 함께 일하는 사람 세 명을 떠올려보라. 그들과 함께 일할 때 가장 즐거운 점은 무엇인가? 이번주에 그들에게 그 점에 대해 어떻게 이야기해 줄 수 있을까?

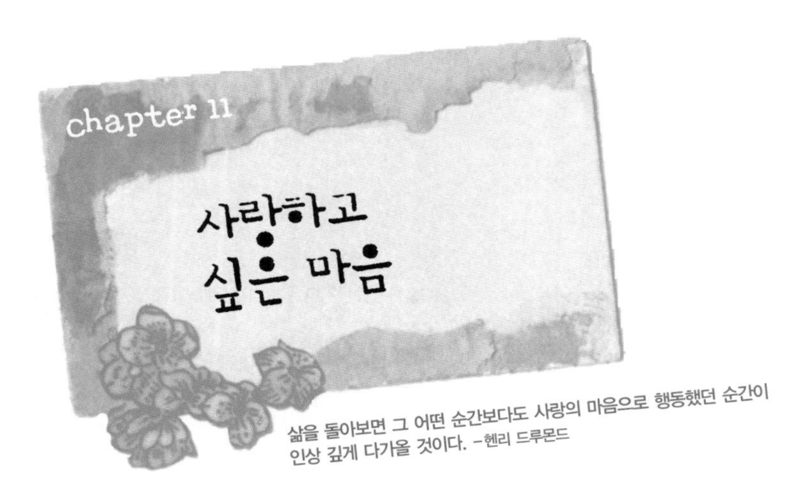

chapter 11 사랑하고 싶은 마음

삶을 돌아보면 그 어떤 순간보다도 사랑의 마음으로 행동했던 순간이 인상 깊게 다가올 것이다. -헨리 드루몬드

춥고 비가 내리는 12월 밤, 나는 조와 캐롤라인을 만나러 호스피스 센터로 가고 있었다. 두 사람은 6개월 전에 조의 장례식에 대해 의논하자며 나와 만날 약속을 잡았다. 두 사람은 내 친구였고 내가 목사 안수를 받았다는 사실을 알고서 나에게 조의 장례식을 주관해 달라고 부탁했다.

조는 예전에 이렇게 말했다.

"난 암에 걸렸다네. 온 힘을 다해 싸우겠지만 이길 수 없을지도 몰라. 지금은 상태가 괜찮지만 장례식 준비를 해두고 싶어. 그때가 오면 캐롤라인이 되도록 신경 쓰지 않게 해주고 싶다네."

여러 달에 걸쳐 치료를 받았지만 조가 떠날 때가 가까워온 것 같았다. 나는 장례식의 세부 사항을 의논하고 작별 인사를 하려고 조의 방으로 들어갔다. 조는 싱긋 웃으며 와줘서 고맙다고 말했다.

잠시 후 조는 나에게 이렇게 말했다.

"난 복이 참 많아. 캐롤라인과 나는 47년 동안 함께 살았어. 완벽하지는 않았지만 행복했지. 다섯 아이들을 뒀고 네 살에 죽긴 했지만 딸도 하나 더 있었지. 손자 손녀들이 열셋이나 되는데 그애들이 무척 자랑스럽다네. 그동안 일도 열심히 했어. 여러 도시로 이사를 많이 다녔고 가는 곳마다 친구들을 사귀었지. 내 삶에는 더 이상 바랄 게 없다네. 자식들에게 내 걱정은 말라고 했어. 떠날 준비가 됐거든. 내 장례식에 대해서는 세부사항까지 다 조정했으니 이제 자네만 도와주면 될 것 같네."

그 후 20분 동안 나는 듣고 기록하고 질문에 대답했다. 이야기를 마친 뒤 나는 함께 기도하자고 했다. 조는 좋다고 했다. 조는 왼손은 나에게, 오른손은 캐롤라인에게 내밀었다. 나는 침대 너머로 캐롤라인과 손을 잡았다. 우리는 기도했다. 기도가 끝나자 조는 내 손을 놓고 캐롤라인의 양손을 잡았다. 캐롤라인의 손을 자기 얼굴로 끌어당겨 입을 맞추고 웃은 다음 놓아주었다.

사랑을 찾아서

병실에서 나와 차로 걸어갈 때 내 머릿속을 맴도는 생각이 있었다.

'모든 부부들이 그런 사랑과 격려로 마지막 순간을 맞이할 수 있으면 얼마나 좋을까?'

부부 사이나 다른 관계가 실패하는 까닭은 사랑이 부족하기 때문이다. 형제 자매들은 왜 연락을 끊는가? 우정은 왜 시드는가? 같은 팀 운동선수들이 팀의 승리에 기여하기보다 자신의 개인적인 입지를 탄탄히 만들려고 하는 까닭은 무엇인가? 왜 같은 직장에서 일하는 동료들은 회사에서 앞서 나가려고 서로를 깔아뭉개게 될까? 섬기는 참 자기보다 자기중심적인 거짓 자기를 우선시하기 때문이다. 사랑을 잘하는 사람이 되려고 노력하지 않았기 때문이다.

우리는 사랑의 특성들을 살펴보고, 그 특성들이 일상생활에서 어떤 모습으로 나타나는지 이야기했다. 이제는 그런 사랑의 특성들에 깔린 근본적인 질문에 주목하고 싶다. 자기 자신에게 집중하고 싶은 마음을 뛰어넘어 사랑하고 싶다는 마음을 갖게 해주는 동기는 무엇인가? 사랑은 정말 존재할까? 이기적으로 살려는 본성을 타고난 우리가 일상생활에서 끊임없이 사랑할 수 있을까?

더 위대한 힘의 도움

자기중심적인 삶은 일종의 중독이다. 자기중심적인 사람은 모든 업무와 관계를 "이것이 나에게 어떤 이익을 줄까?"라는 시선으로 바라본다. 그런 삶에서는 사랑처럼 보이는 것도 사실은 이기적인 욕망으로, 결국 사랑이 아니라 상대를 조종하려는 행동이다.

나는 "그녀가 저를 절반만 만족시켜주면 기꺼이 변하겠어요"라는 후렴구를 얼마나 많이 들었는지 모른다. 그런 말은 사랑과는 아무런 상관이 없다. 당신이 해주면 나도 해주겠다는 식의 태도는 자신이 원하는 것을 얻으려는 거래일 뿐이다.

이 자기중심적인 태도는 쉽게 치료되지 않는다. 30년이 넘도록 내 상담실에서 수많은 사람들과 만난 뒤, 나는 사랑을 잘하는 사람들은 도움이 필요하다는 사실을 인식한 사람들이라는 결론을 내렸다. 정직한 마음으로 스스로를 들여다보면, 우리는 모두 "나 혼자의 힘으로는 진정으로 사랑할 수 없습니다"라고 인정하게 될 것이다.

혼자만의 노력으로는 자기중심주의의 사슬을 끊을 수 없다. 어떤 관계에서도 마찬가지다. 나 역시 아내와의 관계에서 무엇보다도 명확히 그 사실을 깨달았다. 당신과 그 이야기를 나누고 싶다.

사랑을 향한 여정

나는 대학교와 대학원에서 인류학으로 학위를 따고 신학대학원에 들어간 첫 해에 결혼했다. 나는 캐롤라인을 너무도 사랑한 나머지 조급한 마음으로 틀림없이 행복할 결혼 후의 생활을 기다렸다.

내가 마음속에 그린 결혼생활은 이랬다. 힘들게 수업을 마치고 집으로 돌아오면 아내는 포옹과 키스로 나를 맞이하고 소파로 데려다주며, 나는 아내가 저녁식사 준비를 마칠 때까지 그곳에서 쉰다. 저녁을 먹는 동안 우리는 서로의 눈을 바라보며 그날 있었던 일을 이야기한다. 저녁을 먹고 나면 나는 설거지를 하고 우리는 함께 평온한 시간을 보낸다. 나는 책상에 앉아 대학원 연구 과제를 준비하고 아내는 소파에 앉아 읽고 싶은 책을 읽는다. 우리는 밤 10시 반에 함께 잠자리에 들어 사랑을 나눈다. 삶은 아름다울 것이다.

당신이 결혼을 했다면 이 이야기에 공감하며 웃고 있을 것이다. 아니면 나의 철없고 뻔뻔스러운 이기주의에 화를 낼 것이다. 아내는 마음속으로 어떤 결혼생활을 그리고 있는지 나는 거의 알지 못했다.

나는 내가 대학원 과제를 마무리하는 동안 아내가 소파에 앉아 책을 읽는 일 따위에는 전혀 관심이 없다는 사실을 금세 깨달았다. 아내는 쇼핑을 하러 가거나 사람들과 만날 수 있는 사회활동에 참여하는 편을 더 좋아했다. 아내의 머릿속에서 밤 10시 반은 잠자리에 들 시간이 아니라 책을 읽거나 텔레비전을 보면서 긴장을 풀 시간이었다. 아내가 소파에서 책을 읽는 모습을 보면 나는 '왜 내가 책을 읽을 때 당신도 책을 읽지 못하는 거지? 그러면 함께 잠자리에 들 수 있잖아'라는 생각이 들었다. 곧 나는 함께 잠자리에 드는 것이 아내의 목표가 아니라는 사실을 깨달았다. 내가 생각했던 '사랑을 나누는' 행위는 그녀가 생각하기에 멋진 하루를 완벽하게 마무리하는 방법이 아니었던 것이다.

우리의 갈등은 결혼 초기에 나타났다. 우리는 둘 다 서로를 향한 상처와 분노가 얼마나 깊은지 깨닫고 깜짝 놀랐다. 연애 시절 느꼈던 사랑의 감정이 결혼 후 어쩌면 그토록 빨리 증발해 버렸을까? 우리는 갈등을 해결할 방법을 알지 못했다. 우리 사이에 갈등이 생기리라고는 예상하지 못했기 때문이다. 그래서 많이 싸우기만 했지 해결책을 찾지 못했고, 나는 곧 내가 잘못 결혼했다는 생각으로 고통스러웠다. 함께 즐거운 시간을 전혀 보내지 못했다는 뜻은 아니다. 즐거운 시간도 있었다. 그러나 외적인 모습 이면에는 해결되지 못한 갈등이 존재했고 우리 둘 사이에 감정적으로 엄청난 거리감이 생겼다.

그러는 동안 나는 목사가 될 준비를 하며 신학 공부를 계속하고 있었다. 그러나 내 직업적 목표와 부부 사이의 본질 간에 점점 균열이 심해지고 있었다. 나 자신의 결혼생활도 이렇게 절망적인데 다른 사람들에게 희망을 전하는 내 모습을 그려보기가 힘들었다. 나는 공부에만 전념하며 졸업만 하면 상황이 달라질 거라고 스스로를 달랬다. 그러나 마음 깊은 곳에서는 그것이 환상임을 알았다.

대학원 공부를 마치고 학문의 상아탑에서 나와 현실 세계로 들어가야 할 때가 가까워올수록 나는 더욱 절망하게 되었다. 그런 절망 속에서 나를 잘못된 결혼으로 밀어넣은 하나님을 원망했다. 어쨌거나 나는 결혼 전에 기도하며 인도를 구하지 않았던가? 결혼할 때만 해도 옳은 결정이라는 확신이 있었는데 결혼 후에 왜 이렇게 절망해야 한단 말인가? 또 나는 그동안 내내 우리 둘의 갈등을 해결할 길을 찾도록 도와달라고 기도하지 않았던가? 아무리 기도해도 상황이 전혀 달라지지 않는 것 같았다. 나는 하나님에게 화가 났고 어떻게 내가 하나님을 전하는 목사가 될 수 있을지 알 수 없었다.

섬기는 사랑

하나님에게 화를 낸 후 얼마 동안, 우리의 관계는 약간 나아지는 듯했다. 캐롤라인과 나는 유쾌한 대화를 나누며 우리의 갈등 가운데 일부에서 타협할 지점을 찾아냈다. 그러나 몇 주가 지나자 우리는 다시 다투거나 말없이 괴로워했다. 나는 하나님에게 이렇게 말했다.

"이젠 어떻게 해야 될지 모르겠습니다. 최선을 다했지만 상황은 조금도 나아지지 않았습니다. 사실 더 나빠지는 것 같아요. 제 자신의 결혼생활도 바꾸지 못할 만큼 무기력한데 어떻게 다른 사람들을 도와줄 수 있을지 모르겠습니다."

나는 처음에 했던 말을 반복하며 기도를 마쳤다.

"이젠 어떻게 해야 될지 모르겠습니다."

기도를 마치자 머릿속에 어떤 성경 이야기가 생생하게 떠올랐다. 예수님이 십자가에 달리기 전날 밤의 이야기였는데, 예수님은 가장 가까운 제자들과 유대교의 유월절 명절을 기리고 있었다. 갑자기 예수님은 주변 사람들이 깜짝 놀랄 행동을 했다. 일어나서 대야에 물을 붓고 제자들의 발을 차례로 씻겨준 것이다. 이런 행동은 가장 미천한 종들이 하는 것이었다. 불쾌한 일이기 때문이다. (당신이라면 샌들을 신고 줄곧 먼지 날리는 길을 걸어온 남자들의 발을 씻겨주고 싶겠는가?) 그러나 그 무리의 지도자이자 주님이었던 예수님은 제자들을 위해 그토록 겸손하고 사랑이 넘치는 섬김을 행했다.

그 장면이 머릿속에 가득 차자, 하나님이 내 기도에 응답해주셨다는 깨달음이 생겼다.

"이것이 네 결혼생활의 문제다. 아내를 대하는 네 모습에는 그리스도의 태도가 없다."

나는 그 메시지를 분명히 이해했다. 예수님이 대야에서 몸을 일으키고 수건을 치운 뒤 제자들에게 하신 말씀을 기억했기 때문이었다.

"내가 너희에게 한 일을 알겠느냐? 너희가 나를 선생님 또는 주님이라고 부르는데, 그것은 옳은 말이다. 내가 사실로 그러하다. 주이며 선생인 내가 너희의 발을 씻어주었으니, 너희도 서로 남의 발을 씻어 주어야 한다. 내가 너희에게 한 것과 같이 너희도 이렇게 하라고, 내가 본을 보여준 것이다."

또 다른 때 예수님은 제자들에게 비슷한 말씀을 하셨다.

"너희 가운데서 가장 큰 사람은 가장 어린 사람과 같이 되어야 하고, 또 다스리는 사람은 섬기는 사람과 같이 되어야 한다."[1]

내 마음은 깊이 감동받았다. 해답을 찾았다는 사실을 알았기 때문이다. 나는 예수님의 가르침을 따르지 않고 있었다. 그동안의 내 태도는 아내에게 이런저런 형태로 반복해서 했던 말로 요약할 수 있었다.

"자, 나는 좋은 부부 사이가 어떤 건지 알고 있소. 내 말을 잘 들으면 우리도 좋은 부부가 될 것이오."

캐롤라인은 '내 말을 들으려고' 하지 않았고, 나는 우리의 불행한 결혼생활을 아내의 탓으로 돌렸다. 그러나 그날 나는 다른 메시지를 들었다. 문제는 캐롤라인이 아니라 내 태도였다. 그래서 나는 하나님에게 잘못을 빌고 기도했다.

"저를 용서해 주십시오. 그리스어와 히브리어와 신학을 계속 공부해 왔지만 모조리 잊고 있었습니다. 저를 용서해 주십시오. 그리스도의 태도로 아내를 대하게 해주십시오. 예수님이 제자들을 섬기셨듯이 저도 아내를 섬기도록 방법을 가르쳐주십시오."

내 삶을 바꾼 3가지 질문

되돌아보면, 그것은 내가 부부 사이를 두고 했던 기도 가운데 가장 훌륭한 기도였다. 하나님이 내 마음을 바꾸셨기 때문이었다. 내 머릿속에는 전혀 새로운 그림이 펼쳐졌고 나는 결혼생활에서 완전히 달라진 역할을 하는 내 모습을 보았다. 나는 더 이상 아내에게 큰 소리로 명령하고 그녀에게 내가 원하는 것을 알리는 왕이 아니었다. 나는 이제 아내의 삶을 풍요롭게 해주기 위해 사랑과 친절을 다할 것이며, 아내가 원래 되어야 하는 사람이 되도록 아내를 격려해 줄 것이었다.

3가지 질문이 내가 이 모든 것을 실천하게 만들었다. 내가 기꺼이 이 3가지 질문을 했을 때 우리의 결혼생활은 급격히 달라졌다. 간단했지만 내가 아내를 사랑하는 데 필요한 정보를 준 질문이었다.

- "오늘 당신을 돕기 위해 내가 뭘 하면 좋겠소?"
- "당신의 삶이 좀더 편안해지도록 내가 어떻게 해주면 좋겠소?"
- "당신에게 더 좋은 남편이 되려면 나는 어떻게 해야 하겠소?"

내가 자발적으로 이런 질문을 던지자, 아내도 선뜻 대답을 해주었다. 사실 그녀로서는 이 질문들에 대답하는 데 아무런 거리낌이 없었던 것이다. 그리고 아내의 대답에 따라 내가 아내에게 사랑을 표현하는 법을 배우자 우리의 관계는 극적으로 변했다. 한 달이 지나자 나를 대하는 캐롤라인의 표정과 태도에서 변화가 느껴졌다. 석 달이 지나자 이번에는 캐롤라인이 나에게 그 3가지 질문을 하기 시작했다. 나는 아내의 태도와 행동에 나타난 변화에 깜짝 놀랐다. 우리의 관계가 그토록 빨리 그토록 긍정적으로 변할 줄은 꿈에도 생각하지 못했기 때문이다.

그때의 내가 몰랐던 것을 오랜 세월 상담을 해온 지금은 알고 있다.

사랑은 언제나 사랑을 낳는다. 사람들은 너무나 간절히 사랑을 원하기 때문에 사랑을 받으면 사랑을 준 사람에게 이끌리게 마련이다. 사랑을 잘하고 싶다면 당신이 아끼는 사람에게 이렇게 물어보라.

"당신을 잘 섬기기 위해 내가 할 수 있는 일은 무엇인가요?"

사랑의 마지막 여정까지

아내와 나는 40년 이상 사랑의 길을 걸어오고 있으며 믿을 수 없을 정도로 풍요로운 관계를 누리고 있다. 나는 얼마 전 아내에게 "세상 모든 여자들이 당신과 같다면 절대 이혼은 없을 거요"라고 말했다. 남편을 돕기 위해 최선을 다하는 아내를 떠나려는 남편이 어디 있겠는가? 그리고 지난 세월 동안 내 목표는 세상의 그 어떤 남자도 나처럼 못할 정도로 아내를 사랑하는 것이었다.

내가 사랑을 잘하는 사람임을 입증하기 위해서가 아니라, 당신이 나와 같은 경험을 되풀이하지 않았으면 좋겠다는 생각에서 내 이야기를 해보았다. 내 연약한 모습이 담긴 이 이야기를 통해, 사랑의 진정한 근원을 찾고 하나님의 도움으로 태도와 행동을 바꿀 의욕과 힘을 발견하기를 바란다.

이번 장에서 부부 사이를 중점적으로 다룬 까닭은 그것이 내가 가장 큰 변화를 경험한 영역이기 때문이다. 그러나 다른 관계에서도 마찬가지다. 사랑을 잘하는 사람이 되려면 도움이 필요하다. 우리는 본래 사랑을 잘하는 사람들이 아니며, 자기중심적인 두 사람이 만나면 결코 사랑이 넘치는 관계를 만들 수 없다. 우리 자신보다 더 위대한 힘이 우리를 자극해 주지 않으면, 우리는 계속 자기중심적이고 이기적으로 살아갈 것이다.

물론 종교가 없으면 사랑을 잘할 수 없다는 뜻은 아니다. 모든 인간에게는 사랑할 능력이 있다. 그러나 대다수 사람들의 경우, 이기적인 욕구가 다른 사람들을 돕고 싶은 욕구를 압도한다. 나로 말하자면, 사랑을 잘하기 위해서는 신성한 도움이 반드시 필요했다.

다른 사람들과의 관계에서 천성적인 이기심을 극복하는 일은 평생 노력해야 할 문제다. 내가 캐롤라인을 진정으로 사랑하고 있지 않았다는 사실을 깨닫자, 캐롤라인과 나의 관계에 혁명이 일어났다. 그 후 수십 년 동안 나는 아내를 섬긴다는 것이 무엇인지 끊임없이 배워야 했다. 언제나 완벽하게 성취하지는 못했지만 노력을 쉬지는 않았다. 그리고 그 노력은 사랑과 친밀함을 누리는 달콤한 즐거움을 열매로 주었다.

이제 멋지게 마무리를 짓고 싶다. 나는 계속 사랑을 잘하고 싶으며 그 사랑의 열매인 친밀하고 만족스러운 관계를 즐기고 싶다. 삶의 여정이 끝날 때, 내가 먼저 가야 한다면 나는 캐롤라인을 바라보고 웃음을 지으며 그녀의 손을 잡아 키스를 할 것이다.

삶에 적용하기

토론과 고찰을 위한 질문

1. '사랑에 빠지는 것'과 진정한 사랑의 차이는 무엇일까?
2. 당신에게 다른 사람들을 사랑해야겠다는 마음을 주는 동기는 무엇인가?
3. 자기중심주의 때문에 관계가 손상된 경험이 있다면 어떤 경우였는가?
4. 당신은 다른 사람들을 사랑하기가 힘든가? 그렇다면 언제 어떤 이유에서 그런가?
5. 사랑을 잘하는 사람이 되려면 신에게 도움을 구해야 한다는 의견을 어떻게 생각하는가?
6. 이 책을 읽은 뒤 사랑과 관계에 대한 당신의 태도는 얼마나 변했는가?

적용은 이렇게

1. 진정한 사랑으로 풍요로운 관계를 만들고 싶은 마음이 가장 강하게 드는 대상은 누구인가?
2. 사랑의 7가지 특성 가운데 당신이 가장 노력해야 한다고 생각하는 특성은 무엇이며 그 이유는 무엇인가?
3. 노력해야 할 그 특성을 강화하기 위해 신성한 도움을 구할 마음이 있는가? 그렇다면, 혹은 그렇지 않다면 그 이유는 무엇인가?

에필로그

세상에서 가장 위대한 일

몇 년 전, 나는 강연 일정이 잡힌 버지니아 대학교의 교정을 거닐고 있었다. 강당을 지나다가 멈춰 서서 어느 출입문에 새겨진 다음과 같은 글귀를 읽었다.

"그대는 세상을 풍요롭게 하기 위해 여기 있으며, 그 사명을 잊는다면 그대 자신이 가난해지리라."

그 글귀는 이 책에서 내가 당신과 나누려고 했던 세계관의 정수를 표현해 준다.

당신이 세상에서 가장 위대한 일인, 다른 사람들을 사랑하는 것에 관심을 쏟도록 돕고 싶은 마음에서 나는 이 책을 썼다. 앞으로도 그렇고 영원토록, 진정한 사랑을 주고받는 것만큼 당신의 삶에 만족을 주는 일은 없을 것이다.

21세기에도 여전히 우리는 세계적인 테러리즘과 매년 수천 명을 죽이고 수십만 명을 난민 수용소로 밀어넣는 독재자들의 위협에 직면해 있다. 마약 관련 범죄와 세계적인 유행병이 이 세상 가장 아름다운 어린 생명들을 파괴하고 있다. 불안정한 결혼생활과 가족관계는 수백만 명에게 감정적인 상처를 남겼다. 극도의 가난은 여전히 많은 나라에서 해결되지 못한 문제다.

앞으로 세상은 더 어두워진다고 결론을 내리는 사람들도 있을 것이다. 그러나 어둠이 짙어질수록 사랑이라는 빛은 더욱 필요해진다. 세상 사람들이 일상적으로 사랑을 더 잘하게 된다면 어둠을 빛으로, 질병을 치유로, 가난을 부로, 갈등을 화해로 바꿀 수 있다. 결국 사랑이 이긴다. 그저 희망에 그치는 말이 아니다.

이 책이 당신이 사랑을 잘하는 사람이 되는 데 조금이라도 보탬이 되었으면 좋겠다.

감사의 글

사랑을 생활방식으로 삼도록 본보기가 되어준 수많은 분들이 없었다면 이 책을 쓰지 못했을 것이다. 나는 부모님인 샘과 그레이스 두 분에게서 처음으로 사랑을 맛보았다. 아버지는 돌아가셔서 어쩔 수 없지만, 어머니에게는 내가 받았던 사랑을 조금이나마 갚으려고 계속 노력하고 있다. 아내인 캐롤라인은 40년이 넘는 세월 동안 나에게 가장 가까운 사랑의 원천이 되어주고 있다. 캐롤라인은 내 사랑의 언어로 말해주면서도 결코 생색내는 법이 없다. 이제는 다 자란 자녀인 셸리와 데릭이 사랑을 생활방식으로 삼아 사는 모습을 볼 때면 대단한 기쁨이 느껴진다. 부모에게 그보다 더 큰 보람은 없을 것이다.

나는 짐 벨에게 도움을 많이 받았다. 짐은 이 책을 위해 아이디어를 나눠주었을 뿐 아니라 책을 쓰는 동안 굽이굽이마다 변함없이 격려해 주었다. 트리시아 큐브는 26년 동안 내 행정비서였다. 트리시아는 필사본을 컴퓨터로 입력해 준 것은 물론이고 언제나처럼 사무실의 세세한 부분까지 조정해 주었고, 그 덕분에 나는 글쓰기에 전념할 수 있었다. 케이 테이텀은 기술적인 원조 측면에서 엄청난 도움을 주었다.

책을 쓰는 과정에서 엘리사 프라일링 스탠포드는 자신의 편집기술과 필력을 활용하여 원고의 응집력을 키워주었다. 트레이스 머피와 더블데이 출판사의 편집팀은 각별한 노력으로 완성본을 만들어냈다.

살아오면서 목격한 사랑 이야기를 들려준 수많은 분들에게도 단연코 감사해야 할 것이다. 나는 세미나와 인터넷을 통해, 다른 이들이 사랑을 생활방식으로 나타내는 모습을 '포착한' 사람들에게 이야기를 들려달라고 부탁했다. 결국 마음을 감동시키고 사랑하고 싶은 마음을 불어넣는 것은 '실생활'의 이야기이다. 이야기를 들려준 분들의 도움이 없었다면 이 책은 생기를 잃었을 것이다. 그 이야기를 읽은 사람들이 사랑을 생활방식으로 추구해야겠다는 마음을 갖게 된 모습을 보고, 그분들이 보람을 느끼기를 바란다.

독자가 게리 채프먼 박사의《사랑을 잘하는 사람들의 7가지 습관》을 더욱 효과적으로 읽도록 돕기 위해 다음과 같은 질문과 토의주제를 마련했다. 아래의 질문과 토의주제로 인해, 독자가 이 활력 넘치는 책을 읽으며 한층 가치 있는 경험을 하기를 바란다. 독서모임에 걸맞은 다른 독자 지침서를 찾으려면 홈페이지 (www.randomhouse.com/doubleday/readers/)를 방문하라.

질문과 토의 주제

1. 채프먼 박사는《사랑을 잘하는 사람들의 7가지 습관》의 머리말에서 비행기 좌석을 맞바꾸려고 했을 때 받았던 두 가지 반응을 설명한다. 당신은 '변장한 친구' 역할을 하기가 쉬운가, 어려운가? 이 책을 읽고 사랑과 인간 본성에 대한 당신의 믿음은 어떻게 변했는가?

2. 1장 마지막 부분에 있는 서약서에 서명을 할 때 망설였는가? 채프먼 박사가 초대하는 사랑의 여정에 동참하기로 결정하는 데 영향을 주는 장애물과 목표에 대해 이야기를 나눠보자.

3. 첫 번째 자기점검이었던 친절점검 질문에 답하면서, 당신의 습관과 관련해 무엇을 발견했는가? 주변에서, 다시 말해 집, 직장, 친구와 가족 관계 및 다른 상황에서 의식적으로 친절을 찾아보려고 했을 때 눈에 뜨인 가장 놀라운 친절에는 무엇 무엇이 있는가?

4. 3장에서 설명한 '마시멜로 실험'의 결과에 비추어 볼 때 삶에 대한 당신의 태도는 어떠한가? 매일 만나는 사람들과의 관계에서 인내와 교만은 각각 어떤 역할을 하는가? 현대 미국 문화에서 주로 보답을 받는 것은 둘 중 어느 쪽인가?

5. 4장에 나오는 용서 이야기들을 읽고 얻은 새로운 통찰력은 무엇인가? 신뢰, 분노, 자기용서를 비롯해 채프먼 박사가 제시하는 요소들 중에서 용서 이야기들과 당신의 삶에 영향을 미치는 요소들은 무엇인가?

6. '나는 호의적인가'라는 자기점검을 한 뒤 점수를 보고 기분이 어땠는가? 가정과 직장 및 자주 찾는 일상적인 장소(슈퍼에서부터 야구장에 이르기까지)에서 호의를 마음껏 베풀만한 기회에는 어떤 것들이 있을까?

7. 6장 도입부분에서 제시한 리더의 특성을 읽고 놀랐는가? 당신에게서, 혹은 당신이 속한 공동체에서 진정한 겸손을 찾아보려고 할 때 앞을 가로막는 가장 큰 난제는 무엇인가? 칭찬이나 다른 보상을 받으려는 마음에서 비롯되지 않은 행동, 다시 말해 진정한 겸손의 행동을 인식하고 실천하는 가장 좋은 방법은 무엇일까?

8. 지금까지 살면서 시간과 돈을 쓸 때 우선순위를 어떻게 설정했는가? 일반적으로 가장 높은 우선순위를 차지한 사람들, 활동, 소비 목록은 무엇인가? 이제는 나누기로 마음먹은 재능, 시간, 재정적 지원에는 무엇 무엇이 있는가? 당신이 가장 섬기고 싶은 사람들은 누구인가?

9. 이메일과 정보화 시대가 도래하자 부정직해지기가 더 힘들어졌을까? 아니면 예전에 비해 부정직함이 훨씬 빠르게 퍼지고 있을까? 자기 자신과 사랑하는 사람들에게 정직해지는 문제에서부터 세상에서 진실한 모습으로 사는 문제에 이르기까지 삶의 모든 면면에 영향을 미쳐온 부정직함의 유혹에 대해 이야기를 나눠보자.

10. '사랑' 하면 흔히 떠오르는 것이 연애와 결혼이지만, 채프먼 박사는 그런 관계에서조차 진정한 사랑의 행동을 지속하기가 어렵다는 사실을 가감 없이 지적한다. '섬김'이라는 개념은 데이트와 결혼을 바라보는 당신의 관점을 어떻게 바꿨는가?

11. 당신은 진정한 사랑을 표현하는 가정에서 자랐는가? 다가올 세대가 진정한 사랑의 습관을 지녀야겠다는 자극을 받도록 이 사회의 부모나 가족 구성원으로서 당신이 지금 할 수 있는 일은 무엇인가? 채프먼 박사의 제안은 당신이 만나는 아이들에게 얼마나 도움이 될까?

12. 당신의 직장동료들은 직장이 사랑을 표현할 기회라고 여기는가? 사랑이 넘치는 행동이라는 개념은 직장과 삶에 관한 당신의 생각을 어떻게 바꿨는가?

13. 당신이 생각하기에 채프먼 박사가 제시한 가장 중요한 사랑의 철학들은 무엇일까? 당신의 미래에 가장 지속적으로 영향을 미칠 것은 무엇인가?

14. 《사랑을 잘하는 사람들의 7가지 습관》에 나오는 여러 사람들의 이야기 중에서 개인적인 경험에 비추어 가장 공감되는 이야기는 무엇인가? 정치가 리 앳워터의 사과에서부터 샬롯과 존의 긴장된 결혼생활에 이르기까지 여러 예시들은 인간성을 바꾸는 사랑의 힘에 대해 무엇을 시사해주는가?

주

모든 인터넷 주소는 이 책을 쓰던 당시에 활성화된 상태였다는 점에 유의하기를 바란다. 그 시점 이후에 해당 인터넷 주소의 이용 가능성이나 내용을 보장할 수 없어서 아쉬운 마음이다.

서장 사랑하는 삶은 만족스럽다

1. Catherine Skipp and Arian Campo-Flores, "Beyond the Call," *Newsweek*(2006년 7월 10일자), p. 71.
2. Timothy George and John Woodbridge, *The Mark of Jesus*(Chicago: Moody Publishers, 2005), p. 47~48.

chapter 1 친절 : 다른 사람을 먼저 생각하는 기쁨을 발견하라

1. 1989년 1월 20일, 조지 H. W. 부시 대통령 취임사. www.yale.edu/lawweb/avalon/president/.navy/bush.htm.
2. www.pointsoflight.org.를 참조하라
3. Jackson Diehl, "Guantanamo Interrogators Succeed with Kindness," McCall(2007년 7월 25일자), www.mcall.com/news/opinion/anotherview/all-diehl7-25.5962177jul25,0,5058959.story.
4. David Wilkerson with John and Elizabeth Sherrill, *The Cross and the Switchblade*(New York: Random House, 1963), p. 72.
5. 친절의 정신적·신체적·감정적 유익을 알려주는 연구 결과가 많다. 이 선별된 목록은 Allan Luks의 책 *The Healing Power of Doing Good: The Health and Spiritual Benefits of Helping Others*(New York: iUniverse.com, 2001)에서 집계된 것이다. 뉴욕 나이아가라 폭포에 있는 The Niagara Wellness Council in Niagara Falls가 Luks의 책에서 이 목록을 집계하고 편집 목록을 Health Benefits of Kindness에 게재했다. http://www.actsofkindness.org/inspiration/health/detail.asp?id=2.
6. Benjamin Franklin, "Benjamin Franklin to Benjamin Webb," http://en.wikisource.org/wiki/Franklin_to_Benjamin_Webb.
7. Jeff Leeland, "Our Story?-The Power of One," 미국참새클럽 홈페이지 http://www.sparrowclubs.org/About_Us/Our_Story /default.aspx. Michael의 이야기와 미국참새클럽에 대해 더 알고 싶다면 Jeff Leeland의 *One Small Sparrow*(Sisters, Ore. Multnomah, 2000)를 보라.

chapter 2 인내 : 다른 사람의 불완전함을 받아들이라

1. Greg Risling, "California Highway Closed Due to Road Rage," *Chicago Tribune* (2007년 7월 21일자), http://www.chicagotribune.com/news/ nationworld/chi-roadrage_sat1jul21,0,1552580.story.
2. Andrew Hill and John Wooden, *Be Quick-But Don't Hurry!* (New York: Simon & Schuster, 2001), pp. 71~72.
3. 에리히 프롬, 《사랑의 기술》
4. 〈잠언〉 30:32~33
5. 〈잠언〉 15:1

chapter 3 용서 : 분노에서 벗어나라

1. Jay Evensen, "Forgiveness Has Power to Change Future," *Deseret Morning News*(2005년 10월 3일자), http://deseretnews.com/dn/view/ 0,1249,600157066,00.html.
2. 같은 기사.
3. Leah Ingram, "Victoria Ruvolo, Compassionate Victim," beliefnet, http://www.beliefnet.com/story/179/story_17937_1.html.
4. "Forgiveness in the Court," Good News Blog(2005년 8월 22일자), http://www.goodnewsblog.com/2005/08/22/forgiveness-in-the-court.
5. 효과적으로 사과하는 법에 대해 더 알고 싶다면 게리 채프먼과 제니퍼 토머스의 《5가지 사과의 언어》(생명의 말씀사, 2007)를 보라.
6. "Getting Angry Won't Correct the Past," The Forgiveness Project, http://www.theforgivenessproject.com/stories/michael-watson에서 인용

chapter 4 호의 : 다른 사람들을 친구처럼 대하라

1. Andrew J. Horner, *By Chance or by Design?* (Wheaton, Ill.: Harold Shaw, 1995), p. 58.
2. 같은 책 같은 부분.
3. David Haskin, "'Butt Dialing' and the Nine New Deadly Sins of Cell Phone Use," *Computer World*(2007년 6월 22일), http://www.computerworld.com/action/article.do?command=viewArticleBasic&articleId=9025358.
4. George Sweeting, *Who Said That?*(Chicago: Moody Press, 1994), p. 128.
5. 같은 책, p. 209.
6. Herbert V. Prochnow and Herbert V. Prochnow, Jr., *5100 Quotations for Speakers and Writers*(Grand Rapids, Mich.: Baker, 1992), p. 335.
7. Keith Benman, "Is U.S. a Fast, Crude Nation?," nwi.com(2007년 7월 8일자), http://nwitimes.com/articles/2007/07/08/news/top_news/docb9a1489cab90ee7e86257312000195f1.txt.

8. Deborah Tannen, *The Argument Culture: Stopping America's War of Words* (NewYork: Ballantine Books, 1998), p. 1~3.
9. Gene Weingarten, "Pearls Before Breakfast," Washingtonpost.com(2007년 4월 8일자), http://www.washingtonpost.com/wp-dyn/content/article/2007/04/04/AR2007040401721.html.
10. Peter Hay, *Movie Anecdotes*(New York: Oxford University Press, 1990), p. 274.
11. 이블린 언더힐, 《영성 생활》(넷북스, 2007).

chapter 5 겸손 : 다른 사람이 올라서도록 한 걸음 내려오라

1. Susan Cheever, *My Name Is Bill: Bill Wilson?-His Life and the Creation of Alcoholics Anonymous*(New York: Simon & Schuster, 2004), p. 191.
2. John H. Rhodehamel, ed., *American Revolution: Writings from the War of Independence*(New York: Library of America, 2001).
3. 헨리 나우웬, 《예수님의 이름으로》(두란노, 1998).
4. James S. Hewett, ed., *Illustrations Unlimited*(Wheaton, Ill.: Tyndale,1988), p.298.
5. Jacquelyn Berrill, *Albert Schweitzer: Man of Mercy*(New York: Dodd, Mead, 1956), p. 5.
6. Stephen E. Ambrose, *Comrades*(New York: Simon & Schuster, 1999), pp. 100~01.
7. 같은 책 p. 102.

chapter 6 관대함 : 자기 자신을 다른 사람에게 내어주라

1. John Kasich, *Courage Is Contagious*(New York: Doubleday, 1998), pp. 63~64.
2. Tony Bartelme, "Jack McConnell, M.D.: 'What Have You Done for Someone Today?,'" *Physician Executive* 2004년 10~12월 호에 원문이 있음. http://findarticles.com/p/articles/mi_m0843/is_6_30/ai_n8563545.
3. 같은 글.
4. "Jack McConnell, M.D.: Curing a Clinic Shortage," *AARP*(2008년 1월호). http://www.aarpmagazine.org/people/impact_awards_2007_ mcconnell.html.
5. Kasich, p. 63.
6. James Vollbracht, *Stopping at Every Lemonade Stand*(New York: Penguin, 2001), p. 86.
7. Annie Dillard, *The Writing Life* (New York: Harper Perennial, 1990), p. 32.
8. 이 도발적인 인용문은 J. P. 모건과 존 D. 록펠러와 윈스턴 처칠을 비롯한 수많은 사람들로 인해 생겼다.
9. Robertson McQuilkin, *A Promise Kept: The Story of an Unforgettable Love*(Carol Stream, Ill.: Tyndale House Publishers, 2006), p. 22.
10. 데이비드 바크, 《자동으로 부자되기》(황금가지, 2002).
11. C. S. 루이스, 《순전한 기독교》(홍성사, 2001).

12. 1906년에 Frederick T. Gates가 PBS 다큐멘터리 *American Experience* 중 'The Rockefellers, Part One'편에서 인용.
13. 쉘던 베너컨, 《잔인한 자비》(복있는 사람, 2005).
14. Mother Teresa, *Words to Live By*(Notre Dame, Ind.: Ave Maria Press, 1983), p. 79.
15. Vollbracht, p. 95에서 인용.
16. Anna Quindlen, *A Short Guide to a Happy Life*(New York: Random House, 2000), p. 16, 23.

chapter 7 정직 : 자신의 진정한 모습을 드러내라

1. Nancy Kalish, "Honesty Survey: Discover How Honest You Are Compared to Others Across the Country," *Reader's Digest*(2004년 1월 호. 최신 업데이트는 2006년 7월 24일), http://www.rd.com/content/do-you-lie/.
2. Cynthia Dermody, "Battle of the Sexes: Do Men and Women Lie Differently?," *Reader's Digest*(2004년 1월 호. 최신 업데이트는 2006년 7월 24일), http://www.rd.com/content/are-men-or-women-more-honest/.
3. Diane Komp, *The Anatomy of a Lie*(Grand Rapids, Mich.: Zondervan, 1998), p. 141~42.
4. Nancy Kalish, "How Honest Are You? Nearly 3,000 People Took This Survey. Their Answers Surprised Even Themselves," *Reader's Digest*(2004년 1월 호. 최신 업데이트는 2006년 7월 24일), http://www.rd.com/content/how-honest-are-you/.
5. 오스 기니스, 《진리, 베리타스》(누가, 2002).
6. 같은 책.
7. 같은 책.
8. 같은 책 p. 67.
9. 같은 책 p. 72.
10. 같은 책 pp. 72~73에서 인용.

chapter 8 부부 사이에서 사랑 잘하기

1. Dorothy Tennov, *Love and Limerence: The Experience of Being in Love* (New York: Stein & Day, 1979), p. 142.

chapter 9 부모로서 사랑 잘하기

1. 자녀양육에서 사랑을 생활습관으로 삼는 데 도움을 얻고 싶다면 내가 오래 전에 쓴 책 《자녀를 위한 5가지 사랑의 언어》(생명의 말씀사, 1998)를 읽어보면 좋을 것이다. 자녀가 다 자랐다면 *Parenting Your Adult Child*(Chicago: Northfield Publishers, 1999)를 읽어도 좋다.

chapter 11 사랑하고 싶은 마음

1. 〈요한복음〉 13:12~15, 〈누가복음〉 22:26.

사랑을 잘하는 사람들의

7가지 습관

1판 1쇄 펴낸날 2009년 1월 5일
1판 2쇄 펴낸날 2009년 2월 5일

지은이 게리 채프먼
옮긴이 김율희
펴낸이 고영수

기획편집 송복란 교정 김문숙 표지 디자인 채이
외서기획 이유정 홍보 탁윤아
총무 이혜선 박미영 노재경
관리 주동은 조재언 김육기 제작 김기창
인쇄 한영문화사 제본 우진제책사

펴낸곳 청림출판 출판등록 제406-2006-00060호
주소 135-816 서울시 강남구 논현동 63
413-756 경기도 파주시 교하읍 문발리 파주출판도시 518-6 청림아트스페이스
전화 02-546-4341 팩스 02-546-8053
전자우편 editor@chungrim.com 홈페이지 www.chungrim.com

ISBN 978-89-352-0769-5 03840

가격은 뒤표지에 있습니다.